Tod am Aschermittwoch

Sabine Kraft

Tod am Aschermittwoch

Kriminalroman

Bibliografische Information der Deutschen Nationalbibliothek:
Die Deutsche Nationalbibliothek verzeichnet diese Publikation in der Deutschen Nationalbibliografie; detaillierte bibliografische Daten sind im Internet über http://dnb.dnb.de abrufbar.

© 2016 Sabine Kraft

Herstellung und Verlag:
BoD – Books on Demand, Norderstedt

ISBN: 978-3-7412-0556-9

Es war einer der letzten kalten Wintertage in diesem Jahr. Nichts deutete auf einen traurigen Tag hin. Frau Holle war noch einmal fleißig und Schneeflocken tanzten fröhlich zu Boden. Kaum berührten sie den Asphalt, schmolzen sie und ließen nur einen winzigen Wassertropfen zurück.

Langsam betraten einige Bewohner von Machkirchen das Gotteshaus durch das massive, aber einfache Holztor. Niemand fühlte sich zuständig das Haupttor zu schließen und so konnte sich die durchdringende Kälte im Kircheninneren ungehindert ausbreiten.

Dieser Umstand ließ die Dauer des Wartens auf den Geistlichen noch langsamer vergehen. Es war ungewöhnlich viel Zeit vergangen, seit sich die Gemeinde in der kleinen Kirche zum Gottesdienst für das Aschenkreuz versammelt hatte. Die Messe hätte vor zehn Minuten beginnen sollen und das unruhige Getuschel wurde immer lauter und störte die feierliche Stimmung. „Sonst verspätet er sich doch nie", meinte die Dame mit dem altmodischen Hut. Verunsichert sahen sich die wartenden Gemeindemitglieder an.

„Das ist doch eigenartig", sagte dieselbe Dame zu ihrer Sitznachbarin in der Hoffnung, diese würde eine Lösung finden.

„Vielleicht sollte jemand nach ihm sehen", bestärkte sie ihre Nachbarin in ihrer Sorge, ohne ein Anzeichen selbst etwas unternehmen zu wollen.

Endlich opferte sich ein Glaubensbruder und ging sicheren Schrittes vor den Altar, bekreuzigte sich, zog am Altar vorbei und verschwand in der Tür, welche in die Sakristei führte. Sekunden später bereute er seinen Mut, er stürzte heraus und rief: „Tot! Der Herr Pfarrer ist tot!"

Das Chaos nahm seinen Lauf. Während die Gottesfürchtigen die Hände zusammenschlugen, sich bekreuzigten und laut zu beten begannen, blieben die zart besaiteten mit erschrockenem Gesichtsausdruck wie versteinert sitzen. Die Schaulustigen der Gruppe sprangen von ihren Sitzen auf, liefen zu der noch offen stehenden Tür zur Sakristei und starrten neugierig auf den am Bauch liegenden Geistlichen. Man sah sofort, dass er tot war. Der Kopf lag auf der Seite, die unnatürlich hervorgetretenen Augen starrten ins Nichts und ließen den Gesichtsausdruck schmerzlich bizarr wirken. Eine Stola war um seinen Hals geschlungen, deren Enden lagen auf seinem Rücken und zeichneten sich deutlich auf dem Weiß seiner Albe ab. Die Beine lugten vom Knie abwärts aus der schwarzen Kutte, die er unter der Albe trug, heraus und lagen seitlich in eine Richtung zeigend. Einen Schuh hatte er nur mehr halb an und so konnte man die grauschwarz gestreiften Socken sehen. Seine Arme lagen schlaff neben seinem Körper.

Niemand wagte es über die Türschwelle zu treten und keiner der Anwesenden konnte es fassen: Pfarrer Johann Hölzel lag in seiner Albe bäuchlings auf dem Boden und es gab keinen Zweifel, er war gewaltsam getötet worden.

„Jemand muss die Polizei rufen", stellte ein Mann mit Glatze fest. „Man sieht doch, unser Herr Pfarrer wurde ermordet."

***

Da Mord in Machkirchen nicht auf der Tagesordnung stand, verständigte der herbeigerufene Dorfpolizist Jakob Mendes, dessen Stützpunkt im nächst größeren Ort Aidingen lag, das Kommissariat in Linz und bat um Amtshilfe. Dort herrschte durch die Grippewelle gerade Personalnotstand und so kam Kommissar Armin Hartmann mit seinem Assistenten Inspektor Roland Neumaier aus Wien drei Stunden später zur Unterstützung an. Es standen etliche Polizeiautos vor der Kirche und alle hatten das Blaulicht eingeschaltet. Die zwei Kriminalbeamten gingen geradewegs in die Kirche und ein Polizist wies den beiden unaufgefordert den Weg zum Tatort. Auf Anweisung der Gendarmen waren die Anwesenden im Kirchenschiff geblieben und die Sakristei wurde von Uniformierten abgeschirmt. Hartmann ging an ihnen vorbei, ohne sie zu beachten.

Die Leute von der Spurensicherung waren noch fleißig bei der Arbeit und man hätte glauben können, dass sie in ihren Schutzanzügen planlos geschäftig werkten. Sie pinselten, nahmen Abdrücke, sammelten Fasern und Fusseln, um sie dann in einem bereitgestellten Koffer zu verstauen.

Der Gerichtsmediziner war bereits vor Ort. Der tote Pfarrer lag jetzt auf dem Rücken. Der Rechtsmediziner war gerade dabei seine Geräte einzupacken.

„Ah, Kommissar Hartmann", meinte er locker, als ob sie sich zu einem Kaffeeplausch verabredet hätten. „Er wurde erwürgt", sagte er ungezwungen, „und zwar damit." Er reichte dem Kommissar eine durchsichtige Plastiktüte, in der sich ein rotes, zerknittertes Band befand. „Es ist die Stola. Er muss gerade beim Anziehen für den Gottesdienst gewesen sein, als ihn der Mörder überraschte. Um 15.00 Uhr hätte der Gottesdienst beginnen sollen, und wenn man berücksichtigt, dass er noch nicht mit dem Anziehen fertig war, ergibt sich eine Todeszeit von etwa 14.45 Uhr. Es war ein qualvoller Tod." Beide Männer standen nebeneinander und sahen den Leichnam an. Seine vorhin noch offenen, ins Leere starrenden Augen waren nun geschlossen und er sah fast friedlich aus.

Der Kommissar hockte sich hin und betrachtete den Hals des Opfers. Das veranlasste den Gerichtsmediziner seinen Bericht fortzusetzen: „Der Mörder muss ziemlich stark sein und ein Minimum an Kondition besitzen, obwohl das Opfer ein älterer Mann war. Die Stola ist doch sehr breit, wenn man sie als Mordwaffe benützt...", er überlegte kurz, „das heißt, es dauerte ungefähr drei bis fünf Minuten, bis der Tod eintrat. Den genauen Bericht erhalten sie nach der Obduktion." Er reichte dem noch immer hockenden Kommissar die Hand und verabschiedete sich genauso locker, wie er ihn begrüßt hatte.

Der Kommissar stand auf und sah sich genauer im Raum um. Das Messgewand hing noch fein säuberlich an seinem Haken. Ein Mann betrat den Raum. Er war um die vierzig. Sein Äußeres ließ zu wünschen übrig. Er ging zu dem Toten, kniete nieder, bekreuzigte sich und begann zu beten.

Inspektor Neumaier sprach mit einem Uniformierten und notierte während des Gesprächs alles eifrig in seinen kleinen Notizblock. Als er alle Informationen hatte, ging er zurück zum Kommissar.

„Wer ist das?", fragte Hartmann seinen Assistenten.

„Der ist mir auch schon aufgefallen, laut dem Gendarmen ist das der Messdiener", erklärte Roland Neumaier. Für ihn war das sein erster Mordfall als Assistent von Kommissar Hartmann, daher war er besonders eifrig. Er war ungewöhnlich jung für die Mordkommission, aber geholfen hatte ihm, dass er ein Talent für Computerrecherchen hatte. Nach seiner Ausbildung hatte er im Büro der Polizei gearbeitet. Kommissar Hartmann hing bei seinem letzten Mordfall fest. Eine Frau wurde erschlagen in ihrem Gartenhaus aufgefunden. Davor war sie von einem Unbekannten in einem Internetforum gemobbt und bedroht worden. Roland Neumeier konnte dank seiner Kenntnisse den Unbekannten ausfindig machen. Mit diesen Beweisen konnten sie den Mörder aufstöbern und dingfest machen. Da die Assistentenstelle zu dieser Zeit frei war, forderte der Kommissar Inspektor Neumaier an. Das war ein Glücksfall und Neumaier arbeitete gern für Hartmann.

„Ich habe gehört, der Messdiener war heute bei seiner Schwester, weil sie sich die Grippe eingefangen hat. Das hier haben wir unter der Leiche gefunden", setzte Neumaier fort und gab dem Kommissar einen Plastikbeutel, in dem ein goldener Gegenstand zu sehen war.

„Was ist das?", fragte Hartmann.

„Eine Krawattennadel. So etwas war vor hundert Jahren modern. Vielleicht hat sie ja dem Pfarrer gehört."

„Was ist da vorne drauf? Ist das ein Schmuckstein?" Hartmann hob das Säckchen mit zwei Fingern in Augenhöhe und betrachtete es, als ob darauf der Name des Mörders zu lesen sein könnte. „Finden Sie das heraus!", sagte er zu seinem Assistenten und gab ihm das Säckchen zurück. Er ging zum Messdiener, der noch immer vor dem Toten betete.

„Entschuldigen Sie. Ich bin Kommissar Hartmann. Sie sind hier der Messdiener?", fragte er den Betenden.

Dieser bekreuzigte sich um sein Gebet zu beenden und stand auf. „Ja, ich bin Albert Nemec", stellte er sich höflich vor.

„Darf ich Ihnen ein paar Fragen stellen?" Wie oft hatte er an einem Kapitalverbrechen beteiligte Personen das gefragt? Nur selten hatte sich jemand geweigert, vermutlich, weil jeder wusste, dass der Kommissar berechtigt war, jederzeit eine Vorladung ins Präsidium anordnen zu können.

„Selbstverständlich. Bitte, folgen Sie mir!" Nemec führte Kommissar Hartmann mit einer einladenden Handbewegung aus der Sakristei in Richtung der Pfarrkanzlei. Dort angekommen betrat er vor dem Kommissar das Zimmer. „Bitte!" Erneut unterstützte er seine Einladung mit einer Geste und deutete auf einen Stuhl vor dem Schreibtisch, während er selbst um den Schreibtisch ging und sich auf den Drehsessel setzte. Die Einrichtung war mehr als altmodisch. Nur der links stehende Computer mit Flachbildschirm und das Telefon verrieten, dass bereits das dritte Jahrtausend begonnen hatte. Die Möbel wirkten wie aus einem Film der Sechziger-Jahre. Der Schrank war aus Eiche, aber das Holz hatte im Lauf der Jahre erheblich gelitten. Im oberen Teil befand sich ein Rollladen, der geöffnet war, der Schlüssel steckte im Schloss. Im Inneren befanden sich alte schwarze Ringbuchordner, die am Buchrücken handschriftliche Kennzeichen aufwiesen. Instinktiv las der Kommissar die Beschriftungen zu entziffern, doch er konnte nur die Jahreszahlen erkennen. 1976, 1977, 1978… Er wollte noch weiterlesen, als er von der Stimme des Messdieners aus seinen Gedanken gerissen wurde.

„Wollen Sie einen Kaffee?", bot er mit seiner rauen, dumpfen Stimme an. Sie passte zu seinem Äußeren. Seine dunklen Augen sahen den Kommissar erwartungsvoll an. Er saß ein wenig zu aufrecht hinter dem Schreibtisch, der mindestens so alt war wie das restliche Mobiliar. Auf der Arbeitsfläche lag eine hässliche grüne Plastikauflage, die vermutlich den Schreibtisch vor Schmutz und Beschädigungen schützen sollte. Rechts stand ein Halter, in dem verschiedene Stempel baumelten und darauf warteten gebraucht zu werden.

„Nein danke, ich möchte lieber gleich zur Sache kommen", lehnte der Polizeibeamte ab. „Hätten Sie nicht anwesend sein müssen, wenn ein Gottesdienst abgehalten wird?", eröffnete der Kommissar ohne Umschweife die Befragung, während er sich von Schal und Mantel befreite.

„Heute ist Aschermittwoch. Da kommen nicht so viele Gläubige in den Gottesdienst. Obwohl zu Pfarrer Hölzel immer sehr viele Gläubige in den Gottesdienst kamen", setzte er fast stolz nach, „das ist in der heutigen Zeit nicht so selbstverständlich. Na, auf jeden Fall zum Aschenkreuz kommen nicht so viele und deshalb meinte Pfarrer Hölzel, ich könne ruhigen Gewissens meiner Schwester helfen." Er machte eine Pause, sagte mehr zu sich selbst: „Wäre ich nur hier geblieben! Meine Schwester hat die Grippe", fügte er erklärend hinzu.

„Ich weiß, davon habe ich schon gehört. Ist Ihnen heute oder in letzter Zeit irgendetwas aufgefallen? Hat es ungewöhnliche Ereignisse, Anrufe oder Ähnliches gegeben? Kennen Sie Gegner der Kirche in Machkirchen oder Feinde des Herrn Pfarrer?" Während er sprach, sah Hartmann sein Gegenüber nicht an, sondern kramte in seinen Taschen, bis er fündig wurde und seinen Notizblock und einen Stift zückte.

„Nein. Zumindest fallen mir momentan keine Vorfälle und keine Personen ein. Und außer den üblichen kleinen Dorfstreitigkeiten gab es auch nie

Probleme. Der Herr Pfarrer war sehr beliebt."

„Hatte er Verwandte?", er kritzelte eifrig in seinem Notizblock.

„Ja, seine Mutter wird im Oktober neunzig. Daran habe ich noch gar nicht gedacht, die Arme." Nemec war sichtlich gerührt. „Ich werde gleich nachher im Heim, wo sie wohnt, anrufen. Sein Vater ist im Krieg gefallen. Dann hatte er noch Geschwister", gab er weiter bereitwillig Auskunft, „zwei Brüder und eine Schwester. Ein Bruder ist voriges Jahr gestorben. Der andere Bruder lebt mit seiner Frau in Innsbruck, die Schwester wohnt in München, ihr Mann ist früh verstorben. Natürlich gibt es auch noch Neffen und Nichten und deren Familien. Die sind aber in ganz Österreich und Deutschland verstreut. Zu denen hatte er nur wenig Kontakt." Er faltete die Hände wie zum Gebet, stütze sich auf die grüne Schreibtischunterlage und begann ein wenig mit dem Drehstuhl hin und her zu wippen, während er auf die nächste Frage wartete.

„Seit wann war er Pfarrer der Gemeinde?" Der Kommissar sah von seinen Notizen auf und wartete auf die Antwort.

„Seit etwa fünfundzwanzig Jahren. Nach seiner Priesterweihe lebte er einige Jahre in einem Kloster."

„In welchem?"

„Das weiß ich nicht, aber er hat mir einmal erzählt, dass er gleich danach die Stelle hier bekam. Ich wurde vor siebzehn Jahren sein Mesner. Sie werden es sowieso herausfinden. Ich habe gesessen, wegen Körperverletzung. Aber Pfarrer Hölzel hat mir damals eine Chance gegeben und ich habe sie genützt." Er beugte den Oberkörper kämpferisch nach vorn, um sich gegen etwaige Anschuldigungen zu rüsten, doch der Kommissar ging nicht darauf ein. Überrascht von dieser Reaktion, entspannte sich sein Körper wieder und Nemec ließ sich zurück in den Sessel sinken und sprach weiter: „Das war das einzige Mal, dass Pfarrer Hölzel Probleme in der Gemeinde hatte. Die nette Gesellschaft von Machkirchen boykottierte mich. Doch Pfarrer Hölzel hielt zu mir, er sagte, ich habe meine Strafe abgesessen und eine Chance verdient. Er bestand darauf, dass ich Mesner dieser Kirche werde. Sie haben sogar Unterschriften gesammelt und der Diözese vorgelegt."

„Und was ist dann passiert?"

„Pfarrer Hölzel ist in die Diözese gefahren, bürgte für mich und konnte sich durchsetzen. Das hat vielen nicht gepasst."

„Können Sie sich erinnern, wer damals die Initiatoren dieser Unterschriften waren?"

Nemec nickte: „Natürlich, aber falls Sie glauben, da den Mörder zu finden, muss ich Sie enttäuschen. Das war die Vorsitzende des Machkirchner Frauenklubs und ihre Betschwestern", sagte er abschätzig, „aber diese Dame ist vor zwei Jahren verstorben. Der Frauenklub hat sich nach und nach aufgelöst und die Mitglieder von damals sind hoch betagt oder verstorben. Alle anderen waren nur Mitläufer, sie können mich zwar nicht leiden und hätten auch gerne gesehen, wenn ich den Posten nicht bekommen hätte, aber so viel Mumm, dass sie dagegen etwas unternommen hätten, traue ich denen nicht zu."

„Ich verstehe, fällt Ihnen sonst noch was ein?"

„Nein, ich will mit niemandem vom Dorf etwas zu tun haben. Aber vielleicht fragen Sie noch Frau Augustin. Sie ist, äh… war", verbesserte er sich verlegen, „die Haushälterin von Pfarrer Hölzel und Frau Klahr ist unsere Kanzleikraft. Beide können Sie morgen ab acht Uhr in der Pfarrei antreffen. Oder wollen Sie die beiden noch heute befragen, dann müsste ich die Adressen raussuchen." Er machte Anstalten aufzustehen.

„Nein, das wird wohl nicht nötig sein. Ich komme morgen noch einmal vorbei. Noch etwas, trug Pfarrer Hölzel manchmal Krawatten?"

„Doch, ja", überlegte der Mesner, „aber selten. Er ging nur zu wenigen Anlässen in Privatkleidung aus."

„Wissen Sie, ob er eine Krawattennadel besaß?"

„Tut mir leid, keine Ahnung. Aber das weiß sicher Frau Augustin."

„Gut, dann kann ich sie morgen danach fragen. Können wir die Kanzlei für die Vernehmung der Leute verwenden?" Hartmann steckte seinen Notizblock samt Stift in die Innentasche seines Sakkos und stand auf. Fast im gleichen Moment stand auch der Messdiener auf, verließ den Schreibtisch und ging mit dem Kommissar zur Tür, dort blieben sie stehen und der Kommissar reichte ihm die Hand.

„Selbstverständlich. Lassen Sie es mich wissen, wenn Sie etwas brauchen."

Beide verließen die Kanzlei und der Messdiener zog sich in sein Zimmer zurück.

***

Kommissar Hartmann ging an den Tatort zurück, wo die Spurensicherung gerade dabei war, zusammen zu packen und die Kirche zu verlassen. Der Leichenwagen war eingetroffen und verbreitete eine unbehagliche Stimmung. Der Leichnam lag auf einer schwarzen Plastikfolie, der graue Blechsarg stand geöffnet daneben. Die beiden Bestattungsangestellten nahmen je ein Ende der Plane und packten den leblosen Körper in den Sarg. Der Kommissar sah zu, wie die zwei den Sargdeckel schlossen.

„Wir sind dann soweit", meinte der Größere. Kommissar Hartmann nickte ihm zu, worauf sie den Sarg aus der Sakristei trugen. Zurück blieb nur die gespenstisch wirkende weiße Markierung auf dem Boden, die zeigte, in welcher Stellung der Tote vorgefunden worden war. Inspektor Neumeier eilte herbei: „Endlich, eine Horde wilder Löwen bändigen ist ein Kinderspiel dagegen." Er deutete damit die Ungeduld der wartenden Gottesdienstbesucher an.

Der Kommissar ging mit ihm gemeinsam durch das Mittelschiff, stellte sich vor den Altar und sagte laut zu den Anwesenden: „Sehr geehrte Damen und Herren. Mein Name ist Kommissar Hartmann, ich bin der leitende Beamte in diesem Mordfall. Es tut mir leid, dass wir so lange Ihre Geduld strapazieren mussten, aber ich bin überzeugt, in Anbetracht der Umstände kann ich mit Ihrem Entgegenkommen rechnen. Wie der Gerichtsmediziner feststellte, steht fest, dass Pfarrer Hölzel einem Gewaltverbrechen zum Opfer gefallen ist." Ein lautes Raunen ging durch die Menge. Einige steckten die Köpfe zusammen und begannen bereits mit ersten Spekulationen. Andere saßen mit entsetztem Blick da und starrten ungläubig auf den Kommissar.

"Bitte, meine Herrschaften", wollte Kommissar Hartmann die Situation ein wenig unter Kontrolle zu bringen. „Sie haben sicher Verständnis dafür, dass es deswegen notwendig ist, die Aussagen und die Personalien von jedem Einzelnen der Anwesenden aufzunehmen. Wir hoffen auf Ihr Verständnis." Er gab seinem Assistenten einen Wink und dieser ging mit zwei Gendarmen gleich zu den in der ersten Reihe Sitzenden.

Ein Mann mittleren Alters sprang auf: „Wie stellen Sie sich das vor? Ich muss noch arbeiten oder glauben Sie meine Landwirtschaft erledigt sich von selbst?", fragte er erbost. Sein Nachbar nickte zustimmend und schloss sich dem Protest an.

„Wenn das so ist, fangen wir am besten gleich mit Ihnen beiden an", sagte Hartmann zu den Protestierenden, damit waren sie einverstanden. Er nahm sie mit Richtung Kanzlei und gab seinem Assistenten ein Zeichen.

„Wenn Sie bitte hier warten", sagte der Kommissar zu dem einen, „Sie sind dann als nächster dran." Verunsichert sah dieser seinen Protestpartner an, um anschließend folgsam seine Warteposition einzunehmen. Dann geleiteten die Beamten den anderen in die Kanzlei und starteten die Vernehmung.

„Darf ich um Ihren Namen bitten." Roland Neumaier hatte ein Notizbuch aufgeschlagen und wartete auf die Antwort.

„Johann Steinmüller." sagte der Befragte kleinlaut. „Es tut mir leid, ich wollte nicht unhöflich sein, aber Sie müssen verstehen. Als Landwirt…"

„Schon gut." Der Kommissar leitete die Befragung während der Inspektor Namen, Daten und Informationen in den Block notierte. „Ich brauche auch Geburtsdatum und Adresse." Als der Landwirt ihm beides genannt hatte, fragte er: „Würden Sie mir bitte die Geschehnisse mit Ihren Worten erzählen und, ob Sie etwas Ungewöhnliches beobachtet haben?"

Was der Kommissar und der Inspektor in den Vernehmungen hörten, waren Vermutungen, versteckte Anschuldigungen und Tratschereien. Der Abend zog sich hin. Als der letzte Gottesdienstbesucher vernommen war, entschlossen sie weitere Befragungen auf den nächsten Tag zu verlegen und Quartier im einzigen Gasthaus des Ortes zu nehmen. Der Name ‚Zum goldenen Hirsch' war nicht sehr einfallsreich und die Einrichtung der Zimmer war alt, fast antik, aber es musste genügen. Den Rest des Abends verbrachten sie damit ein Abendessen im Gastraum zu sich zu nehmen und Fakten und Notizen zu sortieren. Inzwischen war es fast Mitternacht und die Männer zogen sich in ihre Zimmer zurück. Die Wirtin hatte ihnen Kosmetikartikel organisiert und nach einer Dusche fielen beide in einen erholsamen Schlaf.

***

Lilly stand vor ihrem Kleiderschrank und schob die Kleiderbügel hin und her, nahm einen mit einem Longshirt heraus und legte ihn auf das Bett, wo schon etliche lagen. Sie konnte sich nicht entscheiden, was sie mitnehmen sollte. Im Stillen beneidete sie Paul, der stilsicher die letzten Kleidungsstücke in den Koffer packte. Er war fast fertig, obwohl er drei Wochen auf Kur fuhr und sie nur ein paar Tage ihre Freundin Cornelia in Machkirchen besuchte. Lilly und Paul planten unbefangen ihre nächsten Tage.

„Ich weiß nicht, was ich mitnehmen soll, das Wetter wird in den nächsten Tagen wechselhaft, es kann regnen oder sogar schneien, aber wenn die Sonne scheint, wird es gleich so warm", beschwerte sich Lilly bei Paul.

„Also Lilly, was wirst du denn schon viel brauchen. Nimm eine Jeans mit, ein paar T-Shirts, einen Pullover und eine Weste und die rote Jacke, aus der kannst du das Futter rausnehmen, dann bist du doch für alle Fälle gewappnet. Was machst du denn so einen Aufstand, du fährst doch nur ein paar Tage zu Conny."

„Du hast Recht." Sie begann T-Shirts aus dem Berg von Oberteilen, der auf dem Bett lag, auszuwählen, faltete sie zusammen und stapelte sie auf einer freien Fläche.

„Wann holt dich Conny morgen am Bahnhof ab?", fragte Paul.

„Der Zug kommt um 11.32 Uhr in Machkirchen an und da wartet sie dann schon auf mich. Ich freue mich sehr auf den Besuch, aber dass sie in den letzten Winkel ziehen musste... Ich muss zwei Mal umsteigen."

„Du hast selbst gesagt, ich kann das Auto haben, weil ich mehr Gepäck habe."

„Das stimmt, so schlimm ist das auch wieder nicht, auf jeden Fall besser, als allein im Auto herumkurven, du weißt, ich fahre nicht gerne mit dem Wagen in eine unbekannte Gegend."

„Schatz, es gibt ein Navi."

„Ja, und dann ziehen sie mich aus irgendeinem Schlammloch, in das mich das Navi geführt hat."

„Ach Lilly", seufzte Paul, weil er wusste, er konnte Lilly nicht überzeugen, das hatte er schon ein paar Mal vergeblich versucht. „Und was habt ihr zwei Hübschen den ganzen Tag vor?"

„Na, quatschen, was sonst."

„Und ich reservier dir für die letzte Woche ein Zimmer bei mir im Hotel."

„Ist gut. Und vergiss nicht, mich gleich anzurufen, wenn du eingecheckt hast."

„Lilly, ich ruf doch immer an." Paul und Lilly telefonierten jeden Tag, wenn er nicht zu Hause war, deshalb war diese Bemerkung überflüssig.

Paul fuhr regelmäßig auf Kur und Lilly nützte das und gönnte sich ein paar Tage Wellness mit ihm gemeinsam. Dieses Mal hatte sie mit ihrer Freundin Cornelia, bereits vor längerer Zeit vereinbart, bevor sie zu Paul fuhr, sie ein paar Tage zu besuchen. Lilly freute sich darauf Cornelia bald wieder zu sehen. Die beiden telefonierten regelmäßig, hatten sich aber zwei Jahre nicht getroffen.

Das Ehepaar packte zu Ende und Lilly und Paul genossen den Abschiedsabend.

***

Am nächsten Tag nahmen der Kommissar und sein Assistent ein einfaches Frühstück zu sich. Der Mord hatte sich wie ein Lauffeuer im ganzen Umkreis herumgesprochen und die ersten Journalisten und Fotografen waren eingetroffen. Sie schwärmten im ganzen Ort aus und befragten jeden, der ihnen in die Quere kam.

Auch in der Pension tauchten sie auf und als sie mitbekamen, dass es sich bei den zwei Männern um die ermittelnden Beamten handelte, bemühten sie sich Informationen zu bekommen.

„Das hat uns gerade noch gefehlt", brummte der Kommissar. Im Nu stürzte sich ein Reporter auf die beiden und bombardierte sie mit Fragen: „Was ist passiert? Wissen Sie schon, wer es getan hat? Gibt es Hinweise auf ein Motiv?"

Der Kommissar fiel ihm ins Wort und sagte so laut, dass alle Anwesenden es hören mussten: „Bitte, wir sind am Anfang der Ermittlungen und möchten um Ihr Verständnis bitten, dass wir noch keine Informationen an die Presse weitergeben können. Sobald wir mehr wissen, werden wir Sie selbstverständlich davon in Kenntnis setzen."

„Und wann wird das sein?", blieb der Journalist hartnäckig.

„Ich verspreche Ihnen, wenn Sie uns unsere Arbeit machen lassen, bekommen Sie schon bald

Informationen." Der Kommissar wollte Zeit gewinnen, Journalisten können hinderlich bei seiner Arbeit sein.

„Na schön, wir verlassen uns darauf", sagte der Journalist.

Während die Kriminalisten ihr Frühstück beendeten, konnten sie beobachten, wie sich der Reporter und sein Fotograf ein Zimmer nahmen. Das erzeugte zusätzlich Druck, manche dieser Zunft sind auf der Jagd nach einer guten Story unberechenbar und nehmen keine Rücksicht auf die Polizeiarbeit.

Die Vernehmungen der Gottesdienstbesucher am Vortag hatte nichts ergeben. Niemand schien zur Tatzeit das Kirchenschiff verlassen zu haben und niemand hatte etwas gesehen. Wenn alle die Wahrheit sagten, war der Geistliche bei jedem beliebt gewesen und ein Motiv nicht nachvollziehbar. Also erhoffte sich Kommissar Hartmann wichtige Informationen von der Haushälterin und der Kanzleikraft.

Die Haushälterin Frau Augustin erfüllte jedes Klischee einer lieben, etwas dicklichen alten Dame. Sie beschwerte sich immerzu über die so schlecht gewordene Welt, die ihren armen Herrn Pfarrer auf dem Gewissen habe. Bei jeder Frage brach sie in Tränen aus und Kommissar Hartmann musste warten, bis sie sich beruhigt hatte.

Nachdem sie bei den üblichen Fragen keinen Hinweis zur Klärung geben konnte, holte er das Plastiktütchen hervor, in dem sich die goldene Krawattennadel befand, die sie unter dem toten

Pfarrer gefunden hatten und hielt es ihr vor Augen.

„Bitte, Frau Augustin, beruhigen Sie sich", versuchte er sein Bestes, damit er endlich die Vernehmung fortführen konnte. Sie schniefte in ein weißes Stofftaschentuch dessen Rand mit Blümchen bestickt war. Kommissar Hartmann konnte sich nicht erinnern, wann er zuletzt jemanden ein Stofftaschentuch hatte benutzen sehen.

„Schon gut, bitte Herr Kommissar, stellen Sie Ihre Fragen!" Für einen Moment hatte es den Anschein, als würde sie sich endlich fangen.

„Danke, Frau Augustin." Nachdem sie keine Anstalten machte, das Säckchen zu nehmen, schob er das Plastiktütchen über die Tischplatte und legte es sorgfältig gerade hin, damit Frau Augustin es genau betrachten konnte.

„Was ist das?", sie sah genauer hin. „Sieht aus wie ein goldenes Schmuckstück", stellte sie fest.

„Ja, es ist eine goldene Krawattennadel. Ich wollte von Ihnen wissen, ob Sie Pfarrer Hölzel gehört hat." Sie bekam wieder Tränen in den Augen.

„Ich weiß nicht, aber ich glaube nicht, er trug nur eine Armbanduhr und sein Kreuz. Soweit ich weiß, war das aber aus Silber, andere Schmuckstücke habe ich nicht an ihm gesehen. Ist das wichtig?"

„Ja, wir haben sie unter dem Leichnam gefunden und…" Sofort brach sie erneut in einen Weinkrampf aus und Kommissar Hartmann hätte sich für seinen verbalen Ausrutscher am liebsten auf die Zunge gebissen. Es dauerte eine gefühlte Ewigkeit, bis sie sich endlich beruhigt hatte. Behutsam fuhr er fort: „Also Frau Augustin, kennen Sie die Krawattennadel oder haben Sie sie einmal beim Herrn Pfarrer gesehen? Sehen Sie sie ruhig genauer an." Er hob das Tütchen in die Höhe und hielt es ihr vor die Augen. „Es zeigt einen Schmuckstein, wahrscheinlich einen Diamanten mit kleinen roten Steinen umrandet, vielleicht Rubine. Das muss doch wertvoll sein und auffallen, vielleicht haben Sie davon gehört, dass es jemandem fehlt."

„Nein, tut mir leid", sagte sie mit zittriger Stimme. „Sie müssen wissen, sein Schmuck war eines der wenigen Sachen, um die er sich selbst gekümmert hat. Ich weiß nicht, ob er Schmuckstücke besaß. Ich kann mir auch nicht vorstellen, dass sie ihm gehörte, wissen Sie, er war ein sehr bescheidener Mann." Sie sagte das mit großer Hochachtung und es war das erste Mal seit Beginn des Verhörs, dass er sie ansatzweise lächeln sah. „Auf jeden Fall habe ich noch nie eine solche Krawattennadel bei ihm gesehen, sie passt auch nicht zu seinem Stil", meinte sie und schnäuzte erneut beherzt in ihr altmodisches Stofftaschentuch.

„Es ist wichtig, dass wir klären, wem sie gehört. Wir wissen nicht, ob sie etwas mit dem Mord zu tun hat, aber da sie unter dem Leichnam von Pfarrer Hölzel gefunden wurde, könnte es sein, dass sie dem Mörder gehört."

„Oh, mein Gott." Frau Augustin drückte ihr Taschentuch auf das Gesicht und begann von neuem herzzerreißend zu weinen.

„Nein, oh nein." Verdammt, wie blöd konnte man denn sein, ärgerte sich Kommissar Hartmann über sich selbst. Er lief um den Tisch und stand hilflos bei Frau Augustin. „Bitte, weinen Sie nicht mehr." Er tätschelte ihr vorsichtig den Rücken, doch das half nichts. „Bitte Frau Augustin", er half ihr sanft auf die Beine, „gehen Sie nach Hause und machen Sie sich eine schöne Tasse Tee." Er führte sie zur Tür. „Sollte ich noch Fragen haben, melde ich mich bei Ihnen." Er atmete tief durch, als Frau Augustin endlich weg war und brauchte eine Weile, bis er sich nach der Befragung mit der sensiblen Frau Augustin gefangen hatte.

***

Der Kommissar ging vor die Kirche, um nach der ermüdenden Befragung von Frau Augustin ein wenig Luft zu schnappen und verfluchte, dass er diese Befragung nicht seinem Inspektor hatte machen lassen. Dieser war unterwegs Dorfbewohner zu befragen und er überlegte, ob sein Assistent den einfacheren Job hatte. Bald fühlte er sich wieder frisch genug und er machte sich auf, seine Arbeit fortzusetzen. Auf dem Weg zurück in die Kanzlei, begegnete er dem Journalisten und dem Fotografen von vorhin.

„Guten Morgen", begrüßte der Journalist ihn höflich, „gibt es schon Neuigkeiten?"

Der Kommissar erwiderte den Gruß: „Leider nein, ein bisschen Zeit zum Recherchieren müssen Sie uns schon geben. Vergessen Sie unsere Abmachung nicht!", erinnerte er ihn daran, dass er keine Einmischung wünschte.

„Und Sie vergessen Ihr Versprechen nicht!"

„Für welche Zeitung schreiben Sie?"

„Für die, die am meisten für eine Story bezahlt."

„Und wer sind Sie?", wandte er sich an den Fotografen, aber der Reporter antwortete für ihn.

„Das ist Klaus Blum, wir arbeiten manchmal zusammen", erklärte er. „Mein Name ist übrigens Manfred Plattek", stellte er sich nachträglich vor.

„Was werden Sie als nächstes tun?"

„Wir sind erst am Anfang unserer Ermittlungen, das heißt Routinearbeiten."

„In welche Richtung gehen die?"

„Es gibt noch keine Richtung, hören Sie, ich muss jetzt weiter, ich melde mich."

Der Reporter merkte, dass Hartmann nicht bereit war, ihm Informationen zu geben, also ließ er es gut sein und verabschiedete sich. Der Kommissar sah, wie die beiden zum Gasthaus gingen und er setzte seinen Rückweg zur Kirche fort.

Inzwischen war Frau Cornelia Klahr, Pfarrer Hölzels Kanzleikraft an ihrem Arbeitsplatz. Sie war noch gestern spätabends von der aufgeregten Frau Augustin aufs Ausführlichste über die Ereignisse aufgeklärt worden und so war sie nicht überrascht, als Kommissar Hartmann in der Kanzlei auftauchte. In ihr fand er eine bessere Informantin. Sie war aufmerksam und weit weniger sensibel.

Frau Klahr war eine Frau von Ende vierzig, mittelgroß und hatte eine schlanke Figur, nur ihre

Schultern wirkten ein wenig zu breit. Der Kommissar fand sie überaus attraktiv. Sie hatte wunderschöne graue Augen, die farblich perfekt zu ihrem roten Haar passten. Er fing mit der gängigsten Frage an, ob ihr in letzter Zeit etwas Ungewöhnliches aufgefallen wäre. Sie warf ihre sehr üppige Mähne gekonnt zurück: „Ja, Pfarrer Hölzel hat mich im letzten Monat auf den Dachboden geschickt, um ihm alte Akten zu bringen. Ich musste alles stehen und liegen lassen, er meinte, das wäre wichtig und ich solle sie sofort holen, das war ungewöhnlich. Üblicherweise ist die Arbeit hier eine sehr planbare." Ihre Blicke trafen sich und sie fand, dass er ein gutaussehender Mann sei. Schade, dass er nicht größer war, aber was soll`s, er war sicher verheiratet und hatte drei Kinder.

„Und um welche Akten handelte es sich?"

„Es waren die Sterbebücher von 1939 bis 1945. Anfangs dachte ich mir noch nicht viel dabei. Wir werden manchmal von Ahnenforschern um Hilfe gebeten." Sie beugte sich näher zum Kommissar und kniff ihre grauen Augen zusammen, sodass er ihre kleinen Fältchen sehen konnte. „Aber die Sterbebücher dürften nicht den gewünschten Erfolg gebracht haben, denn er begann in seinem Laptop im Internet zu surfen."

„Und das war seltsam?", fragte er.

„Das kann man so sagen. Normalerweise bat er mich darum, wenn etwas zu schreiben oder recherchieren war. Unser Herr Pfarrer war ein kluger, lieber Mensch, aber wie Internet funktioniert, hat er nie wirklich verstanden. Aber dieses Mal wollte er das selber machen", sagte sie in einem verschwörerischen Ton.

„Haben Sie herausgefunden, was ihn so interessierte oder hat er Ihnen etwas darüber erzählt?"

„Er meinte, er wolle ein bisschen mehr über die ehemaligen Besitzer des Guts herausfinden, wann sie gestorben sind und so. Die Baronin, die es jetzt bewohnt und ihr verstorbener Mann, haben es angeblich nach dem Krieg erworben. Warum ihn das so brennend interessierte, weiß ich nicht, aber in letzter Zeit traf er sich öfter mit der alten Baronin. Vielleicht hatte die Angelegenheit sein Interesse geweckt oder sie hatte ihn darum gebeten." Als der Kommissar von dieser interessanten Tatsache nicht sehr beeindruckt schien, setzte sie noch nach: „Die war seit Ewigkeiten nicht mehr in der Kirche gewesen. Doch jetzt auf einmal war sie ständig mit dem Herrn Pfarrer zu sehen. Sie rief an, ließ sich sofort verbinden. Wenn ich fragte, worum es geht, meinte sie, das sei privat. Gut, sie ist nicht mehr die Jüngste und da denkt man wahrscheinlich verstärkt über ein Leben nach dem Tod nach. Aber merkwürdig war es doch", blieb sie bei ihrer Überzeugung, dass diese Information für die Polizei wichtig sein muss.

„Und wie heißt die Baronin?"

„Baronin Klesst von Traunwarth." Frau Klahr ärgerte sich über die zur Schau gestellte Lässigkeit des Kommissars. Jeder andere hätte sicher gefragt, wie sich dieser komplizierte Name schreibt, nicht so dieser Kriminalbeamte. Sie war versucht ihm den Namen unaufgefordert zu buchstabieren, entschied sich aber dagegen.

„Und wo finde ich dieses Gut?", fragte Kommissar Hartmann und schickte sich endlich an, etwas zu notieren.

„Es ist ein riesiges Anwesen im alten Forstwald, das größte Anwesen in der Gegend. Sie fahren die Hauptstraße entlang und nach etwa fünf Kilometern kommt eine Abzweigung. Achten Sie auf das Schild „Gut Wertheim". Seit dem Tod des Herrn Baron vor einigen Jahren bewohnt sie es allein mit ihrem Sohn und dem Ehepaar Neidhartinger. Frau Neidhartinger macht den Haushalt und er kümmert sich um Handwerkliches und den Park."

„Danke, das war´s erst mal. Wenn Ihnen noch etwas dazu einfällt, rufen Sie mich bitte unter dieser Nummer an. Ich bin immer erreichbar."

Immer erreichbar, wozu? Ihn interessierte sowieso nicht, was sie zu sagen hatte. Er reichte ihr seine Visitenkarte und verabschiedete sich.

***

Cornelia konnte an nichts anderes denken. Sie war bestürzt über den Tod des Herrn Pfarrer und es belastete sie, dass man noch nicht wusste, wer der Mörder war. Am meisten beschäftigte sie, wer, welches Motiv haben könnte. So wie sie das sah, musste es eine persönliche Angelegenheit gewesen sein. Aber wer hatte einen so starken Grund, ihn auf diese grausame Weise zu ermorden. Vielleicht konnte sie noch Hinweise finden, immerhin kannte niemand die Belange der Pfarre so gut wie sie.

Cornelia wollte nach ihrer Scheidung vor mehr

als acht Jahren wieder arbeiten gehen, um eigenes Geld zu verdienen. Sie hatte ihren Beruf nach der Geburt ihrer Tochter, nicht mehr ausgeübt und sich ausschließlich um Kind und Haushalt gekümmert. Kaum war ihre Tochter wegen des Studiums nach Deutschland gezogen, fand ihr Mann Gefallen an einer jungen Mitarbeiterin in seiner Firma und ließ sich scheiden. Sie war über zwanzig Jahre mit ihm verheiratet gewesen und tief verletzt. Ihr Stolz hinderte sie daran, von seinen Alimenten zu leben, doch niemand wollte eine fast vierzigjährige ehemalige Bankangestellte einstellen, die lange nicht in ihrem Beruf gearbeitet hatte. Und dann hatte sie über eine Bekannte von dem offenen Kanzleiposten in Machkirchen erfahren und sie hatte Glück. Besser hätte sie es nicht treffen können. Cornelia zog hierher, fand eine kleine Wohnung im einzigen Miethaus im Dorf und eine neue Heimat. Inzwischen hat sie sich ein neues Leben aufgebaut und fühlt sich hier sehr wohl.

Nachdem der Kommissar gegangen war, beeilte sich Cornelia das Schlafzimmer von Pfarrer Hölzel zu erreichen. Ihre Körperhaltung verriet, dass sie nicht gesehen werden wollte. Immerhin hatte sie in diesem Raum nichts verloren und es wäre ihr unangenehm gewesen, beim Schnüffeln ertappt zu werden. Irgendwie war es ihr auch peinlich und gar nicht ihre Art in fremden Sachen zu wühlen, aber es gab keine andere Möglichkeit, sie wollte unbedingt den Laptop von Pfarrer Hölzel finden. Ihre Neugierde war zu groß und wenn sie Glück hatte, war die Polizei noch nicht hier gewesen. Sie fing beim Nachtkästchen an, der Inhalt war überschaubar. Taschentücher, Tabletten, sie konnte nicht erkennen wofür, ein Buch und Briefe seiner Mutter. Die Arme, kurz schwenkten ihre Gedanken zu der alten gebrechlichen Frau, die seit einigen Jahren in einem Altenheim betreut wurde. Sie besann sich ihres Vorhabens, nahm alles heraus - nichts. Auf seinem Schreibtisch lagen einige Bücher und ein unordentlicher Haufen Notizen für die Predigt am Sonntag. Sie wühlte herum, öffnete Laden. Wieder nichts. Sie ging zum Schrank, öffnete ihn und durchsuchte die Kleiderstapel. Endlich, unter den Pullovern fand sie das Gesuchte. Wieso hatte er ihn hier aufbewahrt? Egal. Sie nahm ihn vorsichtig unter den Arm und verließ, nachdem sie sich vergewissert hatte, dass vor der Türe niemand war, das Zimmer. Mit raschen Schritten ging sie zurück in die Kanzlei, holte ihre Sachen, verstaute den Laptop in einer Leinentasche und lief ungeduldig nach Hause.

***

Zuhause angekommen, schmiss sie ihre Sachen nur auf die Couch, weil sie es kaum erwarten konnte, den Laptop zu durchstöbern. Der Couchtisch war nicht sehr groß und so musste sie die Kerze samt Deckchen, den Wasserkrug und das Buch, das sie gerade las, zur Seite schieben, damit Pfarrer Hölzels Laptop darauf Platz hatte. Das tat sie so stürmisch, dass der Wasserkrug von der Kante rutschte und mit einem dumpfen Geräusch auf dem Teppich zu liegen kam. „Verdammt", ärgerte sie sich über ihre Ungeschicklichkeit. Zum Glück hatte sich nicht sehr viel Wasser im Krug befunden. Hastig beseitigte sie die Bescherung, schälte den Laptop aus der Tasche und stellte ihn auf den vorbereiteten Couchtisch und drückte den Startknopf. Sie war so ungeduldig, dass sie erst jetzt den Mantel und die Stiefeletten auszog. Sie setzte sich und starrte auf die Sanduhr, die zeigte, dass der Computer noch nicht einsatzbereit war. Es schien ihr eine Ewigkeit zu dauern, so beschloss sie, sich zu beschäftigen. Sie zwang sich Tee zu kochen, stellte Brot und Käse auf ein Servierbrett, da sie nicht vorhatte, ihrem Brunch viel Zeit zu widmen. Sie stellte das Tablett mit dem einfachen Dinner seitlich auf den Hocker. Endlich war die Sanduhr verschwunden und sie wollte zielsicher das Internet öffnen, als ihr Handy klingelte. Sie kramte aus ihrer Tasche das Telefon hervor. Auf dem Display leuchtete der Name des Anrufers. „Lilly! Scheiße", entfuhr es ihr, sie drückte die Hörertaste: „Lilly! Es tut mir so leid! Ich komm schon", sprudelte es aus ihr heraus. Sie ließ alles stehen und liegen, schlupfte erneut in ihre Stiefeletten, schnappte ihren Mantel und verließ fluchtartig die Wohnung.

Am Bahnhof saß Lilly auf einer Bank und blätterte in einer Zeitschrift. Cornelia blieb im Halteverbot stehen, stieg aus, winkte und rief Lilly zu. Sie ging ihr ein paar Schritte entgegen und als sie beieinander standen, fielen sie sich in die Arme.

„Bitte entschuldige, es tut mir so leid", waren Cornelias ersten Worte.

„Das macht doch nichts, ist nicht so schlimm", zeigte sich Lilly verständnisvoll, „was ist denn passiert?"

„Du wirst es nicht glauben." Cornelia nahm Lilly ihren Trolley ab, ging zum Kofferraum und verstaute ihn, dann stiegen beide ins Auto, bevor Cornelia mit ihrem Bericht begann: „Stell dir vor, unser Pfarrer ist ermordet worden."

„Was?!" Lilly starrte sie mit großen Augen an.

„Ja, er wurde gestern erwürgt in der Sakristei aufgefunden. Ich bin noch ganz durcheinander."

„Du meine Güte, wer bringt denn einen Geistlichen um? Weiß man schon, wer es war?" Lilly war von Cornelias Worten bestürzt.

„Nein, die Ermittlungen haben eben erst begonnen. Ein Kommissar und ein Inspektor aus Wien sind da. Vorhin hat mich der Kommissar befragt. Aber ich mag seine Gleichgültigkeit nicht."

„Was meinst du?"

„Ich habe schon einen Hinweis, der vielleicht wichtig ist, aber meinst du, diesen Kommissar interessiert das?"

„Und was ist das für ein Hinweis?", fragte Lilly.

„Ich zeig dir alles, wenn wir bei mir sind", wich Cornelia aus, „erzähl mir erst, wie es euch geht." Die restliche Fahrt plauderten sie über Familie, Freunde und Beruf.

Bei Cornelia angekommen verstaute Lilly den Trolley, Cornelia machte frischen Tee und dann setzten sie sich zu einem Imbiss an den Esstisch.

„Und was ist das jetzt für ein Hinweis?", drängte Lilly und trank einen ordentlichen Schluck von dem heißen Tee.

Cornelia erzählte ihr von ihrer Beobachtung, dass Pfarrer Hölzel sich öfter mit der Baronin getroffen hatte, und von den Sterbebüchern.

„Außerdem war auffallend, dass Pfarrer Hölzel sich selbst im Internet umsah, was er sonst nie tat."

„Und was bedeutet das?"

„Ich habe keine Ahnung, aber…", Cornelia stockte und rührte nachdenklich in ihrem Tee.

„Was?" Als Cornelia keine Antwort gab, bohrte Lilly nach, „Conny, was? Sag schon!"

„Ich hab den Laptop von Pfarrer Hölzel mitgenommen." Sie zeigte mit einem kurzen Kopfnicken Richtung Laptop.

„Wie bitte? Und weiß die Polizei davon?"

„Also Lilly… " Mehr brauchte Cornelia nicht zu sagen, um Lilly darauf aufmerksam zu machen, wie dumm diese Frage war.

„Du hast den Laptop hier?", fragte Lilly ungläubig, aber voll Bewunderung für Cornelias Initiative. Sie sah zu dem Gerät und Cornelia nickte nur, weil sie unsicher war, was Lilly davon hielt. Die beiden Frauen blickten sich nur kurz in die Augen und in dem Moment wussten sie, dass sie soeben einen stummen Packt geschlossen hatten. Eine Sekunde später stürzten sie zur Sitzgarnitur, klappten den Bildschirm auf und starteten den Laptop, der ein leises surrendes Geräusch von sich gab. Vorsichtshalber schlossen sie ihn ans Stromnetz an, da sie nicht wussten, wie lange ihre Recherche dauern würde.

Sie riefen die Internetseiten auf, die Pfarrer Hölzel zuletzt angesehen hatte. Offenbar interessierte er sich für den deutschen Adel. Obwohl sie sich viel Zeit nahmen alle Seiten genau durchzusehen, fanden sie keine Verbindung zu dem Mord an Pfarrer Hölzel. Lilly und Cornelia konnten mit all diesen Informationen nichts anfangen und ärgerten sich, dass sie nicht mehr herausfinden konnten.

Sie grübelten wie ein Buchprüfer an der Abschlussbilanz, warum ihn plötzlich der deutsche Adel interessiert hatte?

„Soweit ich weiß, stammt die Familie Klesst von Traunwarth vom deutschen Adel ab", meinte Cornelia.

„Wer ist das?"

„Das ist die Familie, die das riesige Anwesen mit dem Schloss nicht weit vom Ort besitzt."

„Vielleicht ist da was mit der Herkunft", meinte Lilly, „vielleicht stammt eins der Kinder von einer Affäre und es geht um die Erbschaft."

„Aber wieso jetzt? Der alte Baron ist seit ein paar Jahren tot und sein Sohn Hugo ist zwar nicht mehr der Jüngste, aber soweit ich weiß, erfreut er sich bester Gesundheit."

„Hat er Kinder?"

„Ja, einen Sohn, ein Tunichtgut, er ist inzwischen so Mitte 30 und bringt das Studium nicht zu Ende. Ich glaube, er strengt sich auch nicht besonders an. Und eine Tochter so etwa 40, sie ist mit einem Anwalt verheiratet. Man munkelt, dass sie gerne Kinder hätte und es klappt nicht, was die Ehe ziemlich belasten soll."

„Und seine Frau, also Hugos Frau?"

„Gestorben. Vor etwa zwei Jahren. Ich habe gehört, sie hatte Krebs."

„Hmm, da muss mehr sein." Lilly starrte auf den Bildschirm, als wartete dort die Erleuchtung auf sie.

„Aber was war in letzter Zeit so interessant an dieser Familie? Und immer diese Geheimnistuerei?" So sicher Cornelia war, dass das mit dem Tod vom Herrn Pfarrer zusammenhing, so sehr ärgerte sie, nicht erkennen zu können, wie diese Puzzleteile zusammenpassten. Nach langer nicht einträglicher Suche und ewigen Diskussionen läutete Lillys Handy. Sie starrte Cornelia an: „Das ist Paul. Kein Wort von dem Mord!", sagte sie im Befehlston zu Cornelia. Natürlich wusste Cornelia von Lillys Abenteuern und wie ablehnend Paul dem gegenüberstand. Lilly hob ab und erzählte Paul von ihrer Ankunft und Cornelia bewunderte, wie sie so lange über banale Themen redete, wie sie Paul ausfragte, was sich bei ihm tue, ob er schon wisse, welche Behandlungen er bekommt, wie ihm das Zimmer gefalle und wie sie gekonnt den Mord an Pfarrer Hölzel verschwieg. Als sie auflegte, sah Cornelia sie nur an.

„Was?", fragte Lilly Cornelia. „Ich muss ihn doch nicht beunruhigen, er hat sich die Kur redlich verdient, da will ich ihn nicht belasten." Lilly wusste natürlich, dass sie mit dieser Erklärung nicht nur Cornelia, sondern auch sich selbst belog.

„Na, hoffentlich bekommt er keine Zeitung in die Hand, die von dem Mord berichtet."

„Du hast ja recht, morgen erzähle ich ihm davon." Sie quatschten noch bis in die Nacht, kamen aber bei ihren Recherchen auf keinen grünen Zweig und gegen Mitternacht resignierten sie, gaben der Müdigkeit nach und gingen schlafen.

***

Inspektor Neumaier brachte den ganzen Vormittag damit zu, im Dorf von Haus zu Haus zu gehen und die Leute zu vernehmen. Er begann bei der Kirche und arbeitete sich im Uhrzeigersinn weiter vor. Er hörte Klatsch und Tratsch, wie ein Bauer dem anderen Land gestohlen hatte, der Bürgermeister jemandem erlaubt hatte ein Holzhaus zu bauen, obwohl das im Gemeinderat so nicht besprochen worden war, und noch vieles mehr. Über Pfarrer Hölzel hörte er nur, wie nett er gewesen war und niemand konnte sich vorstellen, dass er Feinde gehabt haben könnte. So sehr alle den Pfarrer gemocht hatten, so wenige Freunde hatte der Küster. Der Inspektor fand niemanden, der mit dem Messdiener privaten Kontakt hatte. Seine Vorstrafen waren kein Geheimnis, jeder im Dorf misstraute ihm. Alle hatten gehofft, dass er bald genug haben würde von der konservativen Lebensweise und wieder verschwinden würde, doch er schien in der Kirche eine neue Heimat gefunden zu haben.

Zwei Vernehmungen musste er verschieben, da niemand zu Hause war. Inspektor Neumaier dachte schon, er sei in einer Sackgasse gelandet, als er beim letzten Haus anklopfte. Es befand sich nahe der Kirche und die Fassade hatte ihre beste Zeit lange hinter sich, es gab keine Klingel und kein Türschild. Über der Eingangstür waren, wie bei allen vorherigen Häusern, das Jahr und die Initialen der Heiligen drei Könige mit Kreide geschrieben zu sehen. Hier schien jeder katholisch zu sein. Nach einer Weile klopfte er wieder, es musste jemand zu Hause sein, da er Licht sah. Er hörte ein genervtes „Ja, ja" und schlurfende Schritte. Als geöffnet wurde, sah er eine alte Frau. Sie war mager, er hätte sie als ausgezehrt bezeichnet. Ihre fast zur Gänze ergrauten Haare trug sie zu einem Zopf geflochten, der straff hochgesteckt war, was ihr Gesicht verhärmt und hart wirken ließ. Ihre altmodische Kleiderschürze hatte sie wahrscheinlich in den 70er Jahren gekauft und die Hausschuhe schienen ihr zwei Nummern zu groß zu sein. Ihr Blick war müde und ihre Mundwinkel hingen nach unten.

„Guten Tag, ich bin Inspektor Neumaier", er zückte seinen Dienstausweis, „wir untersuchen den Tod von Pfarrer Hölzel und ich wollte mit Ihnen sprechen, etwa, ob Ihnen in den letzten Tagen etwas aufgefallen ist."

„Mir ist gar nichts aufgefallen", sagte die Frau abweisend und wollte schon die Türe schließen, doch er streckte den Arm aus und hinderte sie daran.

„Manchmal glaubt man, dass etwas nicht wichtig ist, aber für uns könnte es ein Hinweis sein, vielleicht können wir drinnen weitersprechen."

Sie hielt inne, überlegte stumm und ließ sich ungewöhnlich lange Zeit, bis sie entschied, seiner Bitte nachzukommen. Die Einladung war ungewöhnlich, sie ließ einfach die Türe offen und ging in das Hausinnere. Er trat ein, schloss die Tür und folgte ihr durch den Flur. Als sie in der guten Stube ankamen, hatte er den Eindruck, als sei er in einer Zeitmaschine in die Vergangenheit gereist. Der Raum war recht groß, doch die Deckenhöhe war gering, dadurch wirkte er bedrückend. Rechts an der Wand stand eine alte Anrichte, daneben eine dunkle hölzerne Eckbank mit einem massiven übergroßen Tisch. Blau-weiß karierte Sitzpölster luden zum Sitzen ein. Er trat näher und blieb in der Mitte des Raumes stehen. Links in der Ecke stand ein museumsreifer Herd, der mit Holz beheizt wurde. Daneben befand sich eine Kredenz, die zum Rest der Einrichtung passte. Nur in alten Filmen hatte er eine so antiquierte Einrichtung gesehen. Unerwartet sah er das Nirosta-Abwaschbecken mit fließendem Wasser, welches der einzige zeitgemäße Einrichtungsgegenstand war.

Es roch nach Hausmannskost, Holz und weiteren undefinierbaren Aromen.

Sie stand an der Kredenz und werkte herum: „Ich mache mir gerade Kaffee, wollen Sie auch welchen?" Er hatte bei den ganzen Befragungen sicher an die fünf Tassen Kaffee getrunken, aber er war so erstaunt über dieses unerwartet freundliche Angebot, dass er zustimmte. Sie nahm müde zwei Kaffeetassen, schlurfte quer durch den Raum und stellte sie auf den Tisch. Sie waren unterschiedlich, auf einer war „Oma" zu lesen, die zweite war mit rosa Blümchen verziert. Dann schlurfte sie zurück. Auf der Kredenz stand eine lindgrüne Kaffeekanne mit Filteraufsatz, in den sie mit einem Löffel gemahlenen Kaffee füllte. Sie nahm eine Stielkasserolle von dem antiken Herd und goss Wasser auf, als sie es für genug empfand, stellte sie die Kasserolle zurück, nahm den Aufsatz ab, gab den Deckel auf die Kanne und wollte mit der bereitstehenden Milchkanne und der Kaffeekanne abermals zum Tisch schlurfen.

„Warten Sie, ich nehme das." Neumaier eilte zu ihr, nahm ihr Kaffee und Milch ab, stellte beides auf den Tisch, eilte zurück, führte sie zum Tisch und rückte ihr einen Stuhl zurecht. Sie ließ ihn gewähren und als sie saßen, bemerkte sie, dass sie den Zucker vergessen hatte. Sofort ging er und holte ihr Zucker und einen Löffel. Er goss ihr und sich selbst Kaffee ein.

„Das ist sehr nett", sagte sie und ihr Gesichtsausdruck schien sich erstmals zu entspannen, „Wissen Sie, ich bin solche Aufmerksamkeit nicht gewohnt."

„Das ist doch selbstverständlich", bemühte sich der Inspektor um gute Stimmung. „Wenn Sie schon so freundlich sind und bereit sind, mit mir zu sprechen und mich auch noch zum Kaffee einladen." Er meinte einen Anflug eines Lächelns zu erkennen.

„Dann stellen Sie halt Ihre Fragen! Was wollen Sie wissen, Herr Inspektor?" Wäre sie in seinem Alter gewesen, hätte er gemeint, sie flirtet mit ihm.

„Ihr Haus liegt doch sehr nahe an der Kirche und mich würde interessieren, ob Sie irgendetwas gehört, gesehen oder beobachtet haben, was uns weiterhelfen könnte, Frau... Zu dumm, jetzt habe ich Ihren Namen vergessen." So konnte er sie elegant darauf hinweisen, dass sie sich nicht vorgestellt hatte.

„Rosa Hawel", sagte sie bereitwillig, ohne auf seine kleine Spitzfindigkeit einzugehen. „Mit denen da draußen will ich nichts zu tun haben. In die Kirche laufen und dann über andere schlecht reden." Ihr kurzes Lächeln war einem angriffslustigen Ausdruck gewichen.

„Und über wen wird schlecht gesprochen?"

„Na über alle, jeder weiß über den anderen was zu reden."

„Und was haben sie über den Pfarrer geredet?"

„Über den Pfaffen nichts, aber sie sind hergezogen über den Nemec. Und als er ihn hergeholt hat, sind sie gleich zur Diözese gelaufen und haben sich beschwert. Aber er hat ihn trotzdem als Messdiener genommen und die", sie zeigte verächtlich nach draußen, „konnten einpacken. Die von der Diözese haben gesagt, er kann sich als Mesner nehmen, wen er will."

„Und Sie, was sagen Sie zum Mesner?"

Sie zuckte die Achseln: „Der ist mir wurscht."

„Sie waren gestern nicht beim Gottesdienst." Er formulierte es als Feststellung und Frage zugleich.

„Ich? Ich geh schon seit Jahren nicht zur Kirche."

„Aber Sie sind schon religiös." Sein Blick fiel auf das große Kruzifix, das zwischen den beiden Fenstern hing, dann drehte er sich um und sah auf das kleine Weihwasserbecken, das über ihm neben einem billigen Ölbild hing, das das letzte Abendmahl zeigte.

„Ich bin getauft, gefirmt und habe kirchlich geheiratet. Aber von den Heuchlern habe ich genug, wenn ich da oben bin", sie deutete gen Himmel, „mache ich mir das mit ihm selber aus. Ich weiß, er wird Verständnis haben."

„Ich verstehe." Er begann sich zu fragen, was passiert war, das sie so verbittert hatte werden lassen. Sie rührte gedankenverloren in ihrer Tasse, es sah aus, als ob sie überlegte, etwas zu sagen. Er nahm einen Schluck Kaffee.

„Der ist gut, hat ein ganz anderes Aroma, das kommt sicher, weil Sie ihn händisch aufgießen." Das Kompliment entlockte ihr ein weiteres Lächeln.

„Das kann schon sein." Langsam gewann er ihr Vertrauen. Sie sah ihn vielsagend an. „Letztens habe ich gesehen, wie ein Fremder zum Pfarrer gegangen ist."

„Ein Fremder?", wiederholte er interessiert. Sie nickte.

„Ich habe ihn noch nie in Machkirchen gesehen und glauben Sie mir, ich kenne alle." Er glaubte ihr.

„Und wann war das?" Der Inspektor zückte seinen Block und begann zu schreiben.

Kurzes Schulterzucken: „Vor zwei, drei Wochen. Er kam ein paar Mal, stellte sein Auto dort drüben an den Seiteneingang und wurde vom Pfarrer mit Handschlag begrüßt und verabschiedet."

„Wissen Sie, was das für ein Auto war oder haben Sie sich vielleicht das Kennzeichen gemerkt?"

„Ich kenn mich mit Autos nicht aus, er war

dunkel, kein Kombi, sah sehr edel aus. Und der Anfang vom Kennzeichen waren zwei große ‚L'."

„Und wie sah der Mann aus?"

Sie überlegte: „Groß war er, ziemlich mollig, so 40 oder 50."

„Sonst noch Auffälliges? Die Haarfarbe vielleicht?"

„Schwer zu sagen, er hatte kaum mehr welche, aber eher dunkel." Er hörte, dass sich die Türe öffnete. Ihre Miene verzog sich zum anfänglichen sauertöpfischen Ausdruck.

„Mein Sohn", sagte sie knapp, als sie seinen fragenden Blick sah. Erwartungsvoll sah er zur Tür. Es dauerte außergewöhnlich lange, bis er die wankende Gestalt sah, Herr Hawel war voll wie eine Haubitze. Er war kaum in der Lage, sich auf den Beinen zu halten. Als er den Raum betrat, verbreitete sich seine unangenehme Alkoholfahne, vermischte sich mit seinem scheußlichen Körpergeruch. Seine Mutter saß stoisch auf ihrem Stuhl, nahm einen Schluck Kaffee und verzog keine Miene. Schlagartig war die entspannte Stimmung einer unangenehmen, drückenden Befangenheit gewichen. Sogar Inspektor Neumaier saß still und harrte der Dinge.

Hawel setzte sich dem Gast gegenüber und sah ihn feindselig an.

„Was will denn der da?", richtete er lallend die Frage an seine Mutter. Seine Stimmlage war rau und drohend. Sie schwieg.

„Ich bin Inspektor Neumaier", stellte sich der Polizeibeamte vor, „ich befrage die Dorfbewohner zu dem Tod von Pfarrer Hölzel."

„Was gibt's denn da zu fragen? Ich weiß, wer`s war, wir alle wissen, wer´s war." Seine Zunge war schwer, das hielt ihn aber nicht ab, die Worte zu brüllen, als ob sie dadurch mehr Wahrheitsgehalt bekämen.

„Ach ja, und wer war es Ihrer Meinung nach?" Nun verstand Neumaier, wo die Verbitterung von Rosa Hawel herkam.

„Wer, wer, wer…", grölte der Sohn und fuchtelte bedrohlich mit den Händen herum, „brauchen´s nur über die Straße gehen und diesen Knasti einbuchten."

„Sie meinen den Mesner."

„Wen denn sonst?"

„Woher willst du das wissen", mischte sich seine Mutter ein, „vielleicht warst es ja du." Sie funkelte ihn giftig an. Er ließ seine Fäuste auf den Tisch knallen, die Tassen sprangen in die Höhe und aus ihrer schwappte Kaffee auf den Tisch. Neumaier dachte, der Sohn würde sich gleich auf seine Mutter stürzen und er machte sich bereit dazwischen zu gehen, doch es wurde nur ein Duell mit Blicken – und sie gewann. Blindwütig sprang der Trunkenbold auf, er musste sich am Tisch festhalten, um genug Stabilität für eine aufrechte Haltung zu bekommen. Ordinär vor sich her schimpfend stapfte er davon. Nun kehrte wieder Ruhe ein.

„Getrunken hat er schon immer, aber als er seine Arbeit verloren hat, ist es ganz schlimm geworden", erklärte Frau Hawel ihrem Gast.

„Verstehe, wo hat er denn gearbeitet?"

„Auf dem Gut." Sie stand auf, holte ein feuchtes Tuch, beseitigte das Malheur, ließ das Tuch dann achtlos auf dem Tisch liegen und widmete sich wieder ihrem Gast.

„Ach, auf dem Gut? Was hat er dort gearbeitet?"

„Er war der Gärtner."

"Und wieso wurde er entlassen?"

Sie senkte verlegen den Kopf. „Sie haben gesagt, er sei öfter betrunken zum Dienst gekommen." Sie sah ihn mit böse funkelndem Blick an: „Und wenn schon. Er hat jahrelang für die geschuftet und dann, als er keine Chance hatte einen neuen Job zu finden, entlassen sie ihn. Damals ging die Haushälterin in Pension. Dann haben sie das Ehepaar eingestellt, da war ihnen Josef im Weg und sie haben ihn einfach entlassen."

Ihre Entschuldigung zum Alkoholproblem ihres Sohnes, zeigte ihre dehnbare Ansicht zu dem Thema, aber das tat auch nichts zur Sache.

„Wann war das?"

Sie überlegte und gab auf: „Ich weiß gar nicht mehr, das ist schon einige Jahre her. Er war schon fast fünfzig und es ist so schon schwierig genug hier Arbeit zu finden und in dem Alter…" Sie ließ den Satz unvollendet.

„Wohnt sonst noch jemand hier?", fragte der Inspektor. Sie schüttelte verneinend den Kopf: „Mein Mann ist bei einem Autounfall gestorben, da war der Bub gerade fünfzehn."

„Wäre es Ihnen vielleicht möglich ihm zu sagen, dass ich gerne einmal mit ihm über die Angelegenheit sprechen würde?" Er stand auf, steckte sein Notizbuch ein und bereitete seinen Aufbruch vor. „Besser morgen, wenn er sich wieder wohler fühlt", umschrieb er diskret den elenden Zustand ihres Sohnes.

„Was wollen Sie denn von ihm?", der Gedanke an die Vernehmung ihres Sohnes ließ sie irritiert und ängstlich wirken.

„Nur Routine, ich würde ihn auch gerne fragen, ob er etwas beobachtet hat. Ich lasse Ihnen meine Visitenkarte hier, er soll mich einfach anrufen." Er legte seine Karte auf den Tisch. „Sie können mich auch gerne anrufen, falls Ihnen noch etwas einfällt", bot er ihr an.

Sie wollte aufstehen.

„Bitte, bleiben Sie sitzen, ich finde alleine hinaus. Vielen Dank für den Kaffee." Er stellte seine Tasse zu der Abwasch, verabschiedete sich und ging zurück in den Goldenen Hirsch.

***

Kommissar Hartmann war nach der Vernehmung von Cornelia Klahr in die Sakristei gegangen und hatte dort einige Zeit verbracht. Er inspizierte den Raum im Detail, stöberte in den Schränken, durchsuchte die Kleidung, saß eine Weile nur so da und fing die Stimmung ein. Nachdem er festgestellt hatte, dass es hier nichts zu holen gab, verließ er durch den Seitenausgang die Kirche, dort stieg soeben der Dorfgendarm, Jakob Mendes aus dem Streifenwagen.

„Gut, dass ich Sie treffe", er ging dem Kommissar entgegen und reichte ihm die Hand zum Gruß. "Ich komme gerade aus Aidingen, dort stehen Ihnen Computer und Räumlichkeiten zur Verfügung. Wir haben keine eigene Gendarmerie in Machkirchen."

„Vielen Dank. Ich wäre Ihnen dankbar, wenn Sie die Journalisten im Auge behalten, ich will keine Sensationsgeschichten in der Presse, die unsere Arbeit behindern."

„Verstehe, ich werde mich darum kümmern." Jakob Mendes stand kurz vor der Pension, er strahlte Ruhe und Gelassenheit aus. Er verrichtete von Jugend an hier seinen Dienst und wollte nie woanders sein, er war hier zufrieden, mehr als Diebstahl oder Schlägereien hatte er noch nicht zu bearbeiten. Er war froh, dass er den Kommissar an seiner Seite hatte und sich nur mit den Nebenarbeiten beschäftigen musste.

„Sagen Sie mal, kennen Sie die Leute von dem Gut?"

„Na ja, kennen ist zu viel gesagt, ich weiß nicht mehr über sie, als alle anderen vom Dorf."

„Verstehe, können Sie mich dort hinfahren?"

„Sicher." Sie nahmen den Streifenwagen und bei dem Gut angekommen wurden sie kühl empfangen. Sie trafen die Baronin zwar an, doch der Kommissar sah sich in einer Sackgasse, sie konnte keine brauchbaren Angaben zu Pfarrer Hölzels Interesse an ihrer Familie machen und er sah keinen Sinn, sie weiter zu befragen. Der Baron war nicht anwesend, Hartmann wollte sich später noch mit ihm unterhalten und ließ der Baronin eine Visitenkarte da. Der Kommissar bat um einen Rückruf, sobald ihr Sohn Zeit dafür hätte. Widerstrebend nahm sie das Kärtchen und rang sich dazu durch zuzugestehen, ihrem Sohn den Wunsch vorzutragen.

Die Polizisten fuhren zurück nach Machkirchen und strebten dem Goldenen Hirsch zu. Als sie auf den Parkplatz kamen, sahen sie Roland Neumaier ein Haus verlassen. Er gesellte sich zu den beiden und der Kommissar meinte, da der Nachmittag weit vorangeschritten war, könne der Dorfpolizist zurück nach Aidingen fahren.

Dann setzte er sich mit seinem Kollegen in den hinteren Teil des Gasthauses und sie bestellten ein frühes Abendessen. Da sie das Mittagessen ausfallen lassen mussten, hatten sie richtig Appetit bekommen und sich für Gulasch mit Serviettenknödel entschieden. So abgenützt und alt die Gaststube war, so überraschend war, wie gut das Essen schmeckte, die Wirtin verstand ihr Handwerk. In Anbetracht der Situation hatten sich beide Männer für Mineralwasser entschieden, obwohl ihnen der Sinn eher nach einem großen Bier stand.

Ein paar Tische weiter konnte der Kommissar sehen, wie der Journalist Manfred Plattek und der Fotograf Klaus Blum die letzten Stunden verbracht hatten. Sie saßen am Stammtisch und tranken mit ein paar Männern ihr Bier und debattierten herum. Das war eine gute Methode an Informationen zu kommen, beim Trinken in lockerer Atmosphäre plauderten die Leute gerne Geheimnisse aus.

Manfred Plattek war ein alter Fuchs und hatte Ahnung vom Schreiben. Er nützte die Wartezeit, um das Vertrauen einiger Gäste zu gewinnen. An der Theke lehnten zwei Männer, die sichtlich angetrunken waren, und diskutierten lautstark über das Gesindel, dass sich immer mehr ausbreite und dieser Umstand den armen Herrn Pfarrer das Leben gekostet habe. In einem erkannte der Inspektor Josef Hawel, er vermutete, dass es sich um seinen Stammplatz handelte. Die Männer hatten einen Gespritzten vor sich stehen. Hawel wirkte nüchterner als vorhin, während der Andere kurz vor einer Alkoholvergiftung stand. Die beiden Zechbrüder lästerten über die Politiker, die nichts dagegen täten und Hawels Saufkumpan lallte den Polizisten zu: „Und ihr müsst dann herausfinden, wer es von dem Pack war, und passt ja auf, dass ihr sie nicht zu hart anfasst, sonst werdet ihr noch von denen verklagt." Dann nahm er den nächsten Schluck aus seinem Weinglas. Als er mit einer ungelenken Bewegung mit einer Zigarette zwischen den Fingern Richtung der Beamten zeigte und ansetzte, seine Weisheiten fortzusetzen, unterbrach ihn die Wirtin: „Komm, lass gut sein!", daraufhin drehte er sich langsam schwankend, wie eine Ähre im Wind, zur Theke zurück.

Der Kommissar und sein Assistent aßen unbeeindruckt von den Ausführungen weiter.

„Was haben wir bis jetzt?", fragte der Kommissar und wischte sich mit der dünnen Papierserviette die Speisereste vom Mund.

„Nichts Konkretes. Eine Dorfbewohnerin hat

den besten Hinweis gebracht. Sie wohnt gleich gegenüber der Kirche. Sie will einen Mann im Anzug, der ihr nicht bekannt ist, vor zwei bis drei Wochen mehrmals bei der Kirche gesehen haben. Er kam immer mit dem Auto, sie konnte nicht sagen, welche Marke. Vom Kennzeichen konnte sie sich nur die ersten beiden Buchstaben merken. Er soll so zwischen 40 und 50 gewesen sein, mittelgroß, untersetzte Figur." Er machte es dem Kommissar gleich und wischte sich den Mund ab. Dann griff er in seine Sakkotasche und holte seinen Notizblock hervor. Er blätterte, bis zur gewünschten Stelle und setzte seinen Bericht fort: „Ein paar haben gemeint, dass ihnen der Messdiener suspekt ist, manche gaben an, dass sie sich vor ihm sogar fürchten. Sonst keine Fremden oder besonderen Beobachtungen", fasste er seinen Bericht zusammen.

„Und dieser Mann, haben wir da noch mehr Angaben?"

„Nein."

„Dann werden wir gleich morgen in der Früh die Kanzleikraft und die Haushälterin danach fragen." Hartmann stockte kurz, weil er an die heutige Befragung dachte und jetzt schon befürchtete, dass eine nochmalige Befragung einen erneuten Weinkrampf bei dieser übersensiblen Dame auslösen könnte.

„Das da ist der Sohn von Rosa Hawel, Josef, die den Unbekannten beobachtet hat. Er hat zwar kein Motiv, aber wenn er gereizt wird, ist er extrem aggressiv, mit dem sollten wir uns beschäftigen, wenn er wieder nüchtern ist. Er hatte als Gärtner auf dem Gut gearbeitet und wurde vor ein paar Jahren entlassen. Vielleicht weiß er mehr, als er zugeben will."

Der Kommissar nickte befürwortend: „Das werden wir gleich erledigen."

„In dem Zustand? Ich glaube, der weiß nicht einmal mehr, wie er nach Hause kommt."

„Wenn er schon mal hier ist und vielleicht sitzt ja seine Zunge lockerer, als im nüchternen Zustand. Und den Messdiener werden wir morgen ein bisschen genauer unter die Lupe nehmen. Na, dann los", gab er seinem Assistenten kurz einen Wink.

Danach ging Neumaier zum Tresen und orderte zwei Kaffee: „Ach, Herr Hawel, können Sie sich an mich erinnern?" Er tat so, als ob er ihn soeben erkannt hätte. Hawel sah ihn durch glasige Augen an und als er nichts sagte, setzte er nach: „Inspektor Neumaier, wir haben uns bei Ihrer Mutter kennen gelernt", wies er ihn helfend auf ihr Treffen hin. Noch immer keine Antwort. „Darf ich Sie auf einen Kaffee einladen, ich hätte da noch ein paar Fragen. Am besten, wir setzen uns an einen Tisch." Er bestellte noch einen Kaffee. „Bitte!" Er machte eine einladende Bewegung und in Anbetracht seines Zustandes stützte er ihn, indem er ihm unter die Arme griff und ihn sanft aber bestimmend in das Extrazimmer zu einem Stuhl führte und ihn dort platzierte. Der Kommissar folgte ihnen.

Er stellte sich kurz vor: „Mein Kollege hat mit Ihrer Mutter gesprochen und da sind noch ein paar Fragen aufgetaucht." Hawel sah ihn argwöhnisch an.

„Aha." Mehr sagte er nicht.

„Herr Hawel", übernahm nun Neumaier die Befragung, „Sie haben vor einigen Jahren auf dem Gut als Gärtner gearbeitet." Man konnte schlecht einschätzen, ob er alles verstand, was ihm gesagt wurde. „Stimmt das?" Nach einer gefühlten Ewigkeit nickte Hawel zustimmend. „Und dann haben Sie Ihren Arbeitsplatz verloren, können Sie uns sagen warum?"

„Warum, warum, warum…", kam die ungenügende Antwort. Die Kriminalisten warteten, bis er weiter sprach. „Abserviert haben sie mich, nach vierzehn Jahren guter Arbeit, die feine Gesellschaft."

„Da waren Sie verärgert."

„Sicher, aber was interessiert Sie das? Was hat denn das mit dem Mord zu tun?", fragte er verunsichert.

„Uns interessiert alles, wenn es um Mord geht."

Die Wirtin kam und brachte den Kaffee. Neumaier war ein bisschen erstaunt, dass Hawel bereitwillig einen vor sich hin stellte, zwei Löffel Zucker einrührte und einen kräftigen Schluck nahm. Er hätte gedacht, dass er ihn unberührt ließe und nach Alkohol verlangt.

„Können Sie uns etwas zu dem Gut sagen?", setzte Neumaier den Dialog fort.

„Pfff, was soll es denn da zu sagen geben? Arrogant sind sie, glauben, sie sind was Besseres, nur weil sie Geld haben."

„Sie meinen den Baron?"

„Der Baron ist ganz in Ordnung, sie, die alte

Baronin hält das Zepter in der Hand. Die Kinder vom Baron sind genau so arrogant wie ihre Großmutter, aber die wohnen nicht mehr hier."

„Und das Ehepaar, das auf dem Gut arbeitet?"

„Die kenn ich kaum, die haben sie eingestellt, als sie mich rausgeschmissen haben." Er nahm den nächsten Schluck und wirkte erstaunlich nüchtern. Das Gespräch gestaltete sich wesentlich gelassener als erwartet.

„Haben Sie in letzter Zeit etwas gesehen oder gehört, das uns weiterhelfen könnte? Oder fällt Ihnen sonst noch etwas ein?" Hawel schüttelte den Kopf.

„Sind Ihnen Fremde aufgefallen?" Kopfschütteln.

„Wir haben von einem Fremden gehört, mittleren Alters, Glatze, ein wenig korpulent, fährt ein dunkles Auto, der in letzter Zeit den Pfarrer öfter besucht hat."

„Mir ist nichts aufgefallen."

„Wie war Ihr Verhältnis zu Pfarrer Hölzel?"

„Ich kannte ihn kaum, ich geh nicht in die Kirche."

„Na schön", mischte sich der Kommissar ein, „das war's schon, falls wir noch Fragen haben, wissen wir ja, wo wir Sie finden."

Der Befragte trank seinen Kaffee aus und ging einigermaßen sicheren Schrittes zurück zum Tresen, während die zwei Polizisten noch sitzen blieben.

„Was hältst du von ihm?", wollte der Inspektor von seinem Vorgesetzten wissen.

„Ich denke, er weiß nichts, er ist frustriert und unbeherrscht. Würde er ausrasten, würde er seine Fäuste benutzen. Außerdem fehlt jegliches Motiv."

„Stimmt, und wie geht's jetzt weiter?"

„Ich übernehm' die restlichen Dorfbewohner, die du vorhin nicht angetroffen hast und die Schwester des Mesners. Und du machst dich am besten gleich an den Bericht und schickst ihn nach Wien." Er war froh, dass sein Assistent das Berichte schreiben als eine seiner wichtigsten Aufgaben ansah. Er hasste es, aber seit er mit Neumaier zusammenarbeitete, hatte er nie wieder einen schreiben müssen.

„Ich fahre noch zum Juwelier und überprüfe ein paar Alibis der Gottesdienstbesucher, bevor ich mit dem Bericht beginne."

„Gut, wir treffen uns dann wieder hier."

***

Der Kommissar befragte die beiden Dorfbewohner, die inzwischen zu Hause waren. Weitere Erkenntnisse ergaben die Gespräche nicht, nur einer meinte, er hätte den Unbekannten auch bei der Kirche gesehen. Die Beschreibung des Mannes und des Autos passte. Jedoch gab es keine neuen Anhaltspunkte, auch dieser Zeuge hatte sich das Kennzeichen nicht gemerkt. Eine Dorfbewohnerin hatte alte Fotos hervor gekramt und Hartmann musste sich Bilder mit Gemeindemitgliedern bei diversen Festlichkeiten ansehen. Seine Beute war ein Portrait des Ermordeten, die Frau bestand fast darauf, dass er es an sich nahm.

Die Nacht war angebrochen und Hartmann ging im Laternenlicht zurück zum Gasthaus und war ein wenig müde. Er ging durch den Gastraum, in dem die Luft inzwischen voll Rauch war und man kaum atmen konnte. Die neuen Bestimmungen in Bezug auf das Rauchverbot waren wohl noch nicht bis zum Goldenen Hirsch vorgedrungen. Bevor er sich in sein einfaches Fremdenzimmer im ersten Stock zurückzog, fragte er die Wirtin, ob jemand nach ihm gefragt hatte. Es gab keine Nachricht und, während für die Reporter und Gäste der Abend erst begann und sie lautstark eine weitere Runde bestellten, freute er sich auf ein wenig Ruhe.

Kommissar Hartmann ging zum Zimmer seines Assistenten. Er klopfte und nach einem „Herein" öffnete er die Tür. Neumaier saß auf dem gepolsterten Stuhl und hatte seine langen Beine auf das Bett gelegt.

Anfangs war nicht geplant gewesen, hier zu übernachten, aber Wien war zu weit, um zu pendeln. Es wäre organisatorisch schwierig gewesen, außerdem wollten die beiden in der Nähe des Tatortes bleiben. Deshalb hatte der Inspektor kurzer Hand das Pensionszimmer zum Büro umfunktioniert. Auf dem kleinen Tisch waren Teller mit belegten Schwarzbrotschnitten zu sehen und es roch verführerisch.

„Ich habe dir auch ein paar Brote bestellt. Bedien dich", sagte er zu seinem Vorgesetzten. Das Abendessen war gut gewesen, aber nicht besonders reichlich und schon eine Weile her. Hartmann hatte solchen Hunger, dass er Neumaier dafür hätte küssen können. Sein Assistent hatte außerdem viel erledigt, der Kommissar staunte, er hatte sogar die Ergebnisse der Spurensicherung beschafft.

„Und? Hast du was Neues in deinem elektronischen Zauberkasten entdeckt?" Wie ein hungriger Bär stürzte er sich auf die Brote, vergaß jede Benimmregel und nahm herzhaft große Bissen, während er dem Bericht seines jungen Kollegen folgte.

„Die Obduktion hat nichts Neues gebracht und die Spurensicherung fand auch nichts. Die Kirchenbesucher schließe ich aus. Ich habe noch einmal die Notizen der Befragungen durchgesehen, das hat nur bestätigt, dass sich die meisten Anwesenden gegenseitig ein Alibi geben können bzw. eines haben. Ich habe alle überprüft, die meisten sind berufstätig, es gab keine Überraschungen", sagte dieser frustriert. Meine Güte, dachte der Kommissar, war er je so ehrgeizig? Je länger er mit Neumaier zusammen arbeitete, desto mehr bewunderte er ihn aufrichtig.

Nachdem der Kommissar ein Brot verschlungen hatte, wartete er mit seinem Ergebnis auf: „Ich habe mich mit dem Mesner beschäftigt – ich habe seine Schwester angerufen. Nemec war wirklich bei ihr, doch sie kann nicht sagen, wann er genau kam. Er hat selbst aufgesperrt, weil sie geschlafen hat."

„Und es fehlt ihm ein Motiv", fügte der Kommissar gleichgültig an und biss noch einmal genüsslich von einem der belegten Brote ab.

„Bis jetzt scheint es überhaupt noch kein Motiv zu geben", ergänzte Neumaier und heischte mit einem Trumpf zu punkten. „Dann war ich auch noch bei einem Juwelier und habe ihm die Krawattennadel gezeigt. Er meinte der Stein ist ein wertvoller Diamant, umrandet von kleinen Rubinen. So unmodern sie sein mag, sie ist ein kleines Vermögen wert und…", er machte eine Pause, um die Spannung zu erhöhen, „sie muss eine Sonderanfertigung sein. Das heißt finden wir den Juwelier, der sie angefertigt hat, finden wir den Besitzer. Es wird eine Weile dauern, aber wir werden den Besitzer aufspüren. Der Juwelier wird sich in der Branche umhören und dann bei uns melden, sobald er etwas herausfindet."

„Na, das ist mehr, als ich vorweisen kann", lobte ihn sein Chef offen. „Bei mir gibt es sonst keine Neuigkeiten. Überprüf gleich morgen in der Früh die Daten der Baronin und ihres Sohnes. Und wenn du schon dabei bist, auch gleich die von dem Ehepaar, das bei ihnen angestellt ist." Roland Neumaier wollte sich gleich an die Arbeit machen und setzte sich vor dem Computer in Position, doch dann rief ihm der Kommissar noch zu, bevor er sich in sein Zimmer zurückzog: „Ach, und von dem Mesner natürlich auch die vollständigen Daten, auch warum er gesessen hat. Denn irgendjemand hatte offensichtlich doch ein Motiv, sonst wäre der Pfarrer jetzt nicht tot. Also dann bis morgen."

***

Am nächsten Tag wachte Cornelia früh auf, sie hatte unruhig geschlafen und musste immer an den Mord denken. Sie gab ihrer Anspannung nach, stand auf und tänzelte vorsichtig auf den Zehenspitzen in die Küche, um Lilly nicht zu wecken. Sie hatte ihrer Freundin das Bett überlassen und selbst auf der Couch übernachtet. Zuerst drückte sie die Starttaste des Kaffeeautomaten, danach tippelte sie ins Badezimmer. Nach einer Dusche schlüpfte sie in ihren Bademantel. Als sie in die Küche kam, stand Lilly dort und richtete auf einem Tablett alles Notwendige für das Frühstück her.

„Guten Morgen. Habe ich dich geweckt?"

„Nein, ich hab schlecht geschlafen. Wahrscheinlich hat mich der Mord nicht losgelassen."

„Ja, mir ging es ähnlich." Sie setzte sich auf einen Stuhl und half Lilly das Tablett abzuräumen.

„Und was machen wir jetzt?", fragte Lilly.

„Ach, ich weiß auch nicht. Ich denke, ich werde den Laptop dem Polizisten bringen, vielleicht finden die ja noch was." Cornelia stand wie aufgezogen auf, machte zwei Kaffee mit der Kapselmaschine und setzte sich wieder zu Lilly.

„Es lässt mir keine Ruhe", meinte Lilly nachdenklich.

„Was?" Cornelia goss Milch in ihren Kaffee, nahm einen Schluck und verzog das Gesicht, weil er sehr heiß war.

„Dass sich der Pfarrer für den deutschen Adel interessierte, ich bin sicher, da steckt etwas dahinter."

„Ja schon, aber was."

„Vielleicht finden wir ja einen Anhaltspunkt im Büro." Lilly strich sorgfältig Butter auf ein Stück Brot.

„Unwahrscheinlich. Und wir wollten doch was gemeinsam unternehmen. Jetzt kommst du mich endlich einmal besuchen und dann befassen wir uns mit so etwas Schrecklichem."

„Also ich finde, wir sollten dem nachgehen." Lilly sah Cornelia erwartungsvoll an.

„Ich meine, schaden kann es ja nicht, aber ein schlechtes Gewissen habe ich schon dabei", warf Cornelia unsicher ein.

„Ach was, mir macht das nichts aus, das interessiert mich selbst, außerdem sind wir dabei gemeinsam unterwegs."

„Meinst du, das bringt was?", druckste Cornelia herum.

„Komm schon! Ich finde, einen Versuch ist es wert." Erwartungsvoll sah Lilly ihre Freundin an.

„Na schön", gab Cornelia schließlich nach.

Sie frühstückten zu Ende, zogen sich an und fuhren in Cornelias Auto zur Kirche.

Cornelia kam seit Jahren genau zu Arbeitsbeginn in die Kanzlei, doch heute war sie mit Lilly eine Stunde früher da, um ungestört zu sein.

Zuerst gingen sie ins Arbeitszimmer von Pfarrer Hölzel, es sah sehr ordentlich aus, da der Herr

Pfarrer lieber am Schreibtisch im Schlafzimmer gearbeitet hatte. Aber die wichtigen Sachen, wie Verträge oder Unterlagen hatte er feinsäuberlich im Büro verstaut. Sie begannen systematisch das Zimmer zu durchsuchen, doch nach einer halben Stunde gaben sie auf. Es war nichts zu finden, was ihnen weitergeholfen hätte.

„Und jetzt?", fragte Cornelia.

„Ich weiß auch nicht."

Inzwischen war es neun Uhr und trotz ihrer schwachen Nerven kam Josefine Augustin wie gewohnt vorbei, um ihren Vormittagskaffee mit Cornelia zu trinken und zu plaudern. Sie brachte ein Tablett mit einer Kanne Kaffee, Milch und Zucker mit. Die zwei Tassen verrieten, dass sie nicht mit Besuch gerechnet hatte. Ihre Augen waren vom Weinen stark gerötet, auch die Nase war vom vielen Schnäuzen schon wund. Ihr elendes Erscheinungsbild zeugte von einer schlaflosen Nacht. Als sie Lilly sah, war sie ein wenig irritiert.

„Oh, ich wollte nicht stören."

„Aber du störst doch nicht. Das ist meine Freundin Lilly, ich habe dir doch erzählt, dass sie mich besuchen wird."

Lilly reichte ihr die Hand und begrüßte sie herzlich, doch sie kamen nicht am Thema vorbei, das wie eine düstere Rauchwolke im Zimmer hing.

„Es ist eine Tragödie", sprudelte es aus Frau Augustin heraus, „sag mir, welcher Mensch macht so was und vor allem warum?" Sie plapperte, schniefte und plapperte, während Cornelia und Lilly höflich nickend zuhörten und versuchten ihr

Mut zuzusprechen.

„Ich habe keine Ahnung, aber die Polizei wird den Täter sicher bald fassen", bemühte sich Cornelia sie ein wenig zu beruhigen, während sie ihre Bürotasse von ihrem Schreibtisch holte und für alle Kaffee eingoss. Sie reichte der Haushälterin die erste Tasse.

„Meinst du? Ich bete dafür. Es wird ja immer schlimmer. Stell dir vor, nun hat jemand nicht einmal mehr Skrupel vor dem Mord an unserem Pfarrer." Die Freundinnen ließen sie noch eine Weile gewähren. So konnte sie ihrem Unmut freien Lauf lassen und über die schlimmen Zustände in der Welt klagen, bevor Lilly wagte eine Frage zu stellen: „Ich habe gestern mit Cornelia natürlich viel über die Sache gesprochen. Und ich frage mich, warum hat Pfarrer Hölzel eigentlich in letzter Zeit so viel Kontakt zur Baronin gehabt?"

„Das weiß ich auch nicht, aber viele suchen mal mehr und mal weniger Kontakt zur Kirche. Und er war doch so ein guter Zuhörer." Wieder begann sie in ihr Taschentuch zu schniefen.

„Hat er nicht einmal Ihnen etwas gesagt, woraus Sie vermuten konnten, worum es dabei ging?", bohrte sie weiter.

„Nein, er hat nie mit mir darüber gesprochen. Das Letzte, was ich mit ihm besprochen habe, war das Essen für das Wochenende. Und jetzt wird es wohl niemand essen." Sie brachte die letzten Worte kaum heraus, weil sie schon wieder weinen musste.

„Bitte Josefine, du musst dich beruhigen. Am besten, du gehst zu deinem Arzt und lässt dir etwas geben. Das regt dich viel zu sehr auf." Cornelia war aufgestanden und streichelte der aufgelösten Frau Augustin über die Schulter.

„Nein, nein, es geht schon, es ist nur so traurig." Josefine Augustin wollte bereits weiter sprechen, als das Telefon klingelte. Cornelia war froh darüber, denn das unterbrach den Gedankengang der Haushälterin. Sie nahm den Hörer ab. Es war jemand von der Diözese, der mitteilte, dass morgen ein Pfarrer kommen wird, der die Gemeinde vorübergehend übernehmen sollte. Als Frau Augustin das hörte, kam Leben in ihren Körper.

„Ach du meine Güte", sie sprang von ihrem Stuhl auf, „ich muss doch noch das Gästezimmer herrichten." Sie nahm nervös die Kaffeetassen und wollte sie in die Küche bringen, als sie stockte. „Ach ja, ich hab da im Sakko vom Herrn Pfarrer diesen Brief gefunden, ich weiß nicht, was damit geschehen soll, da kennst du dich besser aus." Frau Augustin fasste in ihre Schürzentasche und kramte ein unverschlossenes Kuvert hervor. Cornelia nahm lächelnd das Schreiben und hielt der flüchtenden Gestalt die Türe auf. Lilly rief ihr noch ein „Vielen Dank" hinterher, ohne zu wissen, ob sie es hören konnte. Cornelia schloss die Tür und Lilly stellte sich neben ihre Freundin. Cornelia holte den Inhalt aus dem beschrifteten Kuvert. Beide lasen, was auf dem gewöhnlichen A4-Blatt stand. Nachdem sie es entziffert hatten, sahen sie sich irritiert an. Das alles konnte kein Zufall sein. Auf dem Blatt Papier waren die von Pfarrer Hölzel feinsäuberlich zusammengeschriebenen Notizen der Lebensdaten von einem gewissen Baron Johann-Hugo von Klessez-Schmerling, geboren am 27. Oktober 1911 in Berlin, verheiratet, SS-Offizier, seit Kriegsende verschollen.

„Was soll denn das für ein Name sein? Johann-Hugo von..." Lilly nahm Cornelia den Zettel aus der Hand, um die Schrift besser entziffern zu können und begann mit bemüht korrekter Aussprache noch einmal von vorn: „Johann-Hugo von Klessez-Schmerling." Sie ließ das Blatt sinken und sah Cornelia an: „Wie heißen die vom Gut?"

„Klesst von Traunwarth."

„Von Klessez-Schmerling, sagt dir das was?

Cornelia überlegte kurz und schüttelte verneinend den Kopf: „Nein, von diesem Baron Johann-Hugo von Dingsda habe ich noch nie gehört. Ob die Baronin den Namen kennt?"

„Das ist zwar ein ganz anderer Name", überlegte Lilly, „aber vielleicht sind es Bekannte oder Verwandte von ihnen. Was meinst du, ob wir hinfahren und sie fragen."

„Ich weiß nicht, ich kenne sie kaum. Das wäre schon eigenartig, wenn wir da plötzlich auftauchen und Fragen stellen." Sie spekulierte eine Weile weiter und da sie sich nicht einigen konnten, was sie tun sollten, verließen sie die Kanzlei, um bei einem Spaziergang einen Schlachtplan auszuarbeiten.

***

Dem Messdiener Albert Nemec ging es ähnlich wie Lilly und Cornelia, er konnte die ganze Nacht nicht schlafen. Er lief in seinem Zimmer auf und ab, dachte immer und immer wieder über die Ereignisse der vergangenen Tage und Wochen nach. Schlaf fand er nur, wenn er sich bequem hinsetzte und einnickte. Diese Phasen waren mit wilden Traumszenen gefüllt und beschwerten seine aufgewühlten Gedanken noch mehr.

Nicht lange vor Pfarrer Hölzels Ermordung konnte er bei einem Treffen zwischen der Baronin und dem Herrn Pfarrer Teile eines Gesprächs hören. Als die Baronin gegangen war, blieb Pfarrer Hölzel nachdenklich zurück. Deshalb hatte er ihn gefragt, ob alles in Ordnung sei - und jetzt, da er ermordet wurde, dachte der Mesner über seine Reaktion nach und wie der Mord mit den Besuchen der Baronin zusammenhing. Dass es so war, davon war er überzeugt. Es hatte ihn damals schon stutzig gemacht, als Pfarrer Hölzel auf seine Frage antwortete: „Eine böse Sache, lieber Albert, eine böse Sache", und dabei bekümmert wirkte.

„Herr Pfarrer", hatte er zu ihm gesagt, „wenn ich Ihnen helfen kann, Sie wissen, dass ich Ihnen einiges schuldig bin. Egal, was es ist." Und er meinte, was er sagte, er hätte alles für Pfarrer Hölzel getan. Damals, als er aus dem Gefängnis kam, wusste er nicht wohin. Seine Schwester hatte schon genug am Hals mit ihrem Mann, der fast den ganzen Tag betrunken in der Wohnung herum torkelte und seinen Körper und Geist kaum mehr unter Kontrolle hatte. Dann auch noch ihr halbwüchsiger Sohn, der dem Vater ähnlicher war, als man sich wünschen würde und ihr nur Probleme machte.

Zu dieser Zeit war die Stelle des Mesners in der Pfarre frei und sein Bewährungshelfer hatte die beiden zusammen gebracht. Pfarrer Hölzel hatte nie nach seinem Vorleben gefragt und ihn sofort als vollwertiges Mitglied in der Pfarrei aufgenommen. Bis dahin war sein Leben ein einziges Desaster gewesen: sein Vater, ein Trinker, hatte, wie jetzt auch sein Schwager, eine lockere Hand. Keine fünfzehn Jahre alt hatte er die Nase voll und verließ sein Elternhaus. Dann kam, was kommen musste – Drogen, Obdachlosigkeit, Gewaltdelikte, sein letzter Coup: ein Banküberfall. Er wurde zu zwölf Jahren verurteilt. Zu seinem Glück kam er hinter Gittern in ein Entzugsprogramm. Seine Prognose zur Resozialisierung war nicht gut gewesen, und viele hätten Al Capone mehr Chancen für ein bürgerliches Leben eingeräumt.

Nicht so Pfarrer Hölzel, er hatte ihn immer freundlich und respektvoll behandelt. Nie hatte er sich so Zuhause gefühlt, wie in dieser Kirche. Und jetzt? Pfarrer Hölzel ermordet. Er dachte über die letzten Wochen nach und daran, dass Pfarrer Hölzel stiller als sonst gewesen war. Der wollte nicht mit ihm darüber sprechen, aber diese Kleests mussten etwas damit zu tun haben. Nemec hatte mitbekommen, dass der Pfarrer einmal auf das Gut gefahren war. Seine alten Instinkte meldeten sich, er roch förmlich, dass da ein Zusammenhang zu dem Mord bestand. Er wusste nur nicht welcher. Aber er war fest entschlossen herauszufinden, wer Pfarrer Hölzel auf dem Gewissen hatte.

***

Lilly und Cornelia kamen nach einem ausführlichen Spaziergang in der malerischen Gegend von Machkirchen zurück in Cornelias Wohnung. Die frische Luft hatte sie unternehmungslustig gemacht und Lilly konnte Cornelia überzeugen, dass es interessant wäre, die Version der Baronin zu hören. Vielleicht handle es sich um eine harmlose Angelegenheit, die es nicht wert war, sie weiter zu verfolgen.

Cornelia fuhr mit ihrem kleinen Opel den schmalen schlecht asphaltierten Weg zum Gut entlang. Das extreme Winterwetter der letzten Zeit tauchte die Landschaft in ein freundliches Licht und im dichten Wald sah man an manchen Stellen noch Anhäufungen von Schnee. Schon von Weitem sah man hinter dem gusseisernen Tor das Hauptgebäude. Es lag prachtvoll und imposant hinter dem Zaun, die Fassade war in einem angenehmen Gelbton gestrichen worden. Cornelia hielt direkt vor dem Eingang, stieg aus und läutete an der Gegensprechanlage an der Pforte. Sie wartete eine ganze Weile, sah zu Lilly, zuckte mit den Schultern und wollte schon ein zweites Mal läuten, als aus dem Lautsprecher eine Stimme erklang.

„Ja, bitte?"

„Ich bin es, Frau Klahr vom Pfarrhaus. Wäre es möglich Frau Baronin zu sprechen?" Lilly saß im Auto und die kalte Luft kroch durch die offene Wagentür ungehindert hinein. Sie zog ihren Schal enger zu und beobachtete weiter Cornelias Dialog. Cornelia fürchtete schon, dass sie unverrichteter Dinge gehen musste, als sie die Stimme endlich wieder hörte: „In welcher Angelegenheit?"

„Das möchte ich gern der Frau Baronin persönlich sagen."

Wieder Stille. Plötzlich öffnete sich das Eisentor von einer unsichtbaren Kraft getrieben. Quietschend protestierte es. Cornelia lief zum Auto, stieg ein und fuhr die Auffahrt entlang bis zum Haupttor. Prahlend empfing das bogenförmige Haustor jeden Gast. Cornelia und Lilly mussten ein paar Stufen überwinden, um an die Tür zu gelangen, die den imposanten Stil weiterführte.

Sie konnten sich das Klingeln sparen, denn es wurde gleich bei ihrer Ankunft geöffnet.

„Guten Tag, Frau Neidhartinger", begrüßte Cornelia die Gestalt höflich. Sie hatte sie eine Weile nicht gesehen und ihr kam es vor, als hätte sie mehr graue Haare bekommen. Mit ihrer abweisenden Art hatte sie sich nicht viele Freunde im Ort geschaffen.

„Die Frau Baronin möchte heute keinen Besuch empfangen", antwortete sie grußlos in ihrer gewohnten Art.

„Aber es geht um den armen Herrn Pfarrer",

mischte sich Lilly ungefragt ein.

„Das ist Frau Heller, eine liebe Freundin von mir", kam ihr Cornelia zu Hilfe, „sie ist ein paar Tage bei mir auf Besuch und leider werden unsere Vorhaben von dem Tod von Pfarrer Hölzel überschattet."

„Conny hat etwas im Büro gefunden und dazu würden wir die Frau Baronin gern befragen", beharrte Lilly auf ihrer Absicht und unterstrich mit ihrer entschlossenen Körperhaltung ihr Ansinnen. Das schien Frau Neidhartinger zu überzeugen, da sie Platz machte und mit einer Handbewegung andeutete, dass sie eintreten sollen.

„Bitte, wenn Sie hier warten wollen." Sie zeigte auf die Mitte der Eingangshalle und verschwand. Es dauerte wieder einige Zeit, so dass Lilly und Cornelia Zeit hatten, sich das Anwesen von Innen anzusehen. Es sah sehr edel aus, etwas abgewohnt, aber ausgesprochen luxuriös. Die Gemälde an der Wand zeigten Portraits aus verschiedenen Epochen. Sie vermuteten, dass es sich um Ahnen der Familie handelte.

„Nicht schlecht", meinte Cornelia beeindruckt. Sie kannte sich ein bisschen mit Gemälden und Antiquitäten aus und hier standen und hingen ein paar sehr interessante Sachen. Lilly trat näher, da sie hoffte, Namen auf den Rahmen zu finden, vergeblich.

„Die Baronin lässt bitten", riss Frau Neidhartinger sie aus ihren Gedanken.

Sie folgten ihr durch die Halle, bis sie an einer enormen Flügeltür ankamen. Frau Neidhartinger öffnete den linken Teil der Tür und trat in den Raum. Es überraschte die beiden Gäste ein wenig, dass die Scharniere kein Quietschen von sich gaben und beim Öffnen geräuschlos ihren Dienst taten. Frau Neidhartinger ermutigte die Freundinnen mit einem Nicken ebenfalls einzutreten. Die Baronin saß in einem Ohrensessel, der mit einem alten schweren Brokatstoff bezogen war. Über dem Kopf der Baronin konnten sie eines dieser altmodischen gehäkelten Deckchen erkennen, das oben auf der Sessellehne lag. Es passte perfekt zum Rest der antiken Einrichtung.

„Herzlichen Dank, dass Sie uns empfangen", sagte Cornelia gleich, als sie der Baronin die Hand zum Gruß hinstreckte. Soweit sie sich entsinnen konnte, musste die Baronin die 80 weit überschritten haben. Für so ein Alter wirkte sie erstaunlich frisch und strahlte überhebliche Eleganz aus. Nur der Stock, der an der Lehne ruhte, zeugte von ihrer Gehschwäche. Sie saß gekünstelt aufrecht in diesem alten Sessel und musterte Lilly und Cornelia durch ihre Brille.

„Nun, ich bin gespannt, was der Grund für diesen Besuch ist", meinte sie, während sie ihren Gästen einen Sitzplatz auf einer Couch zuwies. Beide setzten sich ein wenig zögerlich, während Lilly sofort zu sprechen anfing.

„Wie Sie wissen, hat der Herr es so gewollt, dass Ihr Herr Pfarrer nicht mehr unter uns weilt", begann sie geschwollen mit dem Wunsch, die alte Dame zu schonen und doch rasch zum eigentlichen Thema zu kommen. Cornelia kannte Lilly gut genug, um zu bemerken, wie wenig das Lillys Ausdrucksweise entsprach. Diese aufgesetzte Sprache musste sogar auf die Baronin unnatürlich wirken. Doch sie ging nicht darauf ein und antwortete ruhig: „Ich weiß nicht, warum Sie mit mir über unseren bedauernswerten Herrn Pfarrer sprechen wollen. Ich vermute, Sie kannten ihn gar nicht und ich war nicht einmal in diesem Gottesdienst." Sie machte keinen Hehl daraus, wie unwillkommen ihr der Besuch war und veränderte ihre Haltung keinen Zentimeter. Lilly bewunderte das. Obwohl sie selbst nicht unsportlich war, würde ihr eine so aufrechte Haltung ziemlich schwer fallen.

Durch den kalten, abweisenden Tonfall hatte Lilly nicht mehr den Eindruck, ihr Gegenüber schonen zu müssen. Sie hörte auf, nach gewählten Sätzen zu suchen und sprach nun mit fester Stimme. „Aber ich habe gehört, Sie haben ihn in letzter Zeit doch häufiger als sonst besucht."

„Mein Gott, ich bin doch nicht der einzige Mensch, der mal öfter, mal weniger oft das Bedürfnis nach der Aussprache mit einem Geistlichen hat", wurde die Baronin auffallend aggressiv und ihre Stimme war lauter als notwendig, „Und was geht das Sie überhaupt an, ich kann mich nicht erinnern, Sie zu kennen."

„Wie gesagt, Lilly ist meine Freundin und auf Besuch. Und sie merkt natürlich, wie mich Pfarrer Hölzels Tot belastet. Mich beschäftigen so viele Dinge. Ich habe einige Hinweise gefunden und Lilly hat angeboten mir zu helfen, wir wollten auch nicht lange stören", machte Cornelia ihren ungewöhnlichen Besuch verständlich.

„Auch ich bin über die Ereignisse bestürzt und bedaure besonders Pfarrer Hölzel, ich mochte ihn sehr", sprach die Baronin nun wieder mit beherrschter Stimme, „aber ich wüsste nicht, wie ich behilflich sein könnte. Darum tut es mir leid, dass sich Ihre Mühe hierher zu kommen nicht gelohnt hat." Die Wahl der Worte ließ keinen Zweifel offen, dass sie von der Baronin gerade hinauskomplimentiert wurden. Cornelia stand wie ein gut erzogenes Kind sofort auf. Lilly sah sie an und erhob sich zögerlich. Ohne ihre Freundin hätte sie die versteckte Aufforderung ignoriert. Doch nur, weil sie aufgestanden war, gab sie sich noch nicht geschlagen.

„Ich hätte da nur eine Frage an Sie. Sie kennen doch Frau Augustin?" Es war deutlich, es handelte sich um eine rhetorische Frage, und so schwieg die Baronin, bis Lilly nach einer feierlichen Pause weiter sprach: „Sie hat im Sakko von Pfarrer Hölzel Notizen gefunden, die passen zu den Hinweisen, die Conny gefunden hat." Wieder machte Lilly eine Pause, um auf die Reaktion der Baronin zu warten. Diese ließ sich nichts anmerken, saß aufrecht wie ein Zinnsoldat da und verzog keine Miene. ‚Meine Güte, wie peinlich!' dachte Cornelia. ‚Was tut Lilly da?' Sie wusste nicht, wie sie die Situation retten könnte und sah ihre Freundin ein wenig flehend an. Lilly achtete nicht auf Cornelia.

„Wir wissen nicht, was wir damit machen sollen. Deshalb dachten wir, Sie können uns vielleicht helfen."

„Ich? Was habe ich alte Frau mit den Notizen vom Herrn Pfarrer zu tun?", fragte die Baronin verwirrt, doch Lilly glaubte endlich einen Hauch von Interesse zu erkennen.

„Nun sehen Sie", nahm sie ihre Chance wahr, „Sie kennen sich doch sicher im Adel gut aus. Und den Herrn Pfarrer hat der Name … einen Moment bitte…" Lilly wandte sich nun Cornelia zu, die noch immer entgeistert dastand. „Conny!", musste Lilly ihre Freundin aus ihrer Starre wecken.

„Was?" Cornelia wollte nur mehr aus dieser unangenehmen Situation entkommen. Sie hatte durch die Aufregung ein wenig rötliche Wangen bekommen.

„Der Zettel!", forderte Lilly sie scharf auf und hielt ihr die geöffnete Hand hin, um ihre Forderung zu unterstreichen. Cornelia fing an, hektisch in ihrer Tasche zu kramen. Zuerst fiel ihr Kalender zu Boden. Sie hob ihn umständlich auf und ließ ihn wieder in die Tasche gleiten. Sie kramte weiter in dem Chaos und hatte Mühe abwechselnd ihr Kosmetiktäschchen, die Geldbörse und noch ein paar Dinge in der Tasche zu halten. Alle Anwesenden sahen ihr gefesselt zu und waren überrascht, als sie tatsächlich das Gewünschte fand. Endlich wurde ihre Mühe belohnt und sie zog das Stück Papier heraus, das Frau Augustin gefunden hatte und legte es hektisch in die Hand der Freundin. Lilly hielt den Zettel ein wenig zum Licht und begann vorzulesen: „Johann-Hugo von Klessez-Schmerling." Sie kontrollierte noch einmal, ob sie ihn richtig gelesen hatte, bevor sie fortfuhr: „Genau, der Name hat ihn anscheinend interessiert." Als sie die Baronin wieder ansah, war diese bleich wie ein Schlossgespenst. Ihre Atmung ging merklich schneller, was den Freundinnen nicht verborgen blieb.

„Frau Baronin, ist Ihnen nicht gut?", fragte Lilly ernsthaft besorgt. „Wollen Sie etwas trinken oder soll ich Frau Neidhartinger rufen?"

Als die Baronin sich ein wenig gefasst hatte, sagte sie feindlich: „Nein! Aber gehen Sie! Sofort!"

„Also, kennen Sie den Namen?", ließ Lilly sich nicht beirren.

„Lilly!" Cornelia konnte nicht glauben, dass sie die Baronin weiter löcherte und zog sie ein wenig am Ärmel. Lilly wollte nicht so schnell aufgeben, die Reaktion der Baronin bestärkte ihre Vermutung, dass diese den Namen kannte. Lilly konnte kein Mitgefühl empfinden, warum sagt sie nicht, was sie weiß.

„Also kennen Sie ihn."

„Himmel, Lilly!", nun zerrte Cornelia sie heftig am Arm. „Lass uns gehen!"

„Ich habe gesagt, ich kann Ihnen nicht helfen. Thea! Thea!!", rief die Baronin ihre Haushälterin. „Die beiden Damen wünschen jetzt zu gehen."

Frau Neidhartinger kam schnell gelaufen und schien ein wenig irritiert über den erregten Zustand der Baronin, sie konnte sich nicht erinnern, sie je so gesehen zu haben.

Als Lilly noch immer keine Anstalten machte zu gehen, sagte die Haushälterin schroff zu ihr: „Ich glaube, es ist besser, Sie gehen jetzt."

„Ja, sicher." An die Baronin gewandt sagte Lilly. „Es tut mir leid, ich wollte Sie nicht aufregen. Und wenn Sie sich ein wenig gefangen haben und uns doch noch etwas über den Namen erzählen wollen…"

Die Baronin hob die Hand und zeigte damit, dass sie kein Wort mehr hören wollte. Sie saß nun wieder gewohnt aufrecht und scheinbar besonnen in ihrem Sessel, nur die geschlossenen Augen zeigten, dass sie Mühe hatte, ihre Fassungslosigkeit in Zaum zu halten: „Genug, ich habe nicht vor, mit Ihnen noch einmal über irgendetwas zu sprechen, gehen Sie einfach."

Cornelia verabschiedete sich kurz und folgte dann mit Lilly im Schlepptau der Haushälterin zur Tür.

„Wir wollten die Baronin wirklich nicht aufregen", versicherte Cornelia Frau Neidhartinger noch einmal entschuldigend.

„Das ist ja dann wohl ziemlich schief gegangen", antwortete diese abweisend, während sie die ungebetenen Gäste zum Ausgang geleitete.

„Aber ich habe sie doch nur nach einem Namen gefragt." Lilly sah eine neue Chance, mehr über diesen Namen zu erfahren. Vielleicht wusste die Haushälterin etwas darüber. Diese ging schweigend voraus, also sprach sie weiter. „Vielleicht haben Sie schon einmal diesen Namen gehört - Johann-Hugo von Klessez-Schmerling." Sie wartete auf eine Reaktion. Als sie am Ausgang angekommen waren, öffnete Frau Neidhartinger ausdruckslos das Tor und meinte nur: „Tut mir leid, da kann ich Ihnen nicht helfen. Auf Wiedersehen."

Cornelia bedankte sich und ging mit Lilly zum Wagen.

***

Als Lilly in den Wagen stieg, hatte sie das Gefühl eine richtige Spur zu haben. Doch ihre Freundin interessierte das kein bisschen.

„Sag mal, spinnst du?", fuhr Cornelia sie sofort an, als sie die Wagentür geschlossen hatte.

„Was?" Lilly hatte keine Ahnung, wovon sie sprach.

„Also, ich glaub`s nicht! Was ist denn in dich gefahren, so kenn ich dich gar nicht." Cornelia war außer sich.

„Jetzt beruhige dich! Es ist doch nichts passiert", beschwichtigte Lilly ihre Freundin, „und du hast doch auch gemeint, dass da was nicht stimmt."

„Ja, schon. Aber du kannst doch die Baronin nicht so respektlos behandeln."

„Wieso respektlos. Die verbirgt doch was, die Reaktion der Baronin auf diesen Namen war so heftig, das ist doch eindeutig, die verheimlicht was."

Cornelia begann sich zu beruhigen und atmete einmal tief durch. Sie war dankbar, endlich dieser kniffligen Situation entkommen zu sein.

„Und wie geht's jetzt weiter?", fragte Cornelia.

„Ich glaube nicht, dass wir die Baronin noch dazu bekommen, uns zu sagen, was sie weiß, also wäre ich dafür, wir erzählen der Polizei davon." Sie sah Cornelia an und wartete darauf, was sie dazu zu sagen hätte.

„Einverstanden. Mir reicht das schon, ich will nur mehr nach Hause." Lilly hätte zwar gerne erfahren, was es mit dem Namen auf sich hat, aber wenn Paul von ihren Nachforschungen erfahren würde, könnte das wieder eine Krise auslösen. Und sie konnte ihm nicht länger verheimlichen, was passiert war. Möglicherweise wusste er schon davon aus der Presse, dann kann sie sich wieder etwas anhören. Also war sie bereit, vernünftig zu sein und alles Weitere der Polizei zu überlassen. Je eher sie mit dem Kommissar sprechen, desto schneller kann der seine Ermittlungen weiterführen. Auf Grundlage dieser Erkenntnisse muss er weiter recherchieren und vielleicht hilft es, den Mörder zu entlarven.

Inzwischen war es Nachmittag geworden und die zwei Frauen fuhren zurück in die Kanzlei. Vorher blieben sie noch beim Gasthaus stehen, um nachzusehen, ob sie den Kommissar oder seinen Assistenten antreffen, um ihnen von ihren Erlebnissen berichten zu können. Die Beamten waren nicht da und so beschlossen sie zu Cornelia in die Kanzlei zu fahren und später noch einmal ihr Glück zu versuchen. Cornelia widmete sich ihrer Büroarbeit und tatsächlich war jetzt auch ein Mail eingetroffen, in dem angekündigt wurde, dass Pfarrer Schuhmann in den nächsten Tagen die Pfarre interimistisch übernehmen wird. Sie wollte eine Antwort verfassen, gab aber nach kurzer Zeit auf, weil sie sich nicht konzentrieren konnte. Es dauerte nicht lange und sie meinte zu Lilly: „Weißt du was? Ich hör auf so zu tun, als ob ich Kanzleiarbeit erledigen könnte. Wir gehen jetzt in den Gasthof, trinken was, vielleicht kommen die beiden ja irgendwann zurück."

Lilly war einverstanden und sie packten ihre Sachen zusammen und verließen die Kanzlei.

***

Kommissar Hartmann und sein Assistent waren den ganzen Vormittag unterwegs und gingen dem Hinweis von Frau Hawel nach und tatsächlich, direkt auf die Sache angesprochen, erinnerten sich einige Leute doch an den fremden Mann, den sie ein paar Mal beim Betreten und Verlassen der Sakristei gesehen hatten. Laut der Beschreibung verschiedener Zeugen handelte es sich immer um denselben Mann. Auch das Auto des Mannes wurde beschrieben. Leider hatten sie nur die beiden Anfangsbuchstaben des Nummernschildes von Frau Hawel, sonst konnte sich niemand daran erinnern. Das Fabrikat betreffend konnten sie nur herausfinden, dass es eine Limousine war, alle weiteren Angaben waren nicht zu gebrauchen. Genauso verhielt es sich mit der Farbe. Außer Magenta und Umbra waren alle Farben vertreten.

Die nochmaligen Befragungen hatten sich bis in die frühen Nachmittagsstunden hingezogen, dann beschlossen die Beamten in die nächste Polizeistation in den Nachbarort Aidingen zu fahren. Der Ort war etwas größer als Machkirchen, der Hauptplatz einladend gestaltet und in der Mitte prangte ein beeindruckender Brunnen, den vier Frauengesichter schmückten, aus deren Mündern Wasser sprudelte. Die Polizeistation befand sich in einem grauen Gebäude. Man konnte sie nicht verfehlen, da über dem Eingang in großen Lettern das Wort „POLIZEI" zu lesen war.

Sie betraten die sehr zweckmäßig möblierten Räume durch die selbstschließende Tür. Rechts stand ein Schreibtisch, der über die halbe Raumbreite reichte und genug Platz für die Arbeitsflächen zweier Beamter bot. Durch den an einen Tresen erinnernden Aufbau konnte man von dem dahinter sitzenden Beamten nur den Kopf sehen. Die technische Ausstattung war nicht die neueste, aber es musste genügen. Immerhin gab es Funk und einen Computer und in dem konnten Hartmann und Neumaier ihre Fahndung nach dem Unbekannten starten.

Der Revierleiter war ein freundlicher Kollege, sein Aussehen verriet, er hatte nur noch wenige Jahre bis zur Pension zu arbeiten. Sofort war er bereit, seinen Platz zu räumen und den Kollegen aus Wien zu überlassen. Geschäftig kümmerte er sich um Kaffee, diskutierte eifrig die letzten Ereignisse und brachte sein ortskundiges Wissen ein. Roland Neumaier arbeitete ungemein geschickt mit dem Programm, der Kommissar bewunderte ihn aufrichtig für sein Wissen. Der Inspektor tippte gekonnt ihre spärlichen Erkenntnisse in die Tastatur und durchforstete alle zur Verfügung stehenden Dateien. Es gab keine Übereinstimmungen, deshalb lag die Vermutung nahe, dass dieser Unbekannte noch nicht straffällig geworden war. Die Angaben über den Wagen konnte man nicht verwenden, da sie so ungenau waren, dass selbst ein Computer damit nichts anfangen konnte.

„Schade", meinte der Kommissar, „wäre auch zu einfach gewesen. Frag noch einmal im Labor und in der Gerichtsmedizin nach, ob es neue Erkenntnisse gibt! Ich werde inzwischen in die Pension zurückfahren und mich ein wenig frisch machen." Sein Partner nickte zustimmend. „Sie fahren dann den Kollegen?", forderte Hartmann höflich den Uniformierten auf, ohne Widerspruch zu erwarten." Diensteifrig nahm Neumaier den Hörer ab und begann zu wählen.

***

Lilly und Cornelia betraten den Gastraum und fragten bei der Wirtin nach, ob die beiden Männer inzwischen eingetroffen wären, doch die Kriminalisten waren nicht auf ihren Zimmern. Nach diesem aufreibenden Tag beschlossen sie sich etwas zu gönnen. Sie gingen in die Gaststube, setzten sich in eine Ecke, von der sie den ganzen Raum überblicken konnten und bestellten sich ein Glas Wein. Vielleicht würden die zwei ja bald kommen.

Die Wirtin kam hinter dem Tresen hervor und trat an den Tisch. „Es freut mich Frau Klahr, dass sie wieder einmal hier sind, ist ja ein seltenes Vergnügen." Sie begann mit einem zu nassen Schwamm den Tisch zu wischen.

„Na, Sie wissen doch, wie das ist…viel Arbeit", stieg Cornelia in den Smalltalk der Wirtin ein und überlegte, wozu man einen nicht ganz sauberen Tisch mit einem nicht ganz sauberen nassen Schwamm putzt. Während die Wirtin mit einem Geschirrtuch oberflächlich die Tischplatte abtrocknete, sah sie Lilly fragend an, da sie wissen wollte, wer sie war. Nachdem niemand auf ihren fragenden Blick reagierte, ging sie einen Schritt weiter: „Und Sie sind auf Besuch hier?"

„Ja, ich heiße Lilly Heller und bin eine Freundin von Conny."

„Sehr erfreut, Elsa Belegg", stellte sich die Wirtin vor. Lilly sah ihr das erste Mal ins Gesicht. Sie verwendete zu viel Schminke, das war schade, denn sie war ausgesprochen hübsch. Ihre Augen waren wach und freundlich, die Augenbrauen betonten sie durch die vollendete Bogenform, die zur Geradlinigkeit der Nase überging. Der Mund war voll und ein wenig zu groß, aber ihr Lächeln zeigte Grübchen und unterstrich ihre Wangenknochen. Sie war mindestens zehn Jahre jünger als Lilly, hatte eine passable Figur mit ausgeprägten Kurven. Sie trug eine Jeans und ein T-Shirt und nach einem zweiten Blick fand Lilly: eine attraktive Erscheinung.

„Wie nett, ich glaube ich habe mich seit Jahren mit keiner Freundin getroffen. Was darf's denn sein?", fragte die Wirtin und ihr Reinigungsversuch hinterließ auf dem Tisch feuchte Schlieren. Jetzt wusste die Kanzleikraft wieder, warum sie nie hierherkam, aber wenigstens gibt es einen genießbaren Weißwein.

„Bringen Sie uns bitte zwei Gläser von dem gemischten Satz!"

„Ja, gern." Betriebsam ging die Wirtin hinter den Tresen und kam mit zwei gefüllten Weingläsern auf einem Tablett zurück.

„Können wir bitte ein Glas Wasser bekommen?"

„Natürlich", eilig holte Frau Belegg zwei Gläser Wasser und stellte sie zu den Weingläsern. „So, bitte. Sonst noch was?", fragte sie nach. Die Freundinnen schüttelten den Kopf. Die Wirtin dachte nicht daran, sie alleine zu lassen. „Und wie geht es Ihnen", fragte sie Cornelia und setzte ihr hübsches

Lächeln auf. „Das mit dem Herrn Pfarrer ist doch eine Schande!" Ungefragt setzte sie sich vor Frau Klahr auf einen Stuhl. Lilly und Cornelia sahen sich an, wagten es aber nicht, ihr zu sagen, dass sie mit ihr nicht darüber sprechen wollten. Lilly blickte durch den Gastraum, außer einem angetrunkenen Mann am Tresen saßen ein paar Männer am Stammtisch. Sie überlegte, dass man mit so wenigen Gästen nicht reich werden konnte. „Haben Sie schon einmal mit dem Kommissar gesprochen?", ließ sich die Wirtin nicht beirren. Cornelia antwortete mit einem knappen „Ja", um zu signalisieren, dass sie nicht zum Plaudern aufgelegt war, doch sie hatte die Rechnung ohne die Wirtin gemacht.

„Was hat er denn gesagt? Weiß man schon, wer es getan hat?" Erwartungsvoll starrte sie Cornelia an.

„Nein, soweit ich weiß, haben sie mit den Ermittlungen erst begonnen", blieb sie höflich.

„Wenn man so darüber nachdenkt, Pfarrer Hölzel war immer für andere da und wer weiß, ob ihm das nicht zum Verhängnis geworden ist." Cornelia war bewusst, dass sie auf den Messdiener anspielte und wusste nicht, was sie antworten sollte, denn sie hatte keine Lust auf Dorfklatsch. Da unterbrach ein Stammgast die Konversation und verlangte nach einem neuen Glas Bier.

„Ja, ich komm schon", die Wirtin winkte beschwichtigend mit dem Schwamm, den sie noch immer in der Hand hatte. „Na, der Kommissar wird den Mörder schon kriegen."

„Ich zahle gleich." Cornelia war froh, daran gedacht zu haben, denn sie wollte nicht noch einmal nach der Wirtin rufen müssen und Gefahr laufen, das Gespräch fortzusetzen.

„Drei fünfzig." Cornelia gab ihr zehn Euro. „Acht, ich bezahle beide." Lilly wollte schon protestieren, überlegte es sich aber dann anders. Die Wirtin bedankte sich höflich und endlich ging sie weg.

Lilly und Cornelia tranken genüsslich ihren Wein und langsam kamen sie ein wenig zur Ruhe und plauderten ungezwungen.

„Gibt es einen Wirt?" begann Lilly die Unterhaltung.

Cornelia sah zur Wirtin: „Nein, soweit ich weiß, hat sie das Gasthaus von ihren Eltern übernommen. Ihr Vater ist schon gestorben und ihre Mutter hilft noch ein wenig mit, aber die Gesundheit macht ihr zu schaffen, darum ist sie kaum mehr im Schankraum. Mehr oben in den Privaträumen." Sie machte mit dem Weinglas in der Hand eine Bewegung Richtung Decke. „Sonst gibt es nur den Heinrich, er ist das Mädchen für alles. Er hilft in der Küche, im Schankraum und sonst noch bei allem, was hier anfällt. Aber ich glaub nicht, dass da was läuft, er hat eine Freundin und sie wollen bald heiraten."

Da betrat der Kommissar die Gaststube und schickte sich an, auf sein Zimmer zu gehen.

„Entschuldigung, ich will nicht lange stören, kann ich Sie kurz sprechen?" Cornelia war hinter dem Tisch aufgesprungen und stand ein wenig krumm, da sie sich wegen der Tischkante nicht aufrichten konnte. Sie hatte die Aufmerksamkeit der wenigen Gäste auf sich gezogen, deshalb setzte sie sich wieder hin und hoffte, dass der Kommissar ohne weitere Aufforderung näher kommen würde.

„Selbstverständlich." Er setzte sich ohne die Jacke auszuziehen. Lilly brauchte nicht zu fragen, wer das war, sie konnte unter dem Sakko einen Gurt und den Ansatz einer Waffe erkennen. Sie verkniff es sich nachzufragen, ob sie schon etwas herausgefunden hatten.

„Sie wollen mich sprechen?"

„Ja, wir müssen Ihnen etwas erzählen", sie zögerten ein wenig, weil sie nicht wussten, wo sie anfangen sollten und wie sie ihm alles erklären sollten. „Ich glaube, wir haben da etwas entdeckt." Cornelia forderte Lilly auf, ihr den Zettel mit dem Namen zu geben, diese holte ihn aus ihrer Handtasche und legte ihn auf den Tisch.

„Darf`s was sein?", hörte man die Stimme der Wirtin, der Kommissar bestellte einen Kaffee und wandte sich wieder seiner Zeugin zu.

„Und was ist das?", fragte er und nahm den Zettel in die Hand, um die Schrift besser lesen zu können.

„Das war im Sakko von Pfarrer Hölzel", antwortete Cornelia ein wenig verlegen.

Dann erst schien er Lilly zu bemerken: „Und wer sind Sie, wenn ich fragen darf?"

„Oh, ich bin Lilly Heller, eine Freundin von Conny und ein paar Tage zu Besuch bei ihr." Nach einem knappen aber skeptischen „Aha" wandte sich Hartmann dem Zettel zu.

„Und? Kennen Sie den Namen?", drängte er auf eine Erklärung.

„Nein."

Nach kurzem Schweigen fragte der Beamte: „Haben Sie mir noch etwas zu erzählen?"

Die Frauen sahen sich ein wenig verlegen an.

„Also bitte, meine Damen", er war genervt von dem Getue, „können Sie zum Thema kommen?" Da ging die Tür auf und Roland Neumaier kam herein, wollte schon in Richtung Zimmer gehen, da erspähte er seinen Chef am Tisch der Frauen. Er machte kehrt und ging zu den Dreien.

„Roland, darf ich vorstellen. Das ist Frau Klahr und das ist…", er kam ins Stocken.

„Mein Name ist Heller", assistierte ihm Lilly eifrig und reichte ihm die Hand. Nachdem sie sich kurz begrüßt hatten, setzte sich der Inspektor neben seinen Kollegen.

„Frau Klahr hat mir diesen Zettel gegeben." Hartmann reichte Neumaier das Papier. „Und nun sind wir gerade dabei nachzudenken, ob wir nicht noch etwas wissen sollten", sagte er provokant in Richtung der Freundinnen.

Abermals stand die Wirtin ungebeten da und fragte, was der Neuzugang konsumieren wolle. Nachdem er sich bei der Bestellung seinem Chef angeschlossen hatte, widmeten sich die Kriminalisten wieder den Frauen.

Lilly und Cornelia tauschten Blicke aus und dann endlich erzählten sie die ganze Geschichte und beichteten auch, dass Cornelia den Laptop von

Pfarrer Hölzel mit nach Hause genommen hatte und sie ihn durchsucht hatten. Die Ermittler hörten sich alles an und, als die beiden fertig berichtet hatten, war die Stimmung geladen wie vor einem Gewitter. In diese Stimmung platzte die Wirtin mit den Bestellungen: „So, bitte die Herren." Sie sah in die Runde. „Gibt es Probleme, kann ich helfen?", bot sie sich ungefragt an. „Nein, nein, danke, alles in Ordnung", sagte der Kommissar gereizt. Als sie stehen blieb, wurde der Kommissar deutlich: „Ein Glas Wasser und dann lassen Sie uns bitte allein." Ein wenig eingeschnappt kam sie der Aufforderung nach. Dann machte der Kommissar einen tiefen Atemzug: „Also, mir fehlen die Worte, was ist Ihnen da eingefallen? Sie unterschlagen Beweise und begeben sich in Gefahr…"

„Also, was heißt denn unterschlagen und Gefahr", unterbrach ihn Lilly, „es stand am Anfang noch gar nicht fest, ob das für den Mord von Belang ist und es steht auch jetzt noch nicht fest." Sie zog die Augenbraun zusammen und zeigte damit, dass sie verärgert war. Die Wirtin brachte das Wasser, wollte es demonstrativ sorgfältig abstellen, um ein wenig von der Unterhaltung zu erhaschen, doch Roland Neumaier nahm ihr das Glas ab und betonte so, dass sie ungestört sein wollten.

Als sie wieder unter sich waren, lehnte sich Kommissar Hartmann bedrohlich nach vorn, um zu unterstreichen, wie ernst es ihm war.

„Da muss ich Ihnen widersprechen", sagte er mit gedämpfter Lautstärke Richtung Lilly, „bei einem Mord ist für uns alles von Belang. Sie müssen sich den Vorwurf gefallen lassen, dass Sie zur Baronin aufs Gut gefahren sind, statt der Polizei den Laptop und das Papier gleich auszuhändigen. Das ist unsere Arbeit. Grundsätzlich haben Sie sich damit strafbar gemacht", er hielt kurz inne, als er Cornelias ängstliches Gesicht sah und schaltete einen Gang zurück, „aber ich denke, darüber kann ich hinwegsehen." Lilly konnte es nicht glauben, fangen Cornelia und der Kommissar an zu flirten? Sie konnte ihren Ärger kaum zügeln: „Das wäre ja noch schöner." Sie war empört, dass er diese Lappalie überhaupt ansprach. „Jetzt lassen Sie die Kirche aber im Dorf!" Sie verschränkte die Arme wie ein trotziges Kind.

„Stellen Sie sich vor, Sie hätten unabsichtlich etwas Wichtiges gelöscht."

„Papperlapapp. Blödsinn." Sie machte eine abwehrende Handbewegung, „Wir können mit einem Computer sehr gut umgehen."

„Aber Pfarrer Hölzel wurde ermordet und sein Mörder läuft noch immer frei herum. Man weiß nicht, was der Mörder tut, wenn er bemerkt, dass Sie recherchieren", mühte sich Hartmann Lilly zu überzeugen, dass ihr Handeln gefährlich sein könnte.

„Ich pass schon auf. Wichtig ist, dass Sie herausfinden, was die Baronin zu verbergen hat und mit Ihnen muss sie reden, uns sagt sie ja nichts."

„Das lassen Sie nur unsere Sorge sein, außerdem - die Mörderin kann sie nicht sein. Pfarrer Hölzel wurde erwürgt. Wie wir alle wissen, ist die Frau Baronin nicht mehr die Jüngste. Das heißt, sie wäre körperlich gar nicht in der Lage einen solchen Mord zu begehen", wandte der Kriminalist ein.

„Das mag sein. Doch was sagt denn das schon aus? Die Klessts von Traunwarth haben sehr viel Geld." Diese Bemerkung ließ Lilly im Raum stehen.

„Ich hätte da noch eine Frage." Der Inspektor holte sein Notizbuch aus der Jackentasche und schlug es auf. „In letzter Zeit wurde ein Fremder gesehen, der Pfarrer Hölzel besucht hat." Er begann vorzulesen: „Er war groß, nicht schlank, Glatze, glatt rasiert, trug einen Anzug. Seinen Wagen hatte er am Kirchenvorplatz geparkt. Sagt Ihnen das was?", fragte er mehr an Cornelia gewandt.

„Nein", Cornelia dachte ein wenig nach und schüttelte den Kopf. „Das sagt mir nichts. Aber manchmal kamen Vertreter für Weine oder Catering für Hochzeiten. Vielleicht hatte der Pfarrer vor etwas zu bestellen", mutmaßte sie.

„Hätte er Ihnen so etwas nicht gesagt?"

„Normalerweise schon, aber ich wüsste nicht, wer es sonst gewesen sein könnte."

„Nur der Vollständigkeit halber, wo waren Sie vor und während des Gottesdienstes?", wandte der Kommissar ein. Die Frage überraschte beide Frauen so sehr, dass sie sich ungläubig ansahen.

„Meinen Sie mich?", fragte Cornelia.

„Na, mich kann er ja nicht meinen, ich kannte deinen Pfarrer gar nicht", sagte Lilly trotzig zu ihrer Freundin.

„Es ist nur Routine."

„Ich war zuerst in der Kanzlei und gegen Mittag bin ich nach Hause gegangen, weil ich ja Lilly erwartet habe und noch ein wenig aufräumen wollte", kam etwas borstig Cornelias Antwort. Als er noch immer auf Lillys Antwort wartete, verschränkte die die Arme noch stärker.

„Ich war natürlich noch in Wien, ich bin erst am Tag nach dem Mord angereist!" Und jetzt brach ihr Ärger vollends durch: „Das ist ja lächerlich, ich kannte ihn doch gar nicht, was hätte ich denn für ein Motiv?", fauchte sie in Richtung des Kommissars.

„So, wie es aussieht, mochten alle Pfarrer Hölzel und niemand hatte augenscheinlich ein Motiv – und trotzdem ist er nun tot." Der Kommissar und Lilly sahen sich gereizt in die Augen, Lilly verlor das Gefecht und wandte ihren Blick zuerst ab.

„Da hat er Recht", pflichtete ihm Cornelia bei, was ihr einen bösen Blick von Lilly einbrachte.

„Also, ich danke Ihnen sehr, meine Damen, ich werde der Sache nachgehen", sagte der Kommissar versöhnlich, stand auf und sein Assistent trank hastig den letzten Schluck Kaffee und tat es ihm gleich.

„Ach ja, und ich brauche den Laptop, Inspektor Neumaier wird ihn noch heute holen. Sagen Sie ihm wann und wo, dann ist die Angelegenheit für Sie erledigt."

„Warum so viele Umstände, ich kann ihn doch hier vorbeibringen", bot Cornelia großzügig an, „das macht gar keine Mühe."

„Wenn Sie wollen. Aber wir brauchen ihn so schnell wie möglich."

„Wir trinken aus und dann kann ich ihn holen.

Ich habe heute sowieso nichts mehr vor." Nun war Lilly es, die peinlich berührt war, Cornelia warf sich dem Kommissar förmlich an den Hals.

„Informieren Sie uns, wenn Sie etwas heraus gefunden haben?" fragte Lilly den Kommissar erwartungsvoll.

„Natürlich wird er das tun", mischte sich Cornelia ein und hielt ihm ihre Hand entgegen.

„Wenn ich etwas Konkretes weiß, melde ich mich bei Ihnen", versprach er, nahm die angebotene Hand und hielt sie länger als notwendig, „nochmals vielen Dank." Dann verabschiedeten sich alle höflich und die beiden Kriminalisten gingen in ihre Zimmer zurück.

***

Wieder unter sich saßen Lilly und Cornelia kurze Zeit still vor ihren Weingläsern. Lilly sah Cornelia eine Weile an und wartete, dass sie etwas sagte. Nachdem diese keine Anstalten machte ihr Schweigen zu brechen, ergriff Lilly das Wort. „Sag mal, was war das denn?", fragte Lilly vorwurfsvoll.

Cornelia nahm zwei Schlucke von ihrem Weißwein und stellte das Glas sorgsam zurück.

„Ich weiß nicht, was du meinst."

„Ich meine euer Geplänkel." Lilly kochte vor Wut. „Meinst du, ich hab das nicht bemerkt? Hauptsache, er fragt mich nach meinem Alibi, der hat sie doch nicht alle."

„Das muss er tun", nahm Cornelia Hartmann in Schutz. Sie behauptete: „Und da war gar nichts, das ist doch Blödsinn."

„Ach, da war nichts. Und dein „ich kann ihn doch bringen" und „na, sicher wird er uns am Laufenden halten", äffte sie Cornelia nach. „Wollten wir nicht gemeinsam etwas unternehmen?", konfrontierte sie ihre Freundin mit der Angabe nichts vorzuhaben.

„Ich weiß gar nicht, warum du dich so aufregst. Da ist doch nichts dabei, ich finde ihn interessant. Wahrscheinlich ist er sowieso verheiratet und hat drei kleine Kinder."

Lilly beruhigte sich wieder. „Schon gut, du hast ja Recht. Am besten fahren wir jetzt zu dir, du holst den Laptop und bringst ihn her", beendete sie ihren kleinen Disput. „Ich bleibe in der Wohnung, vielleicht gehe ich ein bisschen spazieren und du kannst weiter nach dem Familienstand des Kommissars forschen."

Sie lächelten sich an und Cornelia strich Lilly beschwichtigend über den Arm. Sie ließen den restlichen Wein im Glas und fuhren zurück in Cornelias Wohnung. Cornelia schnappte Pfarrer Hölzels Laptop und ließ Lilly allein in der Wohnung.

Lilly hielt es nicht lange in den leeren Räumen und sie machte sich auf den Weg. Aber sie ging nicht spazieren, sie hatte andere Pläne. Wie auf Schienen ging sie die Straße zur Kirche entlang. Dort angekommen, betrat sie das Gotteshaus, bekreuzigte sich, wie sie es gewohnt war, und schlenderte den Mittelgang entlang. Der Geruch nach Weihrauch erinnerte sie an ihre Jugend. Sie versuchte einen Eindruck von dem Tatort zu bekommen. Es war eine nette kleine Kirche. Fast alles war mit geschnitztem Holz verziert, was feierlich und heimelig zugleich wirkte. Der Kreuzgang war links und rechts im Kirchenschiff ebenfalls in geschnitzten Holzbildern dargestellt. Nun war Lilly am Altar angekommen. Er war prunkvoll, aber nicht pompös. Sie sah nach links und folgte dem Weg, bis sie zu einer Tür kam. Das rot-weiß-rote Band, wie man es auf Baustellen verwendet um etwas abzugrenzen, signalisierte, dass Unbefugte hier nichts verloren hatten. Zaghaft drückte sie die Türklinke und erschrak ein wenig, da sie nicht erwartet hatte, dass diese nicht verschlossen war. Sie blieb hinter der Absperrung stehen und sah in den Raum, soweit es möglich war. Lilly erkannte, dass es sich um die Sakristei handelte. Am Boden befand sich die Markierung, die zeigte, wo der Leichnam gelegen hatte. Mit einem Mal war ihr der Ort unheimlich und ihr lief Gänsehaut über den ganzen Körper. Es wurde ihr bange und sie entschloss sich zu gehen, zog die Tür zu und wandte sich um. Plötzlich stieß sie einen schrillen Schrei aus. Vor ihr stand der Mesner. Das Blut stieg ihr zu Kopf und ihr Herz klopfte so stark, dass sie befürchtete ohnmächtig zu werden.

„Meine Güte, müssen Sie mich so erschrecken", fand sie mühsam ihre Fassung wieder.

„Was tun Sie hier?", fragte Nemec grimmig. Er kam Lilly näher, als sie es zulassen wollte.

„Ich suche Frau Augustin", log sie, drängte sich an ihm vorbei und plagte sich selbstbewusst zu wirken. In passendem Abstand wandte sie sich ihm wieder zu. „Wissen Sie, wo ich sie finden kann?"

Diese Erklärung erschien ihm plausibel und sein feindlicher Gesichtsausdruck entspannte sich ein wenig. „Sie richtet das Zimmer für den neuen Pfarrer", antwortete er und gab ihr sogar eine kleine Wegbeschreibung, wie sie dort hinkam, bevor er Richtung Seitenausgang entschwand.

Lilly ging auf die andere Seite der Kirche und öffnete die Tür. Dahinter befand sich ein Flur, sie betrat ihn und schloss die Tür. Niemand zu sehen. Sie folgte dem Gang in die von dem Mesner beschriebene Richtung und kam nach kurzer Zeit an die Stelle, die sie schon von dem Besuch mit Cornelia kannte. Zögernd spähte sie in das Büro von Cornelia und trat ein. Wenn sie schon hier war, konnte sie auch noch einmal nachsehen, ob sie etwas übersehen hatten. Cornelia hatte sicher nichts dagegen. Sie trat an den Schreibtisch und setzte sich in den Drehsessel von Cornelia. Es war ein einfacher alter Schreibtisch aus Holz. Er war ordentlich aufgeräumt, auf der linken Seite ein Flachbildschirm, davor die Tastatur und die Maus auf einem Pad, sowie Stifte in einem Becher. Auf der rechten Seite ein altes Telefon mit extra Tasten zum Verbinden und vier blaue Ablagefächer, sorgfältig beschriftet: Ausgang, Eingang, Ablage, Diverses. Vorsichtig, als könnte sich ein Sprengkörper darin befinden, öffnete Lilly die Laden, sah flüchtig den Inhalt durch und schloss sie achtsam. Als sie in den Schubfächern nichts entdeckt hatte, widmete sie sich den Ablagefächern. In dem Ausgangsfach lag eine Unterschriftenmappe. Sie stand auf und blätterte darin. Leer. Sie bückte sich ein wenig und griff mit der Hand in das Eingangsfach. Es waren einige Schriftstücke darin. Eine Anfrage von einer Frau Zeiler wegen einer Hochzeit, eine Einladung zu einem 80. Geburtstag von einem Herrn Lubowitz, drei Kuverts. Eins von einem Weinhändler mit der Lieferbestätigung und einem Zahlschein, eins von der Telefongesellschaft mit Gesprächsauflistungen und Tarifliste und ein neutrales Kuvert. In diesem befand sich ein Schreiben von einer Detektei Fischer aus Aidingen, die sich kurz für den Auftrag bedankt und ein Zahlschein. Ein Detektivbüro? Wofür braucht ein Pfarrer einen Detektiv? Recherchieren die auch bei Ahnenforschung? Lilly legte alles, außer dieser Rechnung zurück an seinen Platz, kramte ihren Kalender hervor, nahm einen Stift aus dem Becher und notierte sich Namen und Adresse der Detektivagentur, bevor sie auch dieses Schreiben wieder an seinem Platz verstaute. Sie verließ das Gebäude durch die nächste Ausgangstür und ging zurück in Cornelias Wohnung.

***

Lilly hatte gedacht, Cornelia wäre vor ihr wieder zurück, aber dem war nicht so. Ihre Freundin hatte sich doch tatsächlich in den Kommissar verknallt. Gut, so schlecht sah er nicht aus, aber sie wusste doch gar nichts von ihm. Vermutlich ist sie gerade bei ihm und stockte ihr Wissen auf. Cornelia hatte ihr einen Zweitschlüssel gegeben, also beschloss sie in der Wohnung auf sie zu warten. Sie machte sich Kaffee und als Cornelia nach einiger Zeit noch immer nicht nach Hause kam, rief sie ihre Freundin an.

„Hallo Conny, wo bleibst du denn? Ich bin schon in deiner Wohnung."

„Ich war schon auf dem Weg nach Hause, aber Frau Augustin hat mich angerufen und gemeint, es kam noch ein Anruf, der neue Pfarrer wird früher als erwartet eintreffen und noch heute Nachmittag seinen Dienst antreten. Da sollte ich im Büro sein. Ich werde hingehen, damit ich alles vorbereiten kann. Tut mir leid."

„Und wann sehen wir uns dann?"

„Ich hoffe, es dauert nicht so lange. Wie wär's, wenn ich dich anrufe, sobald ich fertig bin, du holst mich ab und wir fahren in meine Stammpizzeria."

„Einverstanden, dann werde ich ein bisschen lesen oder noch einmal spazieren gehen." Sie verabschiedeten sich und beendeten das Gespräch. Lilly saß eine Minute mit ihrem Smartphone in der Hand nur so da und hing ihren Gedanken nach. Sie holte ihren Taschenkalender, nahm sich ein paar Kekse und setzte sich wieder zu ihrem Kaffee. Dann nahm sie erneut ihr Handy und suchte online nach dem Detektivbüro. Sie ärgerte sich grün und blau, weil es so lange dauerte, aber sie sah keine andere Möglichkeit, sich Informationen zu holen. Viel entdeckte sie nicht, die Detektei hatte keine Homepage, sie fand nur einen Eintrag im Telefonbuch. Sie überlegte anzurufen und verwarf diesen Gedanken wieder. Wenn sie nur wüsste, wie lange Cornelia arbeiten musste und wie lange man nach Aidingen brauchte. Sie steckte noch einen Keks in den Mund und begann ihr Telefon nach öffentlichen Verbindungen nach Aidingen zu befragen. Es kostete sie den Rest ihrer Geduld, aber sie wurde mit dem Busfahrplan von Machkirchen belohnt. Alle 30 Minuten fährt ein Bus vom Hauptplatz von Machkirchen nach Aidingen. Ab 17 Uhr nur mehr jede Stunde. Lilly überlegte, das könnte sich zeitlich ausgehen. Wenn sie den nächsten Bus erreicht, wäre sie etwa um 16.45 Uhr in Aidingen, dann ein kurzer Besuch in der Detektei und wieder zurück nach Machkirchen. Sie trank den letzten Schluck Kaffee, stellte die Tasse in das Waschbecken, legte die Kekse zurück in den Küchenschrank und hastete aus der Tür.

Der Bus hatte ein paar Minuten Verspätung. Lilly dachte, dass sie sich die Lauferei hätte sparen können. Sie war ein bisschen in Sorge, dass jemand in dem Kaff sah, wie sie mit dem Bus wegfuhr und es Cornelia erzählen könnte. Sie würde ihren Ausflug gerne für sich behalten. Aber der Schatten, der ihr folgte, hatte nicht vor, Cornelia davon zu erzählen.

Endlich fuhr der Bus vor und Lilly war sicher, dass sie niemand gesehen hatte. Sie löste ein Ticket und setzte sich auf einen Gangplatz nahe beim Ausgang, um ihr Ziel nicht zu verpassen.

Ihr kam es vor, als würden sie an jedem Fuchsbau Halt machen, die Distanz war nicht groß, aber mit den vielen Aufenthalten dauerte die Fahrt etwa 40 Minuten. Sie stieg am Hauptplatz aus und versuchte herauszufinden, in welche Richtung sie musste. Sie ging in eine Seitengasse, um nicht aufzufallen und zückte ihr Mobiltelefon. Nach endlos scheinender Zeit hatte sie in ihr Ortungssystem die Adresse eingegeben. Sie hatte Glück, sie musste nur zehn Minuten Fußweg bewältigen. Zwei Seitengassen weiter stand sie vor dem gesuchten Haus. Ein spärliches Schild wies auf die Detektei Fischer im ersten Stock hin. Es gab keine Gegensprechanlage, also drückte Lilly gegen das Tor, welches bereitwillig nachgab. Sie ging in das Treppenhaus, es roch ein wenig modrig. Es gab keinen Lift, aber für die paar Stufen brauchte sie sowieso keinen. Im ersten Stock gab es zwei schmucklose Türen. An einer hing das gleiche Schild, wie beim Eingangstor. Lilly zögerte ein wenig, aber dann drückte sie den Klingelknopf. Innen konnte man das Knarren des Fußbodens hören, die Türe ging auf. Eine Frau öffnete. ‚Meine Güte, ist die jung', dachte Lilly, das ist sicher ihr erster Job'. Sie war einige Jahre jünger als Lillys Tochter.

„Ja, bitte?", sagte sie ein wenig zaghaft.

„Hallo", Lilly fand den lässigen Gruß auf Grund des jugendlichen Alters ihres Gegenübers für angebracht, „ich möchte zu Herrn Fischer."

„Herr Fischer ist momentan nicht im Büro, aber bitte, kommen Sie herein." Die kleine Person machte Platz, damit Lilly eintreten konnte. Das Büro war ursprünglich eine Wohnung gewesen. Lilly wurde durch ein Vorzimmer weiter in einen Raum geführt, in dem ein Schreibtisch stand. Die Sekretärin nahm in ihrem Bürosessel Platz und bat Lilly sich auf den Besuchersessel zu setzen. Lilly warf einen Blick auf die anderen Möbelstücke. Die

Einrichtung war sehr zweckmäßig in Weiß und modern gehalten, ein Regal an der Wand, in dem sich wenige Ordner befanden. Es hätte sie nicht überrascht, wenn sie nur zur Dekoration dienten. Ein Bürocontainer mit Laden, leicht zu verschieben, da er auf Rädern stand. Lilly war überzeugt, dass die Sekretärin die Orchidee am Fenster selbst gekauft hatte.

„Herr Fischer wird in etwa 20 Minuten hier sein. Wollen Sie warten oder lieber einen Termin vereinbaren?" Was für ein reizendes Gesicht sie hat. Freundliche braune Augen, Stupsnase und einen kleinen Schmollmund, aber Lilly fand, das liebenswerte Aussehen verliehen ihr die leicht abstehenden Ohren. Sie verbarg sie nicht, sondern hatte ihre langen brünetten Haare im Nacken locker zusammengebunden.

„Mein Name ist Heller und ich habe mich kurzfristig zu diesem Besuch entschieden. Ich bin gekommen, weil…" Jetzt, wo Lilly hier war, wusste sie nicht so recht, was sie fragen sollte, also ließ sie ihrem Instinkt freien Lauf. „…ich weiß nicht, ob Sie vom Tod des Pfarrers von Machkirchen gehört haben."

„Ja, sicher. Herr Fischer hat schon vermutet, dass die Polizei jemanden schicken wird, sobald sie herausgefunden haben, dass er für den Herrn Pfarrer ermittelt hat." Lilly überraschte die Auskunftsfreude ein wenig, sie sah aber ihre Chance mehr zu erfahren.

„Sie wissen sicher auch Bescheid", ging sie in die Offensive mit Schmeicheleien und schlug einen verschwörerischen Ton an, „und ich kann mir das Wiederkommen sparen."

„Aber ich kenne keine Details", sagte die junge Frau bescheiden.

„Sagen Sie mir einfach, wofür Pfarrer Hölzel Ihre Detektei engagiert hat, das genügt schon." Lillys Gewissen rührte sich. Sie hatte zwar mit keinem Wort erwähnt, wer sie war, aber offensichtlich dachte die Sekretärin, dass sie von der Polizei wäre. Hoffentlich bekommt sie keine Schwierigkeiten, wenn sie mit Lilly über Pfarrer Hölzels Auftrag spricht. Lilly war entschlossen, alles zu tun, um sie nicht in Verlegenheit zu bringen.

„Also, soweit ich verstanden habe, wollte der Pfarrer Informationen über einen Angehörigen einer Adelsfamilie, dessen Spur sich nach dem zweiten Weltkrieg verliert." Sie war in ihrer Bereitschaft Auskunft zu erteilen nicht zu stoppen. „Und von einem zweiten Adeligen wollte er wissen, welche Funktion der im zweiten Weltkrieg innehatte."

„Und? Hat Herr Fischer etwas herausgefunden?" Lilly war in ihrem Element, sie hatte nicht im Traum daran gedacht, dass sie hier so viel in Erfahrung bringen würde.

„Er hat eine Agentur für Erforschung von Ahnen engagiert, ich glaube die hieß ‚Familysearch'. Die Abschriften hab ich gemacht, das war nicht wirklich ein aufregender Text, schwierige Namen. Der eine Adelige war während des Krieges bei einer Widerstandsbewegung noch vor Kriegsende gestorben. Und der andere war während des Krieges bei der SS, aber nach dem Krieg hat sich seine Spur verloren. An die genauen Namen oder Daten kann ich mich nicht erinnern, da müssten Sie dann doch mit Herrn Fischer sprechen", sagte die junge Frau fast entschuldigend.

„Das wird nicht notwendig sein. Falls ich noch Fragen habe, kann ich mich ja telefonisch oder per Mail melden." Lilly war schon länger als beabsichtigt hier und es wäre ihr nicht angenehm gewesen, wenn sie der Detektiv noch angetroffen hätte. Die beiden Frauen standen auf und gingen zur Tür.

„Noch eine etwas eigenartige Frage", Lilly blieb auf der Fußmatte stehen, „ist Herr Fischer groß, kräftig, wenig Haar und trägt er manchmal einen Anzug?"

„Ja, das stimmt. Warum?", wollte die junge Frau wissen.

„Ein Mann dieser Beschreibung wurde in Machkirchen mit dem Herrn Pfarrer gesehen. Kann es sein, dass ihr Chef bei ihm war?"

„Er war ganz sicher bei ihm, er hatte zwei Termine mit ihm in der Kirche ausgemacht."

„Jetzt will ich Sie aber nicht länger von Ihrer Arbeit abhalten. Sie haben mir sehr geholfen, vielen Dank", verabschiedete sich Lilly und eilte davon, um den Bus nicht zu versäumen. Er fuhr gerade ein, als sie zur Haltestelle kam, so merkte sie nicht, dass ihr Schatten sie noch immer im Visier hatte. Während der ganzen Fahrt dachte sie darüber nach, warum zwei Adelige? Stammten sie aus der gleichen Linie, waren sie verwandt? Als sie den Bus verließ, bemerkte sie, dass Elsa Belegg mit der Menütafel vor dem Gasthaus beschäftigt war. Die Wirtin hielt inne und winkte ihr zu. Lilly ärgerte sich, denn ihr Ausflug hätte geheim bleiben sollen. Sie wurde unsicher, und da sie nicht wusste, was sie tun sollte, entschied sie sich gleich zu Cornelia ins Büro zu gehen.

Die Wirtin Elsa Belegg unterbrach ihre Tätigkeit und sah neugierig wie Lilly die Busstation verließ. Der Bus fuhr weg und sah sie richtig? War das Albert, der Mesner? War der im gleichen Bus gewesen? Seltsam...

***

Armin Hartmann saß in seinem Zimmer vor dem geöffneten Laptop. Seine Gedanken waren noch immer bei Cornelia Klahr. Obwohl er seit fünf Jahren geschieden war und sich seine Erfahrungen im Flirten auf zwei kurze Affären beschränkten, konnte auch er nicht übersehen, dass ihm diese Frau Avancen machte. Es war schon eine Weile her, seit er so etwas erlebt hatte, und er war über sich selbst verblüfft, wie angenehm ihm das war. Angestrengt sammelte er seine Konzentration und zwang sich dem Gerät zu widmen. Er schloss es, ohne es auszuschalten, ging geradewegs zum Zimmer nebenan, klopfte kurz. Prompt war ein ‚Ja, bitte' zu hören und er trat ein. Sein Assistent saß auf dem einzigen Stuhl, vor ihm lag aufgeschlagen eine Zeitschrift, die er sofort schloss und auf die Anordnungen seines Vorgesetzten wartete. Kommissar Hartmann trat an seinen jüngeren Kollegen heran, stellte den Laptop vor ihn hin und öffnete ihn.

„Die Kanzleikraft hat ihn eben gebracht, vielleicht findest du etwas Interessantes."

„Setz dich", sagte Neumaier und zeigte aus Ermangelung einer anderen Sitzgelegenheit auf sein Bett. Hartmann tat dies und schwieg, um seinen Kollegen beim Durchforsten des Computers nicht zu stören. Nach einigen Minuten stand er auf, nahm die Zeitschrift, die vorhin noch sein Assistent gelesen hatte, setzte sich wieder und blätterte ein wenig darin herum. Er las nur die Titelzeilen, überflog aus Langeweile den Inhalt und blätterte weiter.

Endlich war Roland fertig und wandte sich dem wartenden Kommissar zu.

„Und? Was gefunden?"

„Nicht wirklich, aber in den Wochen vor seinem Tod rief er außergewöhnlich oft Seiten auf, die Informationen über den deutschen Adel enthalten."

Armin Hartmann atmete tief ein und stand mit demonstrativ viel Schwung auf: „Tja dann, für meinen Geschmack ist das ein bisschen viel deutscher Adel für einen Mord. Auf zum Gut."

Sie zogen ihre Jacken über und benützten den Hinterausgang zum Parkplatz. Kommissar Hartmann übernahm das Steuer und fand mühelos den Weg, den er mit dem Gendarmen schon einmal gefahren war.

Dort angekommen mussten sie, wie jeder Besucher vor dem Tor halten, der Inspektor stieg aus und betätigte die Klingel. Er wollte schon ein zweites Mal klingeln, als er durch knarrende Nebengeräusche eine Stimme hörte: „Wer ist da?"

„Polizei." Nachdem nichts geschah, setzte er nach: „Würden Sie bitte das Tor öffnen?" Ohne weitere Antwort öffnete sich das Tor. Hartmann setzte das Auto in Bewegung und blieb bei dem Inspektor stehen, damit der zusteigen konnte. Wenig später standen sie wie Bittsteller vor dem nächsten Hindernis, der verschlossenen Eingangstür und mussten zwei Mal läuten, ehe die Haushälterin öffnete.

„Guten Tag. Mein Name ist Kommissar Hartmann, ich war gestern schon einmal hier mit Ihrem Gendarmen Jakob Mendes und jetzt sind noch Fragen aufgetaucht. Das ist mein Kollege Inspektor Neumaier." Sie zückten ihre Dienstmarken, der Kommissar setzte ein freundliches Gesicht auf, doch Frau Neidhartinger machte keinen Hehl aus ihrer abweisenden Haltung und dachte nicht daran, zu grüßen, also sprach Hartmann weiter: „Ich würde gern die Baronin sprechen."

„Die Baronin fühlt sich heute nicht besonders", versuchte sie den unerwünschten Besuch zu überzeugen, wieder zu gehen.

„Das tut mir sehr leid." Hartmann fasste in seine Tasche und nahm ein Etui mit Visitenkarten heraus. „Aber ich muss darauf bestehen." Er überreichte ihr die Karte, sie warf einen flüchtigen Blick darauf. „Es geht um den Tod von Pfarrer Hölzel." Er steckte das Etui wieder ein.

„Bitte warten Sie hier!" Sie schloss die Tür und die Kriminalbeamten blieben schweigend auf den Stufen stehen, bis die Haushälterin wieder zurück war und beide bat einzutreten und ihr zu folgen. Sie ging gemächlich voraus und die Männer folgten stumm, während sie die Eingangshalle flüchtig inspizierten. Sie ließen die Treppe, die in die oberen Räume führte, rechts liegen und steuerten auf eine geschlossene Flügeltür zu. Oben sahen sie, wie ein Mann über den Flur ging. Die Haushälterin trat einfach ein und führte die beiden ohne weiteren Aufenthalt zur Baronin.

„Das sind die Polizisten", wurden sie kurz vorgestellt.

Mit einem „Danke Thea" schickte die Baronin ihre Haushälterin weg, diese nickte kurz und verschwand.

„Ich hatte nicht erwartet, Sie so schnell wieder zu sehen. Wie kann ich Ihnen dieses Mal helfen?", begann die Baronin sofort die Unterhaltung. Der Inspektor sah, dass an der Lehne des antiken Ohrensessels ein Gehstock abgestellt war. Die Hausherrin war trotz ihres Alters eine imposante Erscheinung. Das graue Kostüm passte zu ihr. Die weiße Bluse war aus reiner Seide, sie hatte alle Knöpfe geschlossen und trug eine lange zweireihige Perlenkette, dazu die passenden Ohrringe. Durch ihre Kleiderwahl und ihre grauen, elegant hochgesteckten Haare, war ihre Ausstrahlung hart und abweisend.

„Es tut mir leid, Sie stören zu müssen", abermals kramte der Kommissar seinen Dienstausweis hervor, auch dieses Mal fand er nicht mehr Aufmerksamkeit, folglich packte er ihn wieder weg. „Das ist mein Kollege Inspektor Neumaier." Er machte eine kleine Pause, keine Regung, also fuhr er fort: „Es geht natürlich um den Mord an Pfarrer Hölzel."

„Diese Sache ist sehr bedauerlich, doch wüsste ich nicht, was Sie zu mir führt", sie wirkte gelangweilt.

„Nun, seit gestern haben einige Zeugenaussagen eine andere Bedeutung bekommen, etwa dass Sie in letzter Zeit ungewohnt oft in der Kirche gesehen wurden.

„Das ist in meinem Alter sicher nichts Ungewöhnliches. Sehen Sie, ich bin nicht mehr die Jüngste und da denkt man darüber nach, dass man nicht ewig lebt", war ihre schwache Erklärung. Ohne auf die Anspielung auf ihr fortgeschrittenes Alter einzugehen, setzte Hartmann seine Befragung fort.

„Außerdem zeigen unsere Ermittlungen, dass Pfarrer Hölzel auffallend viel über den deutschen Adel recherchierte. Sie werden verstehen, warum wir einen Zusammenhang zu Ihrem Gut vermuten, immerhin sind Sie die einzige adelige Familie in der näheren Umgebung. Haben Sie eine Erklärung für sein Interesse?"

„Woher soll ich wissen, womit sich Pfarrer Hölzel in seiner Freizeit beschäftigte."

„Na, soweit ich weiß, stammen Sie doch von deutschem Adel ab", bohrte der Kommissar weiter, „da könnte man durchaus einen Zusammenhang sehen."

„Das mag sein, dennoch ist mir nicht bekannt, warum sich unser Pfarrer für den deutschen Adel interessiert hat." Obwohl offensichtlich war, dass die Befragung noch ein bisschen dauern würde, wurde den Beamten kein Platz angeboten.

„Wie viele Personen leben insgesamt auf Gut Wertheim?" Hartmann zückte seinen Notizblock und wartete auf die Antwort der Baronin.

„Mein Sohn, ich und das Ehepaar Neidhartinger." Dem Kommissar fiel auf, dass sie das angestellte Ehepaar an letzter Stelle nannte. Er konnte sich nicht vorstellen, der Baronin würde ein solcher Fehler aus Unachtsamkeit unterlaufen, er dachte eher, es handelte sich um Geringschätzung ihren Angestellten gegenüber.

„Und der junge Mann, den ich vorhin oben auf der Treppe sah?" Er blickte zur Baronin, diese sah ihn missgelaunt an. „Das ist mein Enkel. Er ist zu Besuch. Er kam erst heute Mittag an", beeilte sie sich nachzusetzen, um jeden Zweifel auszuschließen, er könnte etwas mit dem Mord zu tun haben.

„Wo wohnt er?"

„Er hat eine kleine Wohnung in Salzburg, er studiert dort Sport. Es ist nicht das Studium, das ich mir gewünscht hätte, immerhin soll er einmal das Gut übernehmen, aber die Jugend hat ihre eigenen Ansichten."

„Und das Ehepaar Neidhartinger wohnt ebenfalls hier?"

„Natürlich, bei der Größe des Anwesens ist das nicht anders möglich, es fällt immer viel Arbeit an."

„Sind das alle? Ich kann mir nicht vorstellen, dass das Ehepaar die ganze Arbeit alleine schafft, das ist doch zu viel."

„Das stimmt, normalerweise ist am Tag noch Frau Maria Nelicz hier. Sie kommt um acht Uhr und bleibt, solange ich sie brauche. Man könnte sagen, sie ist meine Gesellschafterin. Sie ist seit Montag auf Urlaub."

„Ich hätte gerne ihre Adresse und Telefonnummer."

„Wenn es sein muss, die Unterlagen sind im Büro, mein Sohn wird Ihnen die Daten zukommen lassen."

„Und wer hilft Ihnen so lange Ihre Gesellschafterin auf Urlaub ist?"

„Niemand, ich leiste mir diese Annehmlichkeit, aber ich bin durchaus in der Lage mein Leben allein zu bewältigen."

„Sonst noch wer?"

„Wir haben noch eine externe Firma beauftragt. Jeden Montag, Mittwoch und Donnerstag kommen drei Damen einer Reinigungsfirma. Falls Sie die Namen brauchen, müssen Sie meinen Sohn oder Thea fragen. Sie helfen das Gebäude sauber zu halten. Für den Garten bestellen wir Saisonarbeiter, darum kümmert sich Simon. Die Gartenarbeit ist allerdings vom Wetter und der Jahreszeit abhängig. Jetzt ist nicht so viel zu tun, die Arbeit fängt erst im Frühjahr wieder an. Diese Leute wohnen natürlich nicht hier und die meisten kommen vom östlichen Ausland. Ich kann mir nicht vorstellen, dass einer von ihnen Pfarrer Hölzel gekannt hat."

„Verstehe, wir werden das prüfen, Frau Neidhartinger kann mir dann die Namen der Firmen geben. Ein bisschen viel Platz für so wenige Leute", fand der Kommissar.

„Ich hätte auch lieber gesehen, dass meine Enkelin und ihr Mann auf dem Gut wohnen bleiben – und insgeheim habe ich auch mit ein paar Urenkeln gerechnet", wurde die alte Dame melancholisch, „aber sie zog es vor, nach München zu ziehen und Kinder hat sie keine. Aber wir hoffen, dass mein Enkel Johann einmal das Gut übernimmt und – so Gott will – entscheidet er sich, ein nettes Mädchen zu ehelichen und Kinder zu bekommen. Wenn er sich nicht zu viel Zeit lässt, darf ich das noch erleben", spielte sie auf ihr fortgeschrittenes Alter an. „Es wäre schön, wenn er seine zukünftige Frau mit Bedacht wählen würde, bis jetzt hatte er ..." Sie überlegte, wie sie es beschreiben sollte, und sah den Kommissar keck an: „Sagen wir, ich würde ihm eine glücklichere Hand bei der Wahl seiner Partnerin wünschen."

„Wir müssen mit dem Ehepaar Neidhartinger und Ihrem Enkel sprechen."

„Wie Sie wünschen."

„Und wann kommt Ihr Sohn nach Hause?"

„Das weiß ich nicht, er leitet das Gut und ist oft den ganzen Tag bis spät unterwegs."

„Vielleicht können Sie ihm ausrichten, dass wir ihn sprechen wollen und er sich bei uns melden soll, damit wir einen Termin vereinbaren." Der Kommissar nahm eine Visitenkarte und hielt sie der Baronin hin. Die Baronin machte keine Anstalten sie zu nehmen, deshalb legte er sie einfach auf den kleinen Kamintisch, der neben ihrem Sessel stand.

„Und nun würde ich gerne Frau Neidhartinger sprechen." Hartmanns Ton war fordernd und die Baronin fügte sich und rief ihre Haushälterin.

„Thea, die Herren möchten mit Ihnen sprechen." Als die Haushälterin ihre Arbeitgeberin fragend ansah, meinte diese zynisch: „Anscheinend denken die Herren, dass irgendwer von uns Pfarrer Hölzel ins Jenseits befördert hat."

„Aber ich bin noch nicht fertig mit Kochen."

Jetzt reichte es dem Beamten: „Das wird dann wohl warten müssen!" Es war üblich, dass Leute nicht erfreut waren, wenn er sie befragen wollte, aber diese Ignoranz gepaart mit Arroganz, die diese beiden Frauen zur Schau trugen, machte ihn langsam wütend. „Vielleicht gehen wir in Ihre Privaträume, damit wir ungestört sprechen können", wandte er sich an die Haushälterin.

Frau Neidhartinger zuckte mit den Schultern, um Gleichgültigkeit zu demonstrieren. Zu dritt verließen sie das Zimmer in dem die Baronin saß, und gingen einige Flure entlang. Es dauerte eine Weile bis sie zu den Zimmern des Ehepaares kamen. Sie waren gemütlich eingerichtet und im Wohnraum gab es sogar einen Kamin. Zumindest erwies sich die Haushälterin gastfreundlicher als die Baronin und bot ihnen Platz an. Sie setzten sich auf die Couch, während sich Frau Neidhartinger auf einem Hocker niederließ.

„Am besten beginnen wir gleich, ich habe noch zu tun…"

„Ja, ich weiß, Sie müssen in die Küche", vollendete Kommissar Hartmann die überflüssige Erinnerung an ihre Pflichten.

„Entschuldigung, dürfte ich kurz Ihre Waschräume benützen?", fragte der Inspektor und stand auf.

„Den Flur entlang, zweite Türe rechts." Frau Neidhartinger wollte schon aufstehen, um ihm den Weg zu weisen.

„Danke, das finde ich schon." Neumaier ließ die beiden allein und der Kommissar begann mit der Befragung. Aus gutem Grund schloss der Inspektor die Tür hinter sich und ging den Flur entlang. Es gab links und rechts zwei Türen, sowie eine am Ende des Flures. Er öffnete die erste Türe rechts. Das Durcheinander ließ keinen Zweifel offen, es handelte sich um einen kleinen Abstellraum. Werkzeug, Staubsauger, Taschenlampe, keine Besonderheiten. Leise ließ er die Türe wieder in das Schloss fallen. Hinter der nächsten befand sich ein wesentlich größerer Raum, der viel Platz bot. Zwei große Fenster zeigten, dass die Dämmerung weit fortgeschritten war. Das erschwerte ihm die Suche. Die Deckenleuchten vom Gang reichten nicht aus, um Licht auf den Schreibtisch zu werfen. Er ging einen Schritt hinein und sah links eine kleine Couch, daneben einen zweitürigen Schrank. Neben dem Schreibtisch erkannte er noch ein Regal. Trotz schlechter Sichtverhältnisse ging er zum Schreibtisch und versuchte zu erkennen, was sich alles darauf befand. Dabei entdeckte er eine Schreibtischlampe, knipste sie an und blätterte ein wenig in den Unterlagen – keine Auffälligkeiten.

Nachdem er die Lampe wieder ausgeknipst hatte, verließ er das Zimmer und ging in das nächste. Es war das Schlafzimmer, auch hier war es duster. Er erkannte das Doppelbett, einen riesigen Schrank und eine Kommode mit großen Laden. Die wollte er noch durchsuchen. Er nahm sein Handy, schaltete die Tastatur ein. Die Funktion der Taschenlampe auf seinem Handy bot ihm genug Helligkeit. Das war nicht einfach. Seine Zähne mussten als Halterung für die provisorische Taschenlampe herhalten. Außer Kleidungsstücken fand er Fotos, die ihm auch im Lichtschein keine Hinweise zeigten. Unter der Damenwäsche befand sich ein Schmuckkästchen. Er stellte es auf die Kommode und öffnete es. Der Schmuck schien nicht besonders wertvoll zu sein, die üblichen Dinge, aber in einer kleinen Schmuckbox fand er etwas Interessantes - Manschettenknöpfe. Er kannte niemanden, der so etwas heute noch trägt, aber das Bedeutendste war, dass ihn das Design an die Krawattennadel erinnerte, die man unter der Leiche von Pfarrer Hölzel gefunden hatte. Er verstaute alles wieder da, wo er es gefunden hatte und nahm sein Mobiltelefon aus dem Mund. In der Anspannung hatte er nicht bemerkt, dass sein Speichel bereits über das Display lief und er musste es mit seinem Taschentuch abwischen. Was man nicht alles für die Klärung eines Falles tut. Dann eilte er aus dem Schlafzimmer, sah noch in die Tür, die sich am Ende des Flures befand, doch die führte nur in einen weiteren Flur. Die Zeit reichte nicht, um nachzusehen, wo dieser hinführt und so ging er in das Badezimmer, wusch sich kurz die Hände und ging dann rasch zurück ins Wohnzimmer. Als er eintrat, sahen ihn beide an und er setzte sich zurück auf seinen Platz.

„Schönes Badezimmer", log er, weil er nicht wusste, was er sonst sagen sollte. In diesem Moment öffnete sich die Tür und Herr Neidhartinger kam herein. Seine Frau stand sofort auf.

„Simon, du bist schon fertig?" Der ignorierte die rhetorische Frage, stattdessen wandte er seine Aufmerksamkeit den Fremden zu.

„Wer ist das?", erkundigte er sich bei seiner Frau und nicht direkt bei den Unbekannten, um seinen Missmut auszudrücken. Nichts desto trotz stellte der Kommissar sich selbst und seinen Assistenten vor.

„Und was wollen Sie?" Die beiden Ermittler sahen sich an. Ob er heute den ersten Preis für den unfreundlichsten Zeugen erhalten würde? Bisher waren sie nur auf Widerstand gestoßen. Trotz unerträglich gedämpfter Stimmung führten sie die Befragung des Ehepaares zu Ende. Die Neidhartingers konnten kein Motiv liefern und gaben an, auf dem Gut beschäftigt gewesen zu sein, als der Mord geschah.

Herr Neidhartinger blieb mit einem Bier auf der Couch vor dem Fernseher zurück, während seine Frau die Männer in die Eingangshalle führte, da sie noch mit dem Enkel sprechen wollten.

***

Während die Haushälterin den Enkel holte, warteten sie eine gefühlte Ewigkeit und so hatte Neumaier Zeit, seinem Chef über die Entdeckung im Schlafzimmer zu berichten.

„Das ist ja ein Ding. Sobald wir zurück in der Pension sind, besorgst du einen Durchsuchungsbefehl. Lass ihn auf die Polizeistation von Aidingen mailen und unser Kollege soll ihn uns bringen, sobald er da ist."

Ihre Unterhaltung wurde unterbrochen, da Frau Neidhartinger mit Johann endlich die Treppe herunter kam. Er war ein groß gewachsener, attraktiver und sportlicher Mann. Seine Jeans saß perfekt, dazu trug er ein einfaches Baumwollhemd ohne Krawatte und ein Jackett.

„Mich brauchen Sie dann wohl nicht mehr", stellte die Haushälterin ungefragt fest und verließ die drei in Richtung Küche.

„Wie kann ich Ihnen helfen?" Johanns Hände waren in den Hosentaschen vergraben.

Dieses Mal sparte sich Hartmann die Vorstellung und kam gleich zum Punkt.

„Wir ermitteln in dem Todesfall von Pfarrer Hölzel. Kannten Sie ihn?"

„Sicher, er ist schon viele Jahre der Pfarrer von Machkirchen." Der Zeuge bemerkte nicht, dass er noch in der Gegenwartsform von ihm sprach. „Er hat fast alle Feierlichkeiten unserer Familie gestaltet."

Kommissar Hartmann war erleichtert, endlich ein Mensch in diesen Räumen, der im normalen Tonfall antwortete. Sein Auftreten war zwar betont cool, doch er vermutete, dass das seine Art war.

„Wann haben Sie ihn das letzte Mal gesehen?"

„Pffff", Johann hob die Schultern bis zu den Ohren, „keine Ahnung. Ich glaube zu Weihnachten, ich war bei der Christmette."

„Sie wohnen doch in Salzburg, kommen Sie öfter auf Besuch?"

„Regelmäßig. Ich helfe auf dem Gut mit, meine Familie möchte, dass ich einmal alles übernehme."

„Und Sie wollen das auch?"

Wieder hoben sich die Schultern: „Mal sehen."

„Jetzt sind Sie noch immer hier?", hörten sie eine Stimme aus dem Hintergrund. „Es wird Zeit, dass Sie uns verlassen, wir wollen endlich zu Abend essen." Die Baronin stand auf ihren Gehstock gestützt und der Kommissar war überrascht, wie groß sie trotz ihrer flachen Absätze wirkte. Ihre aufrechte Haltung konnte nicht darüber hinwegtäuschen, dass sie in letzter Zeit stark abgenommen haben musste, da ihre elegante Kleidung aussah, als ob sie ihrer großen Schwester gehörten.

„Ich denke auch, da wir sowieso noch ein paar Fragen haben und mit ihrem Sohn sprechen müssen, werden wir Sie morgen noch einmal besuchen."

Erschrocken sah ihn die Baronin an: „Glauben Sie, ich hätte den bedauernswerten Herrn Pfarrer ermordet? Wie Sie unschwer erkennen können, bin ich dazu wohl kaum in der Lage", machte sie auf ihre Gehhilfe aufmerksam. „Ich finde, Sie verschwenden wertvolle Zeit. Sie werden hier keine Hinweise finden." Sie sprach fast im Befehlston, aber das beeindruckte Kommissar Hartmann überhaupt nicht.

„Lassen Sie das nur meine Sorge sein", konterte er.

„Das ist doch lächerlich, ich werde mit meinem Anwalt darüber sprechen. Wir müssen uns doch nicht schikanieren lassen!" Von einer grenzenlosen Wut gepackt, ging sie trotz Gehhilfe erstaunlich sicher durch die Halle.

„Wir wünschen guten Appetit und verabschieden uns." Die Ermittler gingen zum Ausgang und waren froh, diese Familie fürs Erste verlassen zu können.

„Ich will diesen Durchsuchungsbefehl!" Neumaier kannte Hartmann gut genug, um zu wissen, dass er sauer war. Hier waren sie noch nicht fertig. Als sie ins Auto einsteigen wollten, fuhr eine Limousine vor, ein Mann stieg aus. Die Beamten schätzten ihn auf Mitte Sechzig und die Statur verriet, dass es sich um den Vater von Johann handeln musste. Der Mann war von hagerer Gestalt, die Schultern hingen schlaff herunter und der Gang wirkte erschöpft. In der linken Hand trug er eine Aktentasche, er ging die Stufen hinauf, drehte sich ein wenig nach rechts, um zu sehen, wer bei dem fremden Auto stand und grüßte mit einem kurzen Nicken, ehe er im Inneren des Gebäudes verschwand.

„Der Baron, den knöpfen wir uns später vor", fühlte sich Hartmann bemüßigt seinen jüngeren Kollegen aufzuklären, bevor sie ins Auto stiegen und in die Pension zurück fuhren.

***

Das Timing war perfekt. Als Lilly ins Büro kam, hatte Cornelia ihre Arbeit soeben beendet und sie freuten sich auf ein köstliches Essen beim Italiener. Nach einem erstklassigen Mahl und einem Aperol kamen sie zu Hause an und waren viel besser gelaunt, als noch vor ein paar Stunden. Sie hatten bewusst das Thema Mord ausgelassen und über vergangene schöne Zeiten sinniert.

„Ich habe vorsorglich eine Flasche Sekt kalt gestellt, was hältst du davon, wenn ich sie köpfe?", fragte Cornelia.

„Das ist die beste Idee des Tages, ich bin dabei." Müde ließ sich Lilly auf die Couch fallen, da hörte sie den Klingelton ihres Handys.

„Das ist Paul", stellte sie fest und spürte, wie sie nervös wurde. Sie nestelte das Telefon heraus und hob ab. „Paul? Hallo! Wie geht's?", ihre Stimme klang aufgesetzt. Cornelia stellte Sektgläser auf den Tisch und holte die Sektflasche aus dem Kühlschrank. „Aha, aha, na super", säuselte Lilly weiter. Sie hörte eine Weile zu. „Schön, dass es dir gefällt." Sie streichelte mit dem Zeigefinger die Couchtischkante. „Du stell dir vor, ich kann wirklich nirgends hinfahren, ohne dass etwas passiert", sagte sie so harmlos wie möglich. Pause. „Nein, mir geht's gut und Conny auch, aber der Pfarrer, für den sie gearbeitet hat, ist tot." Cornelia schenkte ein. „Ja, er wurde tot in der Sakristei aufgefunden." Cornelia stellte ihrer Freundin ein Glas Sekt hin und Lilly nahm einen Schluck. „Das ist eine ganz schlimme Sache, er wurde erwürgt." Schweigen. „Paul? Bist du noch da?... Ja, erwürgt." Lilly lehnte sich zurück, schloss die Augen und legte ihren Handrücken auf die Stirn. „Aber Paul, beruhig dich, was kann ich denn dafür, ich hab ihn doch nicht erwürgt." Sie beschwichtigte weiter, erklärte, dass die Polizei schon die Arbeit aufgenommen und Cornelia den Laptop beim Kommissar abgegeben hatte, aber über Cornelias oder ihre eigenen Aktivitäten schwieg sie. „Jetzt sind wir endlich zu Hause und haben eine Flasche Sekt aufgemacht, die werden wir jetzt vertilgen. Das brauchen wir nach so einem Tag... Aber ich sag dir doch, die Polizei hat alles übernommen, bitte mach dir keine Sorgen. Und jetzt mach ich mir mit Conny einen gemütlichen Abend. Ich erzähl dir morgen, ob sich noch was ergeben hat."

Cornelia flüsterte: „Schöne Grüße."

„Und Conny schickt dir liebe Grüße, ja werde ich ausrichten. Schlaf gut!" Sie legte auf, nahm aber die Hand nicht von der Stirn. „Auch schöne Grüße", sagte sie zu ihrer Freundin, die dankend nickte. „Das war Schwerstarbeit. Ich hab schon geglaubt, er springt durchs Telefon." Sie setzte sich aufrecht hin, griff abermals nach ihrem Glas, prostete Cornelia zu und nahm einen kräftigen Schluck.

„Was hat er gesagt?", wollte Cornelia wissen.

„Ach, er hat sich aufgeregt, er kennt mich und meinte, dass ich mich da ja raushalten soll..., aber sag mal", begann Lilly, „was findest du eigentlich an diesem Kommissar?"

„Na hör mal, der sieht doch nicht schlecht aus." Cornelia hatte eine bequeme Haltung eingenommen und nippte an ihrem Glas.

„Das habe ich ja nicht gesagt, aber ist ein Flirt in dieser Situation nicht ein bisschen unpassend."

„Unpassend. Was heißt das schon? Er gefällt mir einfach. Außerdem ist er in meinem Alter, sieht passabel aus und trägt keinen Ehering. Bessere Voraussetzungen werde ich so schnell nicht noch einmal finden."

Lilly lächelte ihre Freundin schelmisch an. „Na ja, dann würdest du wenigstens wieder zurück nach Wien ziehen und wir könnten uns öfter sehen."

„Ach, du spinnst ja." Sie kicherten und alberten herum wie Teenager und waren schnell beim zweiten Glas. Langsam spürten sie die Auswirkungen des Alkohols.

„Du Conny…"

„Was ist?" Lilly schwieg und blickte befangen in ihr Glas. „Komm schon, sag, was hast du angestellt?", wollte Cornelia wissen.

„Du weißt doch, als du den Laptop zu deinem Schwarm gebracht hast…", begann Lilly. Cornelia verdrehte wegen der Bezeichnung für den Kommissar die Augen. „Ja und, weiter!", forderte sie ihre Freundin auf.

„Na also, ich bin noch einmal in die Kirche", druckste Lilly herum.

„In die Kirche? Was wolltest du denn in der Kirche?", Cornelia wurde hellhörig.

Lilly trank ihr Glas aus und hielt es Cornelia auffordernd hin. Cornelia griff nach der Flasche, schenkte nach und wartete, bis Lilly weitersprach.

„Genau weiß ich das auch nicht. Einfach noch einmal nachsehen, vielleicht mit Frau Augustin sprechen."

„Und? Hast du mit ihr gesprochen?"

„Nein, ich habe nur den Mesner, diesen..." Sie machte Handbewegungen in die Luft, als ob ihr deshalb der Name leichter einfallen würde.

„Nemec", soufflierte Cornelia.

„Genau. Der stand plötzlich wie ein Geist da, er ist mir ein bisschen unheimlich. Auf jeden Fall habe ich ihn nach Frau Augustin gefragt. Er meinte, sie würde das Zimmer für den neuen Pfarrer richten und hat mir den Weg geschildert." Sie trank sich noch ein bisschen Mut an, bevor sie weiter sprach. „Dann bin ich so durch den Flur gegangen und hab mich verlaufen." Sie hatte sich entschlossen ein bisschen zu flunkern und hoffte dadurch auf mehr Verständnis. „Ich bin in deinem Büro gelandet und hab da eine Rechnung gesehen, die mir komisch vorkam, weil sie von einer Detektei stammte. Namen und Adresse habe ich aufgeschrieben, weil ich dich später danach fragen wollte."

„Wo hast du die Rechnung gefunden?", fragte Cornelia.

„Na, auf deinem Schreibtisch. Willst du jetzt die Geschichte hören oder nicht?", gab Lilly so knapp wie möglich Antwort, damit Cornelia nicht auf die Idee kam weiter nachzufragen und sie in

Erklärungsnot bringt.

„Schon gut, erzähl weiter." Lilly hatte Glück, Cornelia bohrte nicht nach.

„Als du dann zurück ins Büro musstest, hatte ich Zeit. Und da kam ich auf die Idee nachzusehen, wo diese Detektei ist. Im Internet fand ich alle Angaben. Ich hatte nichts weiter vor und habe mir gedacht, ich kann auch gleich direkt hinfahren und nachfragen." Cornelia setzte sich auf, ihr Interesse war geweckt. Lilly übersprang den Teil, wie sie ins Büro des Detektives kam. „Er war zwar nicht da, aber seine Sekretärin war sehr gesprächig." Lilly wollte schon weitersprechen, als Cornelia ihr ins Wort fiel:

„Er war nicht da!? Wer war nicht da?" Lilly sah sie schweigend an. „Heißt das, du bist hingefahren? Aber wie bist du dort hingekommen?"

„Mit dem Bus", meinte sie unschuldig.

„Sag mal, geht's noch? Warum machst du so was?" Cornelia war wieder putzmunter.

„Toll. Jetzt ist Paul nicht da, deshalb übernimmst du seine Rolle? Ich wollte doch nur wissen, ob da was dran ist." Lilly war wegen der Reaktion ihrer Freundin eingeschnappt.

„Jetzt weiß ich, was dein Mann meint und, was ihn an deiner Schnüffelei stört. Kein Wunder, dass du ihm das verschwiegen hast, armer Paul."

„Blödsinn, willst du mit mir über Paul reden oder willst du hören, was die Sekretärin erzählt hat."

„Schon gut, wenn du dort warst, ist es egal, dann sag schon." Die Flasche Sekt war inzwischen leer, aber die Geschichte zog beide in den Bann und sie fühlten sich trotz des Alkoholkonsums wach.

„Aber, dass mir das die Sekretärin erzählt hat, muss niemand wissen. ich will nicht, dass sie deswegen Schwierigkeiten bekommt." Cornelia gab darauf keine Antwort, sondern wartete darauf, dass Lilly endlich zum Kern der Sache kam.

„Was sie erzählt hat, deckt sich mit allem, was wir bisher erfahren haben. Also: Die Recherchen des Pfarrers bezogen sich auf eine Adelsfamilie, deren Spur sich nach dem zweiten Weltkrieg verliert, ein Mitglied dieser Familie, das im Krieg verstarb und die fragwürdige Funktion eines weiteren Adligen, auch in der Kriegszeit. Ist das nicht spannend?" Sie sah zu Cornelia, die ihr neugierig zuhörte, also fuhr sie fort: „Und noch was, ich bin sicher, dass der Detektiv der Mann ist, nach dem dich der Kommissar gefragt hat. Die Beschreibung passt." Nachdem Cornelia noch immer schwieg, sprach sie sie direkt an: „Also, was sagst du? Was sollen wir jetzt machen?"

„Was meinst du mit ‚wir'? ‚Wir' werden gar nichts machen, außer das Ganze der Polizei erzählen."

Lilly sah sie vielsagend an. „Und das hat nichts mit ihm zu tun?" Lilly hatte ein neckisches Grinsen aufgesetzt.

„Schon gut, es hätte sicher einen positiven Nebeneffekt, wenn wir es diesem attraktiven Kommissar sagen." Nun lächelte Cornelia ebenfalls. „Ich kann das gerne übernehmen. Ich kann ihn anrufen", sie stand auf und fischte ein Kärtchen aus ihrer Handtasche hervor. Sie winkte triumphierend damit: „Er hat mir seine Visitenkarte gegeben."

„Aber du kannst ihn doch jetzt nicht mehr anrufen."

Cornelia nahm ihr Mobiltelefon und ging zur Stehlampe, der einzigen Lichtquelle im Raum. „Papperlapapp. Jeder weiß, bei einem Mord muss die Polizei schnell recherchieren, sonst werden die Spuren kalt. Siehst du dir keine Kriminalserien an?" Sie hielt die Visitenkarte zum Licht, weil sie Schwierigkeiten hatte, im Halbdunkel die Nummer zu entziffern.

„Aber es ist spät, gleich Mitternacht, du kannst ihn doch jetzt nicht mehr anrufen. Außerdem haben wir getrunken", warf Lilly ein. „Was macht denn das für einen Eindruck.

„Na schön." Cornelia ließ das Telefon sinken und schaltete es ab. „Aber dann gleich morgen in der Früh."

„Einverstanden."

***

Nemec hatte Lilly seit ihrem Besuch in der Kirche beobachtet. Er war überzeugt, dass sie etwas entdeckt hatte, als sie zu Frau Augustin wollte. Offenbar hatte sie mit der Haushälterin kein Wort gewechselt. Und als sie nach Aidingen in die Detektei fuhr, war für ihn klar, dieser Fährte musste er folgen. Er wollte unbedingt wissen, was sie herausgefunden hatte und wartete auf eine Gelegenheit, ihr das Geheimnis zu entlocken. Einen richtigen Plan, wie er das bewerkstelligen wollte, hatte er jedoch nicht. So hatte er sie zurück bis zur Kirche verfolgt und, als sie mit ihrer Freundin wegfuhr, legte er sich vor Cornelias Wohnung auf die Lauer. Er beobachtete, wie die beiden nach Hause kamen und nach oben gingen und wartete eine ganze Weile. Es war spät geworden, aber das Licht brannte noch. Ob er riskieren sollte, sie direkt mit seinen Beobachtungen zu konfrontieren? Er empfand es als zu anstößig und entschloss sich dagegen.

Inzwischen hatte es zu regnen begonnen und der aufkommende Wind ließ die gefühlte Temperatur drastisch sinken.

Der Weg von Nemec war vorgegeben, er ging ‚Zum goldenen Hirsch', um einen Schlummertrunk zu nehmen. Im Gastraum befand sich die übliche Gesellschaft. Alle Gesichter waren ihm bekannt, außer denen des Journalisten und des Fotografen. Er wollte mit keinem einzigen etwas zu tun haben und setzte sich auf einen Hocker beim Ausschank. Der Alkoholfreund von vorhin saß weiterhin an seinem Platz und hielt sich an einem Glas Bier fest, auch Josef Hawel leistete seinem Saufkumpan Gesellschaft.

„Ach, sieh mal an, der Alfred. Haben sie dich noch nicht hops genommen?" lallte Hawel. Der Mesner ging auf diesen Angriff nicht ein. „Wie lange warten die noch? Hier, den müssen Sie interviewen", brummte er, nachdem niemand reagierte. Nemec ließ sich nicht aus der Ruhe bringen. Nur die Wirtin kam herbeigeeilt und fauchte die Trunkenbolde an: „Hört auf! Ich kann hier keinen Ärger gebrauchen. ihr habt genug, es ist besser ihr geht jetzt nach Hause."

Als der Trunkenbold die giftigen Augen der Wirtin sah, respektierte er ihre Autorität als Hausherrin, fummelte Geld aus seinem Portemonnaie und legte es auf den Tresen, bevor er vor sich her schimpfend entschwand. Josef Hawel fühlte sich nicht angesprochen und blieb sitzen. Die Wirtin ließ es gut sein und er wandte sich seinem Glas zu.

Der Journalist fühlte sich aufgefordert, nahm sein Glas und schälte sich von der Sitzbank hinter dem Tisch vor.

Nemec bestellte sich ein Bier und einen Klaren. Während Elsa Belegg zapfte, begann sie eine unverfängliche Konversation: „Tut mir leid. Aber du kennst ihn ja."

„Das geht auf meine Rechnung", zeigte sich der Journalist großzügig. „Sie kannten den Pfarrer?"

Der Mesner öffnete den Anorak, machte sich aber nicht die Mühe, ihn auszuziehen. Er holte Zigaretten und ein Feuerzeug aus der Jackentasche und zündete sich eine an, ohne dem Journalisten zu antworten. Die Wirtin stellte ihm das Bier auf einen Deckel und daneben ein leeres Schnapsglas, holte eine Flasche mit klarem Inhalt und goss ein.

„Und was tut sich so?", fuhr der Journalist unaufgefordert fort. „Hat die Polizei schon was herausgefunden?"

Nemec tat einen kräftigen Zug an der Zigarette und sah ihn durch den ausgeblasenen Rauch an. „Was fragen Sie mich? Fragen Sie doch ihren Baron!" Dabei deutete er mit dem Blick Richtung Elsa Belegg. Die wusch scheinbar unbeeindruckt das Glas des Trunkenbolds aus und stellte es auf die Abtropftasse, dann holte sie ihren Schwamm und wischte, wie sie es üblicherweise tat, Schlieren auf den Tresen.

„Was redest du da für Unsinn, glaubst du, die sagen mir was", sagte sie verachtend und zeigte durch eine Kopfbewegung Richtung Gut.

„Tu doch nicht so…" Der Mesner ließ diese Andeutung zwischen ihnen stehen. Nun gesellte sich Helmut Porecek, einer der Stammgäste zu ihnen und kam auf die Vermutung vieler Dorfbewohner zurück.

„Ich finde, man muss doch keine Zeit verschwenden, wir wissen doch alle, wer es war." Er stellte sich nahe an Nemec heran und beide sahen sich wie zwei Kampfstiere an, die jeden Moment aufeinander losgehen. „Erzähl ihm, was du für einer bist", forderte Porecek sein Gegenüber unbeeindruckt auf. „Sag ihm, dass du gesessen hast! Wer soll es denn sonst gewesen sein?" Der Journalist witterte seine Chance, besser hätte er es nicht treffen können und stieg in die Unterhaltung ein.

„Aber er wurde doch sicher auch von der Polizei verhört. Ich denke, die wissen schon, was sie tun", provozierte er die Fortsetzung des Streitgesprächs.

„Der Pfarrer hat den da aufgenommen, als er aus dem Knast kam, hat ihm die Stelle als Mesner gegeben. Ich habe immer schon gewusst, das wird ihm zum Verhängnis werden. Aber Pfarrer Hölzel dachte, er könnte ihn ändern und das hat er mit dem Leben bezahlt", ließ Helmut Porecek alle im Raum seine Weisheiten wissen.

„Ihr seid doch alle Idioten. Merkt ihr nicht, was hier vor sich geht? Eines sag ich euch allen." Nemec deutete mit der Zigarette zwischen Zeige- und Mittelfinger drohend in Richtung aller Anwesenden. „Die Großtuer fühlen sich sicher, aber die haben was mit der Sache zu tun und ich finde heraus, was. Und dann wird jemand dafür büßen." Er deutete der Wirtin, das Schnapsglas aufzufüllen.

„Und wer, glauben Sie, wird das sein?" Manfred Plattek sah die Gelegenheit für eine gute Geschichte gekommen. Der Mesner sah ihn gleichmütig an, ohne zu antworten.

„Also Albert, wie kommst du denn auf so was. Was sollen denn die damit zu tun haben?", mischte sich die Wirtin ein, während sie nachgoss.

„Das geht auf meine Rechnung", biederte sich der Journalist an. „Das interessiert mich, wen meinen Sie?"

Nemec nahm die Einladung ungerührt hin: „Über die hochwerte Gesellschaft fragen Sie besser Elsa aus." Inzwischen war allen sein Standpunkt klar, und dass er auf die Leute vom Gut anspielte.

„Du redest nur Unsinn", gab sich die Wirtin desinteressiert und werkte geschäftig hinter dem Tresen herum.

„Ich sag euch, die Baronin war beim Pfarrer und ich habe da so Einiges mitbekommen. Ich muss nur noch dies und jenes überprüfen, und dann werde ich euch Ärschen den Mörder auf einem Silbertablett servieren." Nemec trank den Klaren in einem Zug aus und tippte auf das Glas, worauf die Wirtin nachschenkte. „Der Einzige war Pfarrer Hölzel, der was wert war, und dieser Mord bleibt nicht ungestraft." Dann ließ Nemec den grübelnden Stammgast und den neugierigen Journalisten links liegen und widmete sich seinem Besäufnis.

„Also Sie meinen, es war jemand vom Gut? Und wen hätten Sie da im Verdacht?", bohrte der Journalist weiter.

„Wer sind Sie denn? Was geht das Sie an?", wollte Nemec wissen.

„Mein Name ist Manfred Plattek, ich bin Journalist. Haben Sie Ihren Verdacht auch der Polizei mitgeteilt? Sie scheinen sich ja ziemlich sicher zu sein."

„Mag schon sein."

„Und wären Sie bereit, mir Ihren Verdacht mitzuteilen?"

„Warum sollte ich das tun? Ich erledige das selbst."

„Es soll Ihr Schaden nicht sein", lockte der Journalist und winkte demonstrativ mit einem Hundert Euroschein.

„Für Geld erzähle ich Ihnen nichts, ich mache es für meinen Pfarrer. Ich bin da etwas auf der Spur. Mir fehlen nur noch ein paar Beweise. Aber ich weiß schon, wo ich die finde."

Den letzten Satz sagte Nemec mehr zu sich selbst und Plattek merkte, mehr wollte Nemec hier dazu nicht sagen. „Na gut, wann und wo können wir uns treffen?"

„Ich komme morgen gegen Mittag hierher und hole Sie ab", schlug der Mesner vor.

„Gut, ich warte auf Sie. Alles, was der Herr konsumiert, schreiben Sie bitte auf meine Zimmerrechnung", ordnete er noch an und ging dann zurück zu seiner Runde.

Nemec trank noch ein Bier und ein paar Klare und nach mehr als einer Stunde hatte er genug und trottete unsicher zurück zur Kirche. Mehrmals drohte er zu stürzen, doch bevor er am Boden aufgeschlagen wäre, fing er sich gerade noch mit Hilfe seiner Hände ab und machte mehrere lange, affenartige Schritte, bis er seinen unsicheren Gang fortsetzen konnte.

Als er an einem kleinen Waldstück vorbeikam, drückte ihn die Blase. Er stellte sich an den Straßenrand, öffnete seinen Hosenstall und erleichterte sich. Mit großer Anstrengung kämpfte er nicht vornüber zu kippen und plagte sich das Gleichgewicht zu halten. Durch seine linkischen Bewegungen machte er sich nass. Betreten sah er sich das Schlamassel an. „Scheiße." Er brauchte einige Versuche, bis es ihm gelang, den Hosenstall wieder zu schließen. Kopflos machte er kehrt und stieß beinahe mit der Gestalt, die ihm gefolgt war, zusammen. „Ach du!", sagte er mäßig erschrocken, unfähig die Gefahr zu erkennen und wollte schon weitertorkeln. Doch die Gestalt hinderte ihn schroff daran und stieß blitzartig ein Messer in den Leib von Nemec. Der Angreifer versetzte seinem Opfer einen heftigen Stoß, Nemec schwankte nach hinten, sackte langsam in sich zusammen und blieb tot am Waldrand liegen. Die offenen Augen des Toten starrten leer in die Nacht. Der Täter wischte die Mordwaffe mit nassen Blättern ab und deckte die Leiche notdürftig zu.

***

Am nächsten Morgen schliefen Lilly und Cornelia ein wenig länger, da es am Vorabend sehr spät geworden war. Schlaftrunken standen sie auf, tranken still Kaffee, aßen ein Marmeladebrot, bevor sie ihren Plan in die Tat umsetzten, in den Goldenen Hirsch zu gehen, um dem Kommissar Lillys Besuch der Detektei zu beichten. Sie erwischten die beiden Polizeibeamten gerade noch beim Beenden ihres Frühstücks und Roland Neumeier ließ die drei allein, da er sich um den Durchsuchungsbefehl für die Wohnung des Ehepaars Neidhartinger kümmern wollte.

Nach der Schilderung von Lillys Alleingang hatten die Freundinnen eine Belehrung des Kommissars zu erwarten. Um das Gespräch nicht vor den anderen Gästen führen zu müssen, funktionierten sie kurzerhand ein separates Zimmer zu einem Verhörraum um. Der Kommissar war so verärgert, dass er sofort, nachdem sie die Türe geschlossen hatten, Lilly mit Vorwürfen bombardierte.

„Was fällt Ihnen ein, ich hätte Lust, Sie wegen Behinderung der Ermittlungen zu verhaften." Während er ihr die Standpauke hielt, vergaß er vollends seine Manieren und streckte ihr mahnend den Zeigefinger entgegen.

Lilly ließ sich das nicht gefallen und konterte: „Herr Kommissar, wobei habe ich Sie denn behindert? Da ist doch nichts dabei, ich interessierte mich dafür und wollte nur helfen. Und jetzt bin ich doch zu Ihnen gekommen." Cornelia hütete sich davor sich bei diesem Schlagabtausch einzumischen und stand still wie ein Mäuschen zwei Schritte entfernt.

„Hören Sie, das ist kein Spaß, hier geht es um Mord. Überlassen Sie uns das Nachforschen!" Langsam beruhigte sich Hartmann: „Bitte Frau Heller, ich verstehe, dass der Tod von Pfarrer Hölzel alle aufwühlt. Wir wollen genau wie Sie den Mörder finden, das ist Polizeiarbeit. Kann ich mich darauf verlassen, dass Sie immer zu uns kommen, wenn Sie etwas entdeckt haben und keine Alleingänge mehr unternehmen?"

Lilly beteuerte gezwungenermaßen, solche Aktionen in Zukunft zu unterlassen und der Kommissar ließ es damit bewenden.

Sie gingen zurück in den Gastraum und Cornelia wurde ungeduldig. Es war höchste Zeit für sie ins Büro zu gehen. „Komm doch mit oder hast du was vor?", meinte Cornelia.

„Was soll ich denn vorhaben?", fragte Lilly brummig.

„Na, ich mein ja nur, wenn du mich begleitest, wird das kein besonders aufregender Vormittag für dich."

„Ich glaube, Aufregung hatten wir in letzter Zeit genug. Ich begleite dich zur Kirche und dann sehen wir weiter."

Während die beiden Freundinnen zur Kirche gingen, wurde ihre Laune ein wenig besser. Dort trafen sie auf die emsige Frau Augustin.

„Gut, dass du kommst", lief sie Cornelia in ihrer aufgeregten Art entgegen, „der neue Herr Pfarrer kommt jeden Moment, da ist es gut, wenn wir ihn zusammen begrüßen können."

Cornelia war verblüfft. „Das ging ja wirklich schnell, ich werde an meinem Schreibtisch auf ihn warten, vielleicht braucht er etwas, wenn er kommt."

„Ich gehe in die Küche und werde eine Kleinigkeit richten, er hat sicher Hunger." Frau Augustin war ganz aus dem Häuschen.

„Sobald du fertig bist, kannst du dich ja zu uns gesellen."

„Gut, ich komm dann. Wollt ihr Kaffee?"

„Ja, gern." Lilly konnte noch eine Tasse gebrauchen und übernahm für sie die Antwort. Frau Augustin entschwand in die Küche, während die Freundinnen in die Kanzlei gingen.

Dort angekommen startete Cornelia den Computer, wie sie es gewohnt war, und zog ihre Jacke aus. Lilly entledigte sich ebenfalls der Jacke und reichte sie Cornelia, die bereits mit einem Kleiderbügel wartete. Dann setzte sich Lilly in den hölzernen Besuchersessel am Schreibtisch, Cornelia nahm auf ihrem Bürostuhl Platz.

„Ich weiß gar nicht, ob ich etwas vorbereiten soll."

„Habt ihr so was wie Kassabücher?"

„Schon, aber, ob er die gleich sehen will…"

„Wer führt denn die Bücher?", fragte Lilly.

„Ich, warum?"

„Ich habe nur überlegt, ob es da Unregelmäßigkeiten geben kann, die ein Motiv wären."

„Wenn du mich in den Kreis der Verdächtigen aufnehmen willst, muss ich dich enttäuschen. Unser Budget ist so gering, dass es ein sehr armseliges Motiv abgibt. Ob ich sie vorbereiten soll?", überlegte Cornelia gedankenverloren. Lilly zuckte mit den Schultern. Sie waren unschlüssig, saßen planlos da und warteten, bis Cornelia die Stille durchbrach. „Ich sehe mal die Mails durch."

„Kennst du den neuen Pfarrer?", fragte Lilly.

„Nein, aber hier ist ein Mail von der Diözese." Während sie las, gab sie das Wichtigste des Inhalts wieder: „Er heißt Kurt Schuhmann und kommt im Laufe des Tages. Das heißt also, womöglich sitzen wir hier den ganzen Tag herum." Sie seufzte.

„Ob der Kommissar das übel genommen hat?", machte sie einen Gedankensprung.

„Was?"

„Na, dass du zur Detektei gefahren bist."

„Quatsch, warum sollte er?"

„Ich weiß nicht."

„Weißt du, worüber ich nachgedacht habe?" Lilly wartete auf die Aufforderung weiter zu sprechen.

„Nein", kam endlich die Antwort.

„Wenn wir von deinem Computer die Unterlagen von dieser Agentur, die der Detektiv beauftragt hat... " Sie blickte gedankenverloren aus dem Fenster. „Warte, gleich fällt mir der Name ein", sie rieb sich an der Stirn. „Familysearch!", rief sie triumphierend.

„Was sollen wir mit der Agentur?", fragte Cornelia skeptisch. „Du hast dir erst vorhin eine Standpauke vom Kommissar anhören können. Lange hat dein Versprechen nicht gehalten", erinnerte sie Lilly an das unangenehme Gespräch am Morgen.

„Ich verstehe nicht, was ihr alle habt. Stell dir vor, jeder geht mit den ganzen Ideen, die er zu dem Mordfall hat, zur Polizei. Das würde von den sachdienlichen Hinweisen ablenken. Da ist es doch besser, man kontrolliert nach und, wenn etwas dabei herauskommt, erst dann geht man zur Polizei."

„Was redest du da für Unsinn, das ist doch eine blanke Ausrede."

„Wie auch immer", beendete Lilly die Diskussion und führte ihren Gedanken fort, „ich könnte mir vorstellen, wenn wir von deinem Computer aus mit deiner Email-Adresse darum bitten, uns die Unterlagen der Detektei noch einmal zukommen zu lassen", wieder überlegte sie, „also, ich könnte mir vorstellen, die schicken die. Immerhin waren diese Informationen für Pfarrer Hölzel bestimmt."

„Sag mal, bist du noch zu retten?", Cornelia konnte nicht glauben, was Lilly vorhatte. „Und wozu willst du die haben?"

„Zum Beispiel könnten wir dann wieder zu deinem Kommissar gehen und ihm die Unterlagen geben." Erwartungsvoll sah Lilly ihre Freundin an. Tatsächlich hatte sie deren wunden Punkt erwischt.

„Ich weiß nicht…" Cornelia wurde unsicher, diese Aussicht war doch reizvoll. Als Lilly merkte, dass der Widerstand ihrer Freundin schwächer wurde, war das ihr Stichwort. Sie stand auf und stellte sich hinter Cornelia.

„Pass auf", sie säuselte ihr ins Ohr, wie ein auf ihrer Schulter sitzender Schalk: „Du schreibst, dass wir die Unterlagen noch einmal brauchen, da wir nicht sicher sind, ob wir sie vollständig erhalten haben." Da Cornelia noch immer nicht zu der Tastatur griff, drängte Lilly weiter: „Komm schon, wir müssen vielleicht den ganzen Tag hier sitzen, da können wir die Zeit auch nützen."

Cornelia seufzte und sah Lilly an: „Na, schön, aber ich frage mich, ob wir nicht wieder in Teufels Küche kommen."

„Ach was, vielleicht antworten sie ja gar nicht."

Endlich legte Cornelia ihre Hände auf die Tastatur und begann zu überlegen.

„Und wie soll ich das schreiben?" Cornelia war noch immer nicht mit vollem Eifer dabei, doch das störte Lilly nicht.

„Am besten ganz knapp, zwei, drei Zeilen genügen. So ungefähr: *‚Sehr geehrte Damen und Herren, durch den unvorhersehbaren Tod von Pfarrer Hölzel, wollen wir Sie bitten, uns die bereits einmal gesandten Unterlagen nochmals zuzusenden. Durch ein Missgeschick ging uns ein Teil davon verloren. Wir danken für Ihre Hilfe'* und dann noch mit freundlichen Grüßen." Cornelia schrieb gehorsam und hielt inne.

„Super – und ich kann meinen Namen drunter setzen und alles bleibt an mir hängen", meinte sie stichelnd.

„Ich kann wohl schwerlich mit meinen Namen unterschreiben. Das ist doch nichts Ungesetzliches.

Die Unterlagen könnten genauso gut hier irgendwo herumliegen, dann könnten wir sie auch lesen."

„Also schön." Cornelia gab auf und beendete den Text samt Signatur. Danach suchten beide die E-Mailadresse aus dem Internet und trugen sie ein. Cornelia sah Lilly an, atmete noch einmal tief ein und drückte auf den ‚Senden' Button.

Keine Minute später tauchte Frau Augustin mit einem Tablett auf. Sie brachte nicht nur Kaffee, Milch und Zucker, sondern auch Kekse und kleine Leckereien. Sie sprachen über den neuen Pfarrer und natürlich über den verstorbenen Herrn Pfarrer. So verging die Zeit sehr rasch. Lilly fand Frau Augustin sei eine sehr sympathische Dame und es entwickelte sich eine nette Plauderei. Nach einer guten Stunde beendete Frau Augustin ihr Kränzchen und sammelte eifrig das Geschirr ein.

„So, ich muss weitermachen. Ich will alles fertig haben, wenn er ankommt." Lilly hielt ihr die Türe auf und sie entschwand mit dem vollgeladenen Tablett in der Küche.

Lilly und Cornelia gingen zum Schreibtisch zurück.

„Los, sieh nach!", drängte Lilly.

„Also Lilly, die werden doch nicht jetzt schon was geschickt haben."

„Hast du was Besseres zu tun?", fragte Lilly ihre Freundin herausfordernd. Diese rollte genervt mit den Augen und sah resigniert in ihren Posteingang.

„Das gibt's jetzt nicht!"

„Was?" Lilly stand auf und nahm ihren Beobachterplatz hinter Cornelia ein und sah das Mail von ‚Familysearch'. „Los, mach auf." Sie konnte ihre Aufregung kaum verbergen. Jetzt war auch Cornelia neugierig geworden und las laut vor, als ob Lilly nicht selbst lesen könnte.

„Sehr geehrte Damen und Herren, unsere tiefe Anteilnahme zum Tod von Pfarrer Hölzel. Sehr gerne senden wir Ihnen Ihre in Auftrag gegebenen Unterlagen ein weiteres Mal zu. Wir hoffen, Ihnen damit geholfen zu haben. Mit freundlichen Grüßen." Sie blickte zu Lilly hoch.

„Ich kann nicht glauben, dass das funktioniert hat."

„Mach den Anhang auf!" Cornelia tat, wie ihr geheißen. Sie starrten auf die Seiten.

„Das ist eine Familienaufstellung", meinte Lilly.

„Aber wozu hat er die gebraucht?", überlegte Cornelia ohne ihre Lesetätigkeit zu beenden. Plötzlich kam Frau Augustin herein.

„Er ist da!", rief sie aufgeregt und verschwand ebenso schnell ohne die Türe zu schließen.

„Geh nur", meinte Lilly. „Weißt du was? Druck mir das aus, ich habe Zeit, ich sehe mir das an, vielleicht finde ich was." Cornelia wollte nicht diskutieren und protestierte nicht. Sie startete den Druckvorgang und verließ mit einem „Bis bald" das Büro. Lilly rief ihr einen kurzen Gruß hinterher, wartete bis der Drucker seine Tätigkeit beendet hatte und schnappte den kleinen Papierstapel. Bevor sie ging, schrieb sie Cornelia eine kleine Notiz, in der sie ihr mitteilte, dass sie in der Wohnung auf sie warten werde.

***

Kommissar Hartmann wartete ungeduldig auf seinen Assistenten. Er war missmutig, da inzwischen noch drei Journalisten angekommen waren, die begonnen hatten die Leute zu befragen. Er wusste, er konnte nicht viel dagegen tun, aber sie nervten ihn ungemein. Hier wollten alle selbst Detektiv spielen, jeder fühlte sich bemüßigt, seinen Senf dazu zu geben, aber bei Befragungen durch die Polizei wurden alle zurückhaltend. Der Kellner hatte ihm erzählt, was sich gestern hier abgespielt hatte, dass Nemec behauptet hatte, er wüsste, wer es getan hat und er noch was nachprüfen müsse. Endlich kam Inspektor Roland Neumaier mit dem Durchsuchungsbefehl zurück, aber Hartmann wollte vor der Fahrt zum Gut noch mit dem Mesner reden.

Sie schickten sich gerade an zu gehen, als ein aufgeregter Jugendlicher hereinstürmte.

„Wo ist der Polizist?", fragte er in die Runde.

Der Kommissar trat nach vorn und meinte: „Ich bin der Polizist, was ist denn, mein Junge?"

„Ein Toter, wir haben einen Toten gefunden!", keuchte der Bursche.

„Was?" Sogar der Kommissar brauchte eine Sekunde, um das Gehörte zu erfassen. Die Journalisten machten sich auf, um mit zum Tatort zu eilen.

„Halt!", brüllte der Kommissar. „Keiner verlässt den Gastraum. Neumaier, sie bleiben hier, rufen die Kollegen an und passen auf, dass keiner den Raum verlässt, verstanden?" Er hielt drohend den Finger hoch und sah grimmig in die Runde.

„Sie können uns hier nicht festhalten", wagte einer der Journalisten zu widersprechen. Kommissar Hartmann ging drohend auf den Aufsässigen zu.

„Ach, nein? Wie heißen Sie?"

„Wender", gab dieser zögernd Auskunft.

„Ausweis", verlangte der Kommissar knapp. Sein Gegenüber fasste in die Tasche und hielt ihm einen Presseausweis hin. Der Kommissar nahm ihn und gab ihn seinem Assistenten, der ihn entgegennahm.

„Auf Herrn Wender passt du besonders auf", befahl er ihm. „Sie bekommen noch früh genug ihre Geschichte, niemand trampelt mir dort herum, verstanden?" Nun widersprach niemand mehr und er wandte sich an den Jugendlichen.

„Los jetzt!"

Der Junge führte ihn ein Stück die Straße entlang, die sich hinter der Gaststätte befand. Als sie an die Stelle kamen, an der ein Waldstück begann, warteten dort ein Mädchen und ein Bursche. Sie standen unruhig am Straßenrand. Ohne Gruß zeigte der Bursche an eine Stelle im Wald: „Da, da liegt er."

Der Kommissar blickte in diese Richtung und sah einen leblosen Körper unter einer lockeren Blätterdecke, die mit einer dünnen Schneeschicht bedeckt war. Das zeigte, dass es geschneit haben muss, nachdem der Mord begangen worden war.

„Wer hat ihn gefunden?"

„Wir alle, aber Lena hat ihn zuerst gesehen. Das war ein ganz schöner Schock", sagte der wartende Junge und rieb sich gegen die Kälte die Hände. Der Kommissar ging ein Stück näher, es gab keinen Zweifel, der Tod war schon vor Stunden eingetreten. Der Schnee verbarg das Gesicht, so war Hartmann unsicher, aber er glaubte den Mesner zu erkennen. Er entschied sich auf die Spurensicherung zu warten und ging zu den Jugendlichen zurück.

„Wie heißt ihr?"

„Ich bin Daniel", begann der Jugendliche, der zum Gasthaus gelaufen war und übernahm dann die Vorstellung der anderen, „das sind Lena und Hannes."

„Kennt ihr ihn?" Die Jugendlichen nickten und Daniel hatte sich selbst zum Sprachrohr der Dreiergruppe erkoren.

„Das ist der Nemec. Der Mesner vom Pfarrer."

„Habt ihr jemanden gesehen?"

Kopfschütteln: „Niemanden."

„Am besten, ihr gebt mir eure Adressen, dann könnt ihr nach Hause gehen. Falls es noch Fragen gibt, weiß ich, wo ich euch finde."

„Aber wir wollen hier bleiben", protestierte Daniel für die Gruppe.

„Tut mir leid, das hier ist nichts für euch." Die drei gaben ihm ihre Adressen und verließen dann widerwillig den Fundort.

Der Kommissar musste noch eine Weile auf

seine Kollegen warten, aber als sie eintrafen, kam Geschäftigkeit in die Szene. Kennschilder wurden in den Boden gesteckt, Fotos gemacht, der Tatort inspiziert. Rasch stand fest, dass die Jugendlichen Recht hatten. Es handelte sich bei dem Toten um Albert Nemec und er war laut Gerichtsmediziner erstochen worden. Die Tatzeit schätzte er auf Mitternacht, höchstens zwei bis drei Stunden früher oder später, mehr konnte er noch nicht sagen. Die Tatwaffe war nirgends zu sehen, aber bei der Witterung hieß das nichts, sie konnte hier irgendwo unter Blattwerk oder einer Schneeschicht liegen. Deshalb wurden Suchhunde eingesetzt, doch Fehlalarm.

„Was ist hier eigentlich los?", fragte der Kommissar seinen Assistenten. „Sind wir hier in Sin-City gelandet? Zuerst der Pfarrer, dann der Mesner, das kann doch kein Zufall sein. Und noch keine konkrete Spur." Hartmann wirkte wütend. „Hast du den Durchsuchungsbefehl bei dir?"

„Sicher." Neumaier zog ein Kuvert aus der Innentasche heraus und hielt es wie eine Trophäe in die Höhe.

„Dann los, irgendwo müssen wir anfangen und ich will nicht noch eine Leiche finden."

***

Paul saß im Warteraum und hatte noch ein bisschen Zeit, bis seine nächste Behandlung anfing. Er hatte sich eine Zeitung mitgenommen und las darin. Fast hätte er den kleinen Artikel übersehen. Dort wurde im Inland-Teil von dem Mord, den Lilly erwähnt hatte, berichtet. Es ging ihm nicht aus dem Sinn: Lilly kann nicht aus ihrer Haut und so, wie er sie kannte, würde sie gegen jede Vernunft ihre Nase hineinstecken - und er war nicht da, um sie daran zu hindern. Seine Sorge um Lilly wurde immer größer, er nahm sich vor, sie gleich nach den Behandlungen anzurufen. Er konnte die entspannende Unterwassermassage kaum genießen und freute sich fast, als sie zu Ende war und er auf sein Zimmer gehen konnte. Eilig nahm er das Handy und wählte Lillys Nummer. Erfreulicher Weise hob sie sehr rasch ab, was ihn ein wenig beruhigte.

Ohne einen Gruß von Paul abzuwarten, fing sie zu sprechen an: „Hallo, Paul. Was gibt's? Hast du keine Behandlung?" Sie klang ausgesprochen fröhlich.

Ohne viel Umschweife kam er zum Punkt: „Hallo Schatz, doch hatte ich, aber stell dir vor, was ich heute in der Zeitung gelesen habe." Lilly wusste sofort, was er meinte und holte schon Luft, um etwas zu sagen, doch Paul ließ sie nicht zu Wort kommen. „Der Mord an dem Pfarrer von Machkirchen steht bereits in der Zeitung. Ich mache mir ein bisschen Sorgen, wie geht es euch?"

„Naja, danke, ganz gut, Conny ist im Büro, der neue Pfarrer ist schon angekommen."

„Und weiß man schon etwas?"

„Nicht wirklich. Aber die Polizei wird uns nicht erzählen, was sie wissen."

„Und was machst du gerade?"

„Ich bin in Connys Wohnung und warte, bis sie sich meldet. Sie weiß ja nicht, wie lange sie der neue Pfarrer heute braucht und wie es weitergehen wird."

„Das hast du dir auch anders gedacht, oder? Willst du nicht lieber zu mir kommen?" Das wäre Paul tatsächlich am liebsten gewesen, dann müsste er sich keine Gedanken machen.

„Aber Paul, das kann ich doch nicht machen, gerade jetzt nicht. Conny ist doch auch ein bisschen durcheinander und es schadet nicht, wenn ich sie ablenke." Wohlweislich verschwieg sie Paul, dass das nicht der einzige Grund war. Um nichts in der Welt wollte sie jetzt wegfahren, da sie glaubte in den Unterlagen etwas entdeckt zu haben.

„Und da ist nicht noch etwas anderes?" Paul kannte sie zu gut und sie fühlte sich ertappt, was sie schnippisch werden ließ.

„Was meinst du? Was soll denn sein?"

„Du weißt, was ich meine", blieb er hartnäckig, „es wäre ja nicht das erste Mal, dass du dich einmischst."

„Denkst du, wir laufen in der Nacht hinter finsteren Gestalten her? Natürlich hat die Polizei Conny befragt und auch Frau Augustin und die Stimmung ist bedrückt, aber..."

„Wer ist Frau Augustin?"

„Die Wirtschafterin vom Pfarrhaus", gab Lilly knapp Auskunft. „Paul bitte", wurde sie ruhiger, „mach dir keine Sorgen. Genieß deine Kur und nach meinem Besuch hier, komme ich noch ein paar Tage zu dir, ok?" Paul ließ es damit gut sein und sie plauderten noch ein wenig, bis er das Gespräch beendete, da der nächste Behandlungstermin näher rückte.

Lilly fühlte sich unwohl, weil Paul sich ihr gegenüber so fürsorglich verhielt und sie ihm nicht die Wahrheit sagte. Es war verzwickt, sie wusste auch nicht, warum sie öfter als andere in kriminelle Machenschaften stolperte und, warum sie solche Fälle so sehr interessierten. Im Gedanken versunken stand sie am Fenster und blickte in die düstere Umgebung. Nach einer Weile ging sie zurück zu den Unterlagen und verlor sich wieder darin. Was sie dort fand, ließ sie das Gespräch mit Paul komplett vergessen. In die Unterlagen vertieft, bemerkte sie nicht, wie die Zeit verging. Was sie entdeckte, ließ sie stutzig werden. Wenn das stimmte, was sie vermutete, wäre das ein eindeutiges Motiv für die adlige Familie. Aber wer von denen hätte die Kraft jemanden auf diese Weise zu ermorden?

Da läutete ihr Handy, Cornelia war dran.

„Lilly, es tut mir leid, aber ich muss noch ein Weilchen hier bleiben. Wenn du herkommst, kann ich mir Zeit für einen Kaffee nehmen." Lilly konnte nicht glauben, wie spät es war, mittlerweile war es 14 Uhr geworden. Außer dem kurzen Telefonat mit Paul und einer Kaffeepause, war sie nur mit der Chronik der Agentur beschäftigt gewesen.

„Mach dir keine Sorgen, ich komme schon zurecht. Was hältst du davon, wenn du fertig bist, kommst du nach Hause, ziehst dich um und wir gehen wieder schön essen", zeigte sich Lilly verständnisvoll.

„Es tut mir so leid, Lilly."

„Jetzt hör auf, du brauchst dich nicht ununterbrochen zu entschuldigen, das ist doch kein Problem. Alles gut. Wir sehen uns dann."

„Das ist lieb von dir, also bis dann."

Lilly kam ganz gelegen, dass Cornelia noch eine Weile beschäftigt war. Sie entschied sich zum Gut zu gehen. Das war ein ordentliches Stück Weg und Cornelia hatte das Auto, deshalb überlegte sie, wie lange es dauern könnte, wenn sie zu Fuß ging. Auf dem Hinweisschild nicht weit vom Haus war die Entfernung mit drei Kilometern angegeben. Sie war sportlich, aber da sie nicht wusste, wie verschneit die Strecke war, rechnete sie mit mehr Zeit und schätzte maximal eine Stunde pro Weg. Für das Gespräch etwa 30 Minuten, wenn sie es überhaupt schaffte, vorgelassen zu werden. Das konnte sie riskieren. Sie schrieb eine kurze Notiz und legte sie auf den Couchtisch. Lilly nahm ihre kleine Umhängetasche und steckte das Handy und den Schlüssel ein. Dann faltete sie die Blätter mit den Informationen von ‚Familysearch' zwei Mal und plagte sich, sie in dem Täschchen zu verstauen. Es kostete sie einige Mühe, bevor es ihr gelang, alles in der Tasche unterzubringen. Auch auf ein Päckchen Taschentücher und einige Hustenbonbons wollte sie nicht verzichten.

Sie setzte sich noch einmal zum Couchtisch und schrieb auf den Zettel eine zusätzliche Notiz: falls Cornelia vor ihr nach Hause käme, sollte sie Lilly anrufen, dann könnte sie ihr entgegenfahren und sie müsste nicht die gesamte Strecke zurücklaufen. Sie prüfte noch einmal, ob der Akku ihres Telefons aufgeladen war, presste den Kugelschreiber in den letzten Rest an Fassungsvermögen ihrer Minitasche und machte sich auf den Weg.

***

Kommissar Hartmann und Inspektor Neumaier kamen beim Gut an. Auf dem Vorplatz stand ein Mann, der den Asphalt mit einer Schaufel vom Schnee befreite, der in der Nacht gefallen war. Den Polizeibeamten fiel ein schwarzer Porsche auf, der direkt vor dem Eingang parkte.

„Guten Morgen, können Sie sich an uns erinnern? Mein Name ist Hartmann, das ist mein Assistent Roland Neumaier", sprach der Kommissar Herrn Neidhartinger an.

„Ich bin doch nicht blöd! Glauben Sie, ich habe mir von einem auf den anderen Tag ihre Namen nicht gemerkt?", erboste sich der Gärtner.

„Schon gut. Wir müssen zur Baronin oder ihrem Sohn und es wäre gut, wenn auch Sie in der Nähe blieben."

„Hören Sie, es tut mir auch leid, dass der Pfaffe ermordet wurde", sagte Neidhartinger ohne seine Tätigkeit zu unterbrechen. „Aber ich habe mit der Kirche nichts am Hut. Sie brauchen nur zu klingeln, dann macht Ihnen meine Frau auf", schlug er vor, wohl, um die beiden los zu werden.

Als sie von Frau Neidhartinger zur Frau Baronin gebeten wurden, saßen ihr Sohn und sie gerade im Esszimmer beim Nachmittagskaffee. Die Baronin hatte ihren Platz am Kopfende und ihr Sohn saß neben ihr. Das war notwendig, denn hätte er sich an das gegenüberliegende Ende gesetzt, wäre wegen der Entfernung eine Unterhaltung kaum möglich gewesen.

„Oh, das tut mir jetzt leid, wir wollten Sie nicht stören. Wir werden draußen warten, bis Sie fertig gegessen haben", heuchelte der Kommissar.

„Das wird nicht nötig sein, wir wollen nur noch den Kaffee austrinken", meinte die Baronin, „bitte, setzten Sie sich. Darf ich Ihnen auch eine Tasse anbieten?"

„Das ist sehr freundlich, danke. Wir haben seit dem Frühstück in der Pension keinen getrunken", nahm der Kommissar die Einladung gerne an und setzte sich dem Baron gegenüber. Inspektor Neumaier nahm an der Seite seines Vorgesetzten Platz. Frau Neidhartinger goss ein, stellte die Tassen vor sie hin, stellte Milch und Zucker bereit und verließ nach getaner Arbeit den Raum.

„Bitte, greifen Sie zu", lud die Baronin die Beamten ein, von dem Kuchen zu nehmen. „Und dann wäre es mir recht, wenn Sie gleich zur Sache kämen", meinte die Baronin bestimmt.

„Ich bin froh, dass ich Sie endlich kenne lerne, ich wollte sowieso noch mit Ihnen sprechen", wandte sich Hartmann an den Baron. „Aber der wahre Grund unseres Kommens ist, dass ich schlechte Neuigkeiten habe. Sie kennen doch Albert Nemec?"

„Das wissen Sie doch", antwortete die Baronin gelangweilt. „Was ist mit ihm?"

Er antwortete mit einer weiteren Frage: „Was wissen Sie von ihm?"

„Ehrlich gesagt nicht viel, ich finde, er ist kein sehr angenehmer Zeitgenosse." Nachdem der Kommissar keine weitere Frage stellte, setzte sie mit ihren spärlichen Kenntnissen fort: „Soweit ich weiß, hat ihn der Pfarrer trotz seiner zwielichtigen Vergangenheit und aus Mitgefühl aufgenommen, weil er ihm eine Chance geben wollte. Nemec ist nicht besonders beliebt im Dorf, aber sonst weiß ich wirklich nichts."

„Und Sie, was wissen Sie über Albert Nemec?", wandte sich Hartmann an ihren Sohn.

„Ich weiß genau das Gleiche wie meine Mutter", gab der wortkarg zurück. „Ist er verdächtig? Hat er etwas mit dem Tod von Pfarrer Hölzel zu tun?"

„Wenn, dann hat er schwer dafür gebüßt, er ist tot."

„Was?!" Aufmerksam beobachteten die Polizisten die beiden Befragten. Baron Hugo Klesst von Traunwarth war aufrichtig schockiert und auch die Baronin schien überrascht.

„Mein Gott, was ist denn passiert?", fragte der Baron.

„Er wurde ermordet", setzte Hartmann nach, was das Entsetzen vergrößerte.

„Ermordet? Weiß man schon, wer es war?", der Baron wirkte ruhelos.

„Nein, momentan tappen wir noch im Dunkeln", gab Hartmann zu. „Wo waren Sie heute Nacht?"

„Hier natürlich", antwortete die Baronin, „und Hugo auch, bevor Sie fragen."

„Die ganze Zeit? Sie werden doch nicht im gleichen Zimmer schlafen", provozierte der Kommissar.

„Selbstverständlich nicht." Die Baronin war sichtlich verstimmt über diese ungebührliche Frage. „Aber wir waren bis spät in die Nacht im Salon und haben gelesen."

„Wer hält sich sonst noch auf dem Schloss auf?"

„Mein Sohn und ich."

„Und Personal?"

„Das habe ich Ihnen doch alles schon gesagt. Das Ehepaar Neidhartinger ist schon seit einigen Jahren bei uns angestellt, sie wohnen im Dienstnehmertrakt. Und die Leute von den Fremdfirmen, die hin und wieder bei der Instandhaltung des Guts helfen. Aber die übernachten nicht hier. Sie werden doch nicht glauben, dass es einer von uns war?"

„Das sind reine Routinefragen", bekam sie knapp zur Antwort. „Wem gehört der Wagen vor dem Tor?" Hartmann zeigte mit seinem Stift zum

Eingang.

„Der gehört meinem Sohn Johann. Er ist seit gestern auf Besuch", antwortete der Baron.

„Und er hat mit Ihnen gestern im Salon gelesen?" Das war zu viel, die Baronin stand auf. Dabei nahm sie ihren Gehstock zu Hilfe. „Herr Kommissar, ich muss Sie bitten, die versteckten Anschuldigungen gegen mich oder meine Familie zu unterlassen."

„Ich möchte gerne mit Ihrem Enkel sprechen."

„Wozu, er ist die meiste Zeit in Salzburg. Er kann mit der ganzen Sache nichts zu tun haben", bestand die Baronin auf der Beendigung der Befragung.

„Ich habe doch gesagt, alles Routine", erläuterte Hartmann, was sie nicht beruhigte.

„Dann ‚routinieren' Sie wo anders weiter", konterte sie frech und betonte das erfundene Wort besonders stark.

„Na schön", gab er nach und stand auf, was seinen Assistenten dazu veranlasste ebenfalls aufzustehen. „Das kann warten. Dann möchte ich jetzt zum Ehepaar Neidhartinger." Die Baronin läutete, nach kurzer Zeit erschien die Angestellte.

„Meine Liebe, anscheinend hat der Kommissar noch einige Fragen an Sie."

Doch anstatt darauf einzugehen, entgegnete die Haushälterin: „Besuch, Frau Baronin."

„Besuch?" Frau Neidhartinger trat zur Seite und Elsa Belegg tauchte hinter ihr auf.

„Frau Belegg", nannte die Baronin merklich überrascht ihren Namen.

„Ach, wie ich sehe, sind Sie auf dem Laufenden." Dem Kommissar kam es vor, als sei es ihr unangenehm, die Ermittler hier anzutreffen. „Ich wollte Sie, Frau Baronin nur informieren, dass Herr Nemec ermordet wurde", versuchte sie ihr Erscheinen zu erklären.

„Und da fahren Sie extra hierher?", fragte Inspektor Neumaier.

„Naja, nach der ganzen Aufregung sind alle nach Hause gegangen und die Gäste haben sich zurückgezogen, da habe ich mir gedacht, ich muss auch ein bisschen raus. Nachdem sich der Mord an dem Nemec herumgesprochen hat, erwarte ich kaum noch Gäste, meine Mutter und der Heinrich halten die Stellung."

Dem Kommissar kam die Rechtfertigung sehr vage vor, aber er wollte sich noch nicht damit befassen und wandte sich, wie geplant an Frau Neidhartinger.

„Kann ich Sie jetzt sprechen?" Sie sah ihn überrascht an.

„Ich habe viel zu tun."

„Bitte!" Mehr sagte er nicht, aber sein Tonfall zeigte deutlich, dass er nicht vor hatte nachzugeben.

Die Haushälterin ging mit den Polizisten in die Halle. Dort konfrontierte Hartmann sie mit dem Durchsuchungsbefehl.

„Ein Durchsuchungsbefehl?" Sie hielt das Kuvert so vorsichtig in der Hand, als ob es zerfallen könnte. Langsam nahm sie das Papier heraus, faltete es auf und las flüchtig. „Aber warum? Wozu?

Was wollen Sie denn finden?"

„Bitte, können wir jetzt in Ihre Wohnung gehen?" Zögerlich ging sie voran.

Die privaten Räume der Haushaltshilfe waren ungewöhnlich sauber. Kommissar Hartmann konnte nicht die kleinste Unordnung entdecken. Sie begannen ihre Arbeit. Während der Kommissar im Wohnzimmer mit Frau Neidhartinger blieb, ging Inspektor Neumaier zielstrebig in das Schlafzimmer, er wusste genau, wo und was er suchte.

„Was glauben Sie denn hier zu finden?", fragte Frau Neidhartinger gereizt.

„Man kann nie wissen", erwiderte der Kriminalist knapp und öffnete lustlos verschiedene Laden und Schranktüren, sah prüfend hinein und schloss sie wieder. Schon nach kurzer Zeit kam sein Assistent zurück und hielt eine kleine Schmuckschatulle in Händen. Sein Chef nahm sie und klappte den Deckel hoch. Es kamen zwei elitäre Manschettenknöpfe zum Vorschein. Sie waren aus Gold und mit den gleichen Schmucksteinen verziert, wie die bei Pfarrer Hölzel gefundene Krawattennadel. Ein eingearbeiteter Diamant umrandet von kleinen Rubinen. Der Kommissar kannte sich mit Edelsteinen nicht aus, aber er ahnte, dass er keine billige Imitation vor sich hatte. Frau Neidhartinger wurde blasser, jedoch gelang es ihr die Fassung zu wahren.

„Sind das Ihre?"

Sie sah auf den Schmuck.

„Die gehören meinem Mann", sagte sie so selbstsicher, wie es ihr möglich war.

„Besitzt er auch eine Krawattennadel."

„Schon möglich", sagte sie knapp.

„Dann habe ich eine schlechte Nachricht für Sie", genoss der Kommissar die Unsicherheit seines Gegenübers. „Wir haben eine gefunden, die genauso aussieht, wie die Manschettenknöpfe." Und nach quälend langen Sekunden fügte er hinzu: „Die schlechte Nachricht ist, sie lag unter der Leiche von Pfarrer Hölzel. Haben Sie davon gewusst?"

„Woher denn", fuhr sie ihn wie eine Furie an.

„Vielleicht hat sich herumgesprochen, dass wir eine Krawattennadel unter dem Leichnam von Pfarrer Hölzel fanden?" Er ließ die Worte ein wenig wirken. „Und so ein Zufall, das Design passt genau zu den Manschettenknöpfen…" Frau Neidhartinger schwieg.

„Ich behaupte nun, dass Manschettenknöpfe und Krawattennadel zusammengehören." Nachdem es noch immer keine Anzeichen gab, dass sie sich dazu äußern wollte, sagte er an seinen Kollegen gewandt: „Rufen Sie Verstärkung." Neumaier zückte sein Mobiltelefon und tat, wie ihm geheißen.

„Wo ist Ihr Mann jetzt?"

„Er ist auf dem Anwesen unterwegs."

„Können Sie ihn über sein Handy erreichen?"

„Ich weiß nicht, ob er es hört."

„Versuchen Sie es, er soll in den Salon ins Haupthaus kommen."

***

Binnen kurzer Zeit fuhren drei Streifenwagen mit Blaulicht auf den Vorplatz. Die Uniformierten wurden vom Inspektor bereits erwartet. Simon Neidhartinger war inzwischen in seiner Wohnung und der Kommissar befragte ihn zu den Manschettenknöpfen. Ohne Erfolg. Der Gärtner bestand darauf, dass er nicht mehr wusste, woher er sie hatte.

Seine Frau stand angespannt an der Seite: „Simon, der Kommissar hat erzählt, dass Albert Nemec ermordet aufgefunden wurde."

„Der Nemec?" Neidhartinger wirkte ehrlich betroffen. „Sie glauben doch nicht, dass ich irgendetwas damit zu tun habe…" Wenn er etwas wusste, spielte er ihnen gekonnt den Ahnungslosen vor.

„Das klären wir auf dem Präsidium." Kommissar Hartmann befahl den Uniformierten, die gesamte Wohnung zu durchsuchen. Diese starteten systematisch die Einrichtungsgegenstände auf den Kopf zu stellen.

„Besitzen Sie ein Auto?", fragte Hartmann das Ehepaar.

„Nur den alten Pickup. Das ist aber ein Dienstwagen, einen eigenen kann ich mir nicht leisten."

„Wo steht er?"

„Draußen."

„Den Schlüssel!" Als der Gärtner zögerte, setzte der Kommissar ein harsches „bitte" nach.

„Dürfen Sie das? Immerhin ist das nicht meiner", wandte der Verdächtigte ein.

„Nach diesem Fund, habe ich das Recht dazu." Letztlich gab Neidhartinger nach, nestelte einen Autoschlüssel vom Bund und legte ihn in die ausgestreckte Hand des Kriminalisten. Dieser wählte zwei Uniformierte aus, die den Pickup durchsuchen sollten.

Sprachlos und entnervt sah das Ehepaar dem Treiben in ihrer Wohnung zu. Die Polizisten sammelten ein paar Belege und Kontoauszüge ein, hoben Polster in die Höhe, blätterten Bücher oberflächlich durch. Dann ging die Türe auf und einer der Uniformierten kam herein. Er hielt eine Plastiktüte in die Höhe, in der konnte man sehr deutlich ein Messer erkennen.

„Das lag auf der Ladefläche."

„Was…?" Während Herr Neidhartinger beim Anblick des Messers versuchte einen Satz zu formulieren, starrte seine Frau mit aufgerissenen Augen auf die Tüte. Das Blut war ihr aus dem Gesicht gewichen und sie musste sich setzen. Der Kommissar trat näher, nahm das Messer in die Hand und betrachtete es ganz genau.

„Man kann sogar noch Blut darauf erkennen", sagte er tonlos.

„Sie glauben doch nicht, dass ich so blöd bin, jemanden zu erstechen und das Messer im Pickup zu lassen", ärgerte sich Neidhartinger und sah den Kommissar beschwörend an.

„Vielleicht hatten Sie ja keine Zeit mehr, es verschwinden zu lassen", konterte der Kommissar.

„Aber was hätte ich denn für einen Grund…" Er brachte den Satz nicht zu Ende, er war fassungslos. Beim zweiten Anlauf stammelte er: „Warum sollte ich Nemec oder den Pfarrer umbringen?"

„Wie kommt dann das Messer in Ihren Wagen?"

„Was weiß ich", konnte er sich kaum unter Kontrolle halten, „da will mir jemand eins reinwürgen."

„Das werden wir herausfinden. Mitnehmen!", befahl Hartmann den wartenden Uniformierten. Simon Neidhartinger protestierte lautstark, während seine Frau schweigend mitging.

Der Kommissar ging zurück in den Salon, wo er auf die Baronin und ihren Sohn traf, ihr Besuch war inzwischen gegangen. Er berichtete, dass die beiden Angestellten mit aufs Präsidium müssten, was bei beiden Entsetzen auslöste: „Das kann ich nicht glauben", meinte der Freiherr, „wo bringen Sie unsere Angestellten hin?"

„Nach Aidingen ins Präsidium zum Verhör."

„Sie werden einen Anwalt brauchen", stellte der Baron fest und griff eifrig zum Telefon.

„Das ist sehr umsichtig von Ihnen", wunderte sich der Kommissar über so viel Fürsorge.

„Ich für meinen Teil glaube nicht daran, dass einer von ihnen jemanden ermordet hat. Immerhin arbeiten sie schon einige Jahre für uns. Außerdem scheinen Sie nur auf unserem Gut nach dem vermeintlichen Täter zu suchen. Ich bin überzeugt, in Machkirchen und Umgebung gibt es genug Verdächtige", ließ sich der Baron nicht unterbrechen und begann eine Nummer zu wählen. „Sie finden wohl alleine hinaus, ich hoffe auf Ihr Verständnis, unsere Hausdame kann Sie nicht begleiten", meinte er sarkastisch. Der Kommissar verstand und verließ mit allen Polizisten das Anwesen.

***

Lilly bekam von der ganzen Aufregung nichts mit und lief die Straße zum Gasthaus entlang. Ihr schlechtes Gewissen hatte sich gemeldet und so hatte sie beschlossen, die Polizei zu informieren. Dort angekommen fand sie einen ihr unbekannten Mann hinter dem Ausschank. Es stellte sich heraus, dass es Heinrich war, Koch und Kellner in einer Person, wenn seine Chefin nicht da war.

„Ich würde gerne den Kommissar oder seinen Kollegen sprechen."

„Die sind nicht da." Heinrich ließ sich bei seiner Tätigkeit nicht stören und wischte mit einem Tuch ein Glas trocken.

„Und wissen Sie, wann sie wieder kommen", blieb Lilly auf eine Lösung.

Ihr Gegenüber schüttelte verneinend den Kopf und nahm einen kräftigen Zug von der Zigarette, die in einem Aschenbecher auf ihn wartete.

„Rauchen Sie auch während Sie kochen?" Lilly mochte sich das gar nicht vorstellen.

„Sind Sie von der Rauchpolizei?" Er ließ keinen Zweifel offen, dass es ihm egal war, ob Rauchen in der Küche erlaubt war.

„Schon gut", beschwichtigte sie ihn. „Wissen Sie wenigstens, wo die Beamten sind, haben sie irgendeine Nachricht hinterlassen?"

Durch den Rauch sah sie, wie Heinrich abermals den Kopf schüttelte.

„Aber Sie können gerne hier warten", bot er halbherzig an.

„Nein, danke, vielleicht komme ich später noch einmal." Versucht hatte sie es, nun braucht er sich nicht mehr zu beschweren, dass ihn niemand verständigt. Lilly verließ die Wirtschaft und machte sich auf zum Gut.

Während die Polizeiautos auf dem Weg ins Präsidium nach Aidingen waren, ging Lilly raschen Schrittes den Weg von Machkirchen zum Gut. Wäre Lilly ein paar Minuten früher weggegangen, wäre sie dem Tross begegnet, doch der Zufall wollte es anders.

Als Lilly ankam, war es früher Nachmittag.

Ein wenig zögerte sie, doch dann drückte sie die Taste an der Sprechanlage und wartete. Wie lange konnte es in so einem riesigen Gebäude dauern, bis jemand öffnete? Sie läutete noch zwei Mal und wartete ungewöhnlich lange. Lilly konnte nicht wissen, dass die Wirtschafterin nicht da war. Nun war sie diesen unwirtlichen Weg gelaufen und so schnell wollte sie nicht aufgeben. Sie stand beim Tor und suchte nach einer Möglichkeit hineinzukommen. Sie lief die Mauer entlang und kam an ein kleines hölzernes Seitentor. Es war versperrt.

Wieder ein Stück weiter kam sie an eine Stelle, an der entästete Baumstämme aufgeschichtet waren. Sie lagen nahe an der Mauer und sie überlegte, ob es nicht zu schaffen wäre, auf die höchste Stelle zu steigen und über die Mauer zu klettern. Gedacht, getan. Sie hängte sich die Tasche quer über die Schulter. Besonnen kletterte sie nach oben. Das fiel ihr gar nicht so schwer, aber gute zwei Meter über dem Boden wurde ihr doch etwas mulmig. Sie zwang sich, nicht nach unten zu sehen und konzentrierte sich auf den knapp einen Meter breiten Spalt zwischen Holzstapel und Mauer, der nun zu überwinden war. Sie machte einen mächtigen Schritt und setzte einen Fuß auf die Gutsmauer. Erst jetzt kamen ihr erste Zweifel, ob das ein guter Plan war. Unsicher balancierte sie mit einem Fuß auf den Baumstämmen und mit dem anderen auf der Burgmauer. Ihr wurde bewusst, dass sie so nicht lange durchhalten konnte, sie musste rasch handeln. Mit Schwung stieß sie sich vom Baumstamm ab und bemühte sich auch den zweiten Fuß auf die Mauer nachzuziehen. Es gelang ihr mit knapper Not. Nach einer Schrecksekunde analysierte sie die Situation und musste feststellen, dass sie sich in eine heikle Situation gebracht hatte. Sie würde es wahrscheinlich nicht schaffen auf den unebenen Baumstammstapel zurück zu hüpfen. Und der Sprung von der Mauer auf die Seite vom Gut war auch nicht ohne Risiko. Gute zweieinhalb Meter in die Tiefe auf einen dicht mit Sträuchern bewachsenen Boden zu springen war gefährlich. Viele Möglichkeiten hatte sie nicht und so setzte sie alles auf eine Karte und entschloss sich den Sprung zu wagen. Sie stützte eine Hand auf der Mauer ab, nahm Schwung und mit einem Satz sprang sie hinab. Unten angekommen konnte sie das Gleichgewicht nicht mehr halten und stützte sich instinktiv auf beide Hände, um nicht mit dem Gesicht aufzuschlagen. Der Gurt ihrer kleinen Handtasche rutschte ihr über den Arm. Ein wenig benommen rappelte sie sich hoch. Die Tasche baumelte an ihrem Hals, wie eine überdimensionale Halskette. Sie inspizierte ihren Körper und die Kleidung. Ihr Sprung war glimpflich ausgegangen, sie war ohne nennenswerte Verletzungen davon gekommen, ein paar kleine Abschürfungen auf den Händen, die Knie schmerzten von dem Aufprall und die Kleidung war an ein paar Stellen etwas schmutzig geworden. Sie kämpfte sich aus dem Dickicht und, als sie weiter ging, bemerkte sie, dass sie ein ganzes Stück vom Haupthaus entfernt war. Soweit das möglich war, brachte sie ihre Kleidung in Ordnung und beeilte sich dorthin zu kommen.

Am Vorplatz angekommen, sah sie einen Sportwagen, sonst wirkte alles verlassen. Als sie beim Haupttor stand, betätigte sie die Klingel und wartete. Sie versuchte es mit klopfen, was ihr bald sinnlos erschien, das konnte niemand im Inneren hören. Sie ging ein paar Schritte zurück und sah nach oben. Sie wollte sich bereits auf machen um das Gebäude herumzugehen, in der Hoffnung den Gärtner oder seine Frau zu finden, da öffnete sich überraschend das Tor. Doch Lilly sah nicht die erwartete Frau Neidhartinger, sondern einen jüngeren Mann.

„Guten Tag." Lilly trat näher. „Mein Name ist Lilly Heller." Der junge Mann war attraktiv und ausgesprochen gut gekleidet.

„Was kann ich für Sie tun", fragte er und blieb in der Tür stehen.

„Darf ich fragen, wer Sie sind? Ich habe Sie hier noch nie gesehen." Das war kein Wunder, da sie erst einmal hier gewesen war. Aber das musste sie ihm nicht auf die Nase binden.

„Mein Name ist Johann Kleest von Traunwarth."

„Freut mich." Lilly ging auf ihn zu und reichte ihm die Hand. Als er sie drückte, schmerzte sie von ihrem gewagten Sprung. „Sind Sie der Enkel der Baronin?" Er nickte. „Ich war sie gestern besuchen und würde sie gerne noch einmal sprechen." Wohlweislich verschwieg sie, wie misslungen und unerwünscht dieser Besuch gewesen war. Sie hoffte, er hatte nicht davon erfahren und sollte Recht behalten.

„Sie ist im Salon. Finden Sie den Weg alleine? Ich habe noch etwas vor." Jetzt erst bemerkte sie den Autoschlüssel, mit dem er lässig spielte.

„Natürlich. Lassen Sie sich nicht aufhalten." Besser konnte es für Lilly nicht laufen und der junge Mann war dankbar, sich nicht länger mit ihr befassen zu müssen. Er ließ sich das nicht zwei Mal sagen und verabschiedete sich. Lockeren Schrittes ging er zu seinem Flitzer und während Lilly das Haustor schloss, sah sie, wie er vom Hof fuhr.

Als sie so alleine in der imposanten Vorhalle stand, stellte sie sich die Reaktion der Baronin auf ihr Erscheinen vor. Draußen hörte sie noch einmal den Motor aufheulen, der Lautstärke nach zu urteilen, fuhr Johann soeben durch das Gittertor. Dann wurde das Geräusch immer leiser, bis es nicht mehr zu hören war.

Die kleine Unsicherheit war schnell verflogen, nun war Lilly schon einmal hier und hatte so viel Mühe auf sich genommen, jetzt sollte es sich auch gelohnt haben. Also drückte sie vorsichtig die Klinke und öffnete zaghaft die knarrende Türe. So leise wie möglich trat sie ein. Die Baronin saß in ihrem Ohrensessel und bemerkte sie erst gar nicht. Erst als Lilly das Wort an sie richtete, zuckte sie ein wenig zusammen.

„Entschuldigen Sie, Frau Baronin." Die Hausherrin drehte den Kopf zu Lilly und fühlte sich überrumpelt.

„Was machen Sie hier, wie kommen Sie hier herein."

„Ihr Enkel war so freundlich, mich herein zu lassen." Das war nicht einmal gelogen.

„Was wollen Sie?" Der Ton der Baronin war bissig.

„Ich wollte Ihnen sagen, dass wir Neuigkeiten entdeckt haben, die mit dem Tod von Pfarrer Hölzel zusammenhängen."

„Und warum erzählen Sie mir das?" Lilly konnte sehen, dass ihr Eindringen die Baronin empört hatte.

„Nun…" Lilly ließ die Türklinke los und trat näher an die Adelige heran. „Es hat sich der Verdacht erhärtet, dass sich Pfarrer Hölzel kurz vor seinem Tod über eine Adelsfamilie erkundigt hat."

„Ich möchte Sie jetzt bitten zu gehen!" Die Wut der Baronin wuchs mit jeder Sekunde.

Lilly ließ sich nicht beirren und sprach weiter, als ob sie den Satz nicht gehört hätte. „Das Eigenartige daran ist, die neuen Erkenntnisse zeigen, dass Ihr Mann, Baron Ewald Klesst von Traunwarth, bereits am 6.7.1943 verstorben ist."

„Was nehmen Sie sich heraus? Sind Sie komplett übergeschnappt?!", verlor die Baronin vollends die Beherrschung. „Verlassen Sie sofort mein Haus!"

„Aber Frau Baronin, haben Sie kein Interesse daran, das aufzuklären?"

„Was gibt's denn da aufzuklären? Sie kommen hierher und stellen wirre Behauptungen auf..." Ihre Wangen röteten sich vor Aufregung.

„Naja, aber diese Behauptungen kommen von Aufzeichnungen, die man bei Pfarrer Hölzel im Büro entdeckt hat." Sie kramte in ihrem Täschchen die A4 Seiten hervor, faltete sie auseinander und reichte sie der Baronin. „Hier ist die Aufzeichnung. Es handelt sich um eine Personenaufstellung, die Pfarrer Hölzel extra von einem Detektiv ausarbeiten hat lassen."

Die Baronin saß kerzengerade in ihrem Sessel und dachte nicht daran, sich das Schreiben näher zu betrachten. „Dann kann es sich wohl nur um einen Irrtum handeln." Sie hatte ihre Fassung einigermaßen wieder gefunden und wirkte ruhiger, nur ihre Gesichtsfarbe verriet das Gegenteil. Lilly beeindruckte das nicht, sie blieb hartnäckig.

„Und sehen Sie", Lilly blätterte weiter, „das wirklich Interessante ist: Es handelt sich um eine Liste von adeligen Männern, die annähernd im gleichen Alter sind, wie ihr Mann, die aber alle im Krieg verstorben oder verschollen sind. Und das sind nicht viele. Hier, sehen Sie?" Lilly hielt ihr die Liste provokant nahe vor das Gesicht.

„Vielleicht zeigen Sie mir die Liste", hörte sie eine männliche Stimme hinter sich. Erschrocken sah sie, dass der Sohn der Baronin eingetreten war. Sie konnte nicht sagen, wie lange er schon gelauscht hatte.

„Guten Tag, Sie sind sicher der Baron, freut mich, Sie kennen zu lernen."

Er ging auf Lilly zu, sie streckte ihm die Hand zum Gruß entgegen, doch er missachtete die Geste, nahm ihr die Blätter aus der Hand und begann still zu lesen. Als er den Inhalt erfasst hatte, ließ er sie sinken und sah seine Mutter an. Es überraschte Lilly, dass er nicht wütend, sondern eher mutlos wirkte.

„Hört das denn nie auf?"

„Schweig!", herrschte ihn seine Mutter an. „Zeig mal her!" Nun sah sie sich selbst den Computerausdruck an.

„Und was soll das aussagen? Wen interessieren das heute noch?", wandte sie sich an Lilly.

„Nun ja, ich kann mir schon vorstellen, dass es da den einen oder anderen gibt. Und vor allem muss es doch in Ihrem Interesse liegen, das aufzuklären. Immerhin ist nach Pfarrer Hölzels Informationen Baron Ewald Klesst von Traunwarth - also Ihr Mann", fügte sie erklärend an, als ob die Baronin nicht wüsste, um wen es sich bei diesem Namen handelte, „noch während des Krieges verstorben. Ich kann nur sagen, wenn das jemand von meinem Mann behaupten würde, müsste ich darauf bestehen, dass das geklärt wird. Wenn Sie nachsehen wollen?" Sie schwieg ein paar Sekunden, um der Baronin Gelegenheit zu geben, die Sachlage zu begreifen und auf der Liste nachzulesen, „demnach wurde Ihr Mann 1943 von den Nazis hingerichtet. Damals war er ein junger Mann und so schrecklich das ist, da frage ich mich natürlich, wer der Mann war, der unter seinem Namen, als Ihr Ehemann, hier gelebt hat. Das würde ja heißen, dass Ihr Gatte bereits vor Kriegsende gestorben ist und nicht erst im hohen Alter - und ein anderer seinen Platz eingenommen hat. Anders ausgedrückt…", betonte Lilly jedes Wort, „…entweder hat Ihr Mann den Platz des Verstorbenen Ewald Klesst von Traunwarth eingenommen, oder die Aufzeichnung, dass er hingerichtet wurde, ist falsch. Aber das glaube ich nicht", machte Lilly ihre Meinung deutlich. „Das ist doch alles sehr verwirrend, aber fest steht, da stimmt etwas nicht. Steht alles in der Auflistung", tippte sie auffordernd auf das Papier, als sie noch immer keine Antwort bekam. Doch die Baronin und ihr Sohn starrten Lilly nur fassungslos an, anstatt sich die Liste anzusehen. Das Schweigen der zwei war für Lilly der Appell weiter zu reden. „Und wenn man davon ausgeht, dass der erstgeborene männliche Nachfahre in Ihren Kreisen immer den Namen des Vaters erhält, wundere ich mich, dass Sie Hugo heißen und nicht Ewald. Warum eigentlich?"

Lilly erwartete inzwischen keine Antwort mehr. Die Baronin und ihr Sohn waren zu Salzsäulen erstarrt, also übernahm Lilly weiter das Sprechen:

„Ich konnte keinen Hugo in der Ahnentafel entdecken, also können Sie auch nicht nach Ihrem Großvater oder Urgroßvater benannt sein. Hier sehen Sie?" Sie war nun richtig in Schwung geraten und steigerte sich in die Materie hinein. Lilly trat näher an die Baronin heran, die noch immer die Aufstellung in der Hand hielt. Sie nahm sie, suchte besagte Stelle und wies mit dem Zeigefinger darauf hin. Dann blätterte sie weiter und fuhr fort: „Und wenn Sie meiner Annahme folgen wollen, dass man Sie vielleicht doch nach Ihrem Vater benannt hat, kommt nur ein Name auf der Liste als Ihr Vater in Frage." Lilly begann angestrengt den Namen zu entziffern: „Baron Johann-Hugo Freiherr von Klessez-Schmerling. Wow, der ist genauso kompliziert, wie Ihr Name", warf sie ein, bevor sie fortsetzte, „geboren am 27. Oktober 1912 in Berlin, verheiratet, SS-Offizier, seit Kriegsende verschollen. Sehen Sie, das ist der einzige Adelige, der im Vornamen Hugo trägt." Noch immer Schweigen. Lilly erkannte nicht, in welche Situation sie sich gebracht hatte. Sie sah keine Gefahr in einer alten Dame und einem distinguierten Baron.

Doch plötzlich verspürte sie einen heftigen Schmerz, der ihr die Sinne raubte. Es ging so schnell, dass sie nur für den Bruchteil einer Sekunde erkannte, dass sie etwas am Kopf getroffen hatte, bevor sie ohnmächtig zu Boden ging.

***

Paul hatte probierte Lilly zu erreichen. Dieses Mal hob sie nicht ab. Er hinterließ eine Nachricht auf der Mailbox und wartete eine Weile, Lilly rief ganz gegen ihre Gewohnheit nicht zurück. Von Cornelia hatte er keine Nummer. Er dachte daran, im Telefonbuch nach der Telefonnummer der Sakristei zu suchen. Aber er hatte keine Ruhe mehr. Deswegen meldete er sich bei der Leitung der Kuranstalt bis Sonntagabend ab und entschloss sich, die beiden zu besuchen, um sich selbst ein Bild zu machen. Er packte ein paar Sachen zusammen und fuhr schon bald auf der Autobahn. Falls er in keinen Stau geriet, konnte er am späten Nachmittag bei den Freundinnen sein. Natürlich bestand das Risiko, dass sein Erscheinen eine mittlere Ehekrise auslöst, doch mit viel Glück konnte er diesen Besuch mit der Sehnsucht nach seiner Frau erklären.

In Machkirchen angekommen fuhr er zuerst zur Kirche, da er die genaue Adresse von Cornelia nicht kannte, hoffte er sie dort im Sekretariat anzutreffen. Er parkte auf dem Vorplatz und sah sich ein wenig um, bevor er durch den Seiteneingang in die Kirche eintrat. Andächtig und so leise er konnte, durchquerte er das Kirchenschiff, bis er zu der Verbindungstür zu den Privaträumen kam. Es war ihm ein wenig unangenehm, unaufgefordert durch die Räumlichkeiten zu gehen. Dann endlich hörte er Stimmen und seine Schritte wurden schneller. Tatsächlich hatte er Cornelia gefunden, die Überraschung war groß. Sie hatte ihn das letzte Mal auf Lillys fünfzigstem Geburtstag gesehen. Das lag schon ein paar Jahre zurück und so brauchte sie einen Augenblick, bis sie ihn erkannte: „Paul, was machst du denn hier? Das gibt's doch nicht." Sie reichten sich die Hand. Cornelia stellte ihn dem neuen Pfarrer vor, der das unerwartete Treffen still verfolgte.

„Freut mich, Sie kennen zu lernen." Ohne eine Antwort abzuwarten, wandte sich Paul wieder Cornelia zu. „Kann ich dich sprechen?"

„Ich denke, wir müssen heute nicht übertreiben", meinte Pfarrer Schuhmann taktvoll, „wir können jetzt Schluss machen. Ich möchte sowieso noch die Predigt für Sonntag vorbereiten und wir können dann am Montag weiter machen." Der Geistliche verabschiedete sich und verließ das Büro.

„Wieso bist du nicht bei deiner Kur?", wunderte sich Cornelia.

„Weißt du, wo Lilly ist? Ich kann sie seit Stunden nicht erreichen", lieferte er ihr die Erklärung seiner Anwesenheit.

„Na, sie ist bei mir zu Hause." Cornelia verstand seine Aufregung nicht.

„Aber sie hebt ihr Handy nicht ab."

„Vielleicht ist der Akku leer und sie hat es nicht bemerkt. Am besten fahren wir gleich hin, dann wissen wir, was los ist."

Cornelia fuhr voran, Paul folgte ihr, es dauerte nicht lange und sie kamen zur Wohnung. Lilly war nicht da, aber sie fanden ihre Nachricht, dass sie zum Gut wollte.

„Ich hab`s gewusst, sie kann`s nicht lassen." Paul kochte vor Wut. „Weißt du, was sie dort will?"

„Ich vermute, sie will noch einmal mit ihnen sprechen."

„Mit wem?"

„Mit der Baronin oder dem Baron", sagte Cornelia, als müsse er wissen, von wem sie sprach. „Lilly vermutet einen Zusammenhang zwischen Pfarrer Hölzels Ermordung und den Leuten vom Gut. Und sie hat die Ahnenaufstellung von der Agentur mit hierher genommen und wollte sich das genauer ansehen. Vielleicht hat sie etwas entdeckt", mutmaßte Cornelia.

„Stopp, stopp, stopp!", Paul unterstrich seine Forderung mit einer Handbewegung. „Sag mal, wovon redest du da?"

Cornelia beichtete ihm ihre Unternehmungen. Er schüttelte nur den Kopf.

„Lilly, was stellt sie wieder an?" Paul sah sich in seiner Sorge bestätigt. „Und du lässt dich als Komplizin einspannen", warf er Cornelia vor.

„Moment mal, lass mich raus. Ich bin nicht Lillys Kindermädchen", wehrte sie die Vorhaltungen ab. „Du hast es in all den Jahren nicht geschafft, Lilly von ihren Abenteuern abzuhalten."

„Schon gut, entschuldige, du hast ja recht. Bring mich bitte dorthin, wir holen sie ab." Cornelia wagte nicht zu widersprechen und sie verließen die Wohnung.

***

Unterdessen waren die Polizisten mit dem verdächtigen Ehepaar auf dem Polizeirevier von Aidingen angelangt. Sie betraten das Kommissariat durch die automatische Tür und gingen durch eine Schwingtür im Tresen, der die Eintreffenden von den Schreibtischen trennte. Roland Neumaier ging mit den Neidhartingers zu einem Schreibtisch und überließ es den Uniformierten, die Formalitäten zu erledigen. Der Anwalt vom Gut war bereits kurz davor eingetroffen und verlangte, mit seinen neuen Mandanten alleine sprechen zu können. Sie wurden in einen Raum gebracht und als sie die Unterredung beendet hatten, gesellten sich der Kommissar und sein Assistent dazu. Die Kollegen aus Aidingen hatten auf dem Tisch ein Aufnahmegerät platziert und Roland Neumaier schaltete es am Beginn des Verhörs ein.

„Fangen wir gleich mit dem Wesentlichen an", begann Kommissar Hartmann. „Wir haben zwei Indizien bei Ihnen gefunden. Einmal Manschettenknöpfe, die wir in Ihrem Schlafzimmer entdeckt haben. Sie zeigen dasselbe Design wie die Krawattennadel, die unter der Leiche von Pfarrer Hölzel lag. Es besteht kein Zweifel, dass es sich um ein Set handelt." Hartmann machte eine kleine Pause, um die Reaktion der Verdächtigen auszuloten. „Und außerdem das Messer, mit dem Herr Nemec ermordet wurde." Er schob beide Gegenstände, die sich in Plastiktüten befanden, über den Tisch.

„Meine Mandanten werden dazu keine Angaben machen", mischte sich der Jurist ein.

„Natürlich." Hartmann ließ sich davon nicht beirren. „Das müssen sie nicht, es genügt, wenn Sie zuhören. Sie stehen unter dem Verdacht, Pfarrer Hölzel und seinen Mesner ermordet zu haben und sind verhaftet." Er stand auf und wartete, ob seine Ankündigung Wirkung zeigte. Das Ehepaar sah sich an und wirkte nervös. Das nutzte der Kommissar und wies zwei Uniformierte an, beiden Handschellen anzulegen. Da bekam es Simon Neidhartinger mit der Angst zu tun.

„Was geschieht jetzt weiter?", wollte er wissen.

„Sie werden dem Haftrichter vorgeführt, der wird dann weiter entscheiden." Das zeigte Wirkung.

„Warten Sie mal", sagte der Verdächtige. „Wir haben niemanden ermordet. Was hätten wir für ein Motiv?", protestierte er.

„Wir nehmen an, dass Pfarrer Hölzel etwas über die Baronin oder ihren Sohn herausgefunden hatte und Sie als ergebene Hausangestellte wollten ihn daran hindern, das an die Öffentlichkeit zu tragen."

„Das ist doch Unsinn", widersprach der Gärtner.

„So? Finden Sie? Und was hat das mit den Manschettenknöpfen auf sich. Die sind ziemlich wertvoll. Ich kann mir nicht vorstellen, dass Sie sich so etwas von Ihrem Gehalt leisten können. Und selbst wenn, ist das doch gar nicht Ihr Stil."

Das Ehepaar sah sich wieder an und schwieg. „Und wie kommt die Krawattennadel unter die Leiche?"

„Woher soll ich das wissen. Sie gehört mir nicht." Simon Neidhartinger war genervt.

„Und wem gehört sie?"

„Keine Ahnung." Das Verhör entwickelte sich zu einem Dialog zwischen Herrn Neidhartinger und dem Kommissar.

„Und woher haben Sie die Manschettenknöpfe?"

„Ein Geschenk", lautete die knappe Antwort.

„Von wem?", fragte der Kommissar. Neidhartinger senkte den Kopf und schwieg.

„Na schön." Hartmann stand auf. „Abführen!", sagte er knapp zu den wartenden Uniformierten. Noch bevor diese aktiv wurden, mischte sich Frau Neidhartinger ein: „Bitte, warten Sie." Der Kommissar hielt inne und setzte sich zögernd.

„Simon, das hat doch keinen Sinn. Für die Manschettenknöpfe? Los sag ihnen, was du gesehen hast." Alle warteten gespannt, bis sich Neidhartinger endlich durchrang und zu erzählen begann.

„Eigentlich weiß ich gar nichts. Aber am Mittwoch, als Pfarrer Hölzel ermordet wurde, sah ich den Baron, wie er nach dem Mittagessen das Gut aufgebracht verließ. Als ich dann später von dem Mord erfuhr, konfrontierte ich ihn mit meiner Beobachtung, obwohl ich nicht dachte, dass er den Pfarrer ermordet hat." Es schien ihm wichtig, dass der Kommissar das wusste. „Ich vermutete nur, er verschweigt etwas. Vielleicht kennt er den Mörder.

Auf jeden Fall meinte der Baron, er habe zwar nichts mit dem Mord zu tun, dennoch wäre es ihm lieber, wenn ich meine Beobachtung für mich behalten würde. Und dann hat er mir die Manschettenknöpfe geschenkt. Er meinte als Dankbarkeit für meine Loyalität. Dass sie aus der gleichen Kollektion sind, wie das Schmuckstück, das unter der Leiche gefunden wurde, habe ich erst von Ihnen erfahren." Er sah den Kommissar an und wartete auf seine Reaktion.

„Und die Begründung, warum er Ihnen so wertvollen Schmuck schenkt, haben Sie ihm abgenommen?"

Der Gärtner zuckte mit den Schultern: „Ich habe nicht weiter darüber nachgedacht", war seine dürftige Erklärung.

„Und das Messer?"

„Ich schwöre, ich habe keine Ahnung, wie es dorthin gekommen ist, oder wer es dort hingelegt hat. Da will doch jemand den Verdacht auf mich lenken."

„Haben Sie eine Idee, wer das sein könnte?"

„Nein", er schüttelte heftig den Kopf, „keinen Schimmer, was da vor sich geht."

„Und Sie?", wandte sich der Kommissar an die Frau. Doch auch sie schüttelte den Kopf.

„Nein, mein Mann hat mir zwar alles erzählt, und wir haben immer und immer wieder darüber gesprochen, aber wir kamen nicht dahinter, was da gespielt wird. Und das mit dem Messer – Sie glauben doch nicht, dass mein Mann so dumm ist und das Messer im Auto verstecken würde."

Sie sah zu ihrem Mann, doch der starrte nur auf die leere Tischplatte.

„Vielleicht hatte er keine Gelegenheit, es verschwinden zu lassen", meinte der Kommissar provokant.

„In diesem Falle hätte ich es irgendwo fallen lassen. Bitte, glauben Sie uns, wir hatten keinen Grund, einen der beiden zu ermorden", entgegnete Herr Neidhartinger.

„Ja, es war ein Fehler, dass Simon Ihnen von seiner Beobachtung nichts gesagt und die Manschettenknöpfe angenommen hat, aber sonst haben wir damit nichts zu tun", ergänzte Frau Neidhartinger.

„Nun", mischte sich der Anwalt ein, „Sie haben ja jetzt die Aussagen meiner Mandanten und meiner Meinung nach besteht kein Grund, das Ehepaar weiter fest zu halten. Ich denke, wir können das Verhör jetzt beenden und sobald Sie neue Erkenntnisse haben, können Sie mich kontaktieren."

„So einfach ist das nicht", hemmte Hartmann den Eifer des Advokaten, „wir alle werden jetzt zum Gut fahren und sehen, was der Baron zu Ihrer Aussage meint."

Keiner wagte zu widersprechen und es entstand ein kleiner Konvoi, als der Kommissar mit seinem Auto in Richtung Gut fuhr und ihm zwei Streifenwagen mit den Verdächtigen und das Auto des Anwaltes folgten.

***

Als Lilly wieder zu Sinnen kam, war das Erste, was sie wahrnahm, ein unangenehmes Gefühl im Magen. Ihr Kopf dröhnte und es hämmerte so stark, dass sie ein Stöhnen nicht unterdrücken konnte. Langsam konnte sie klarer denken, das Letzte, an das sie sich erinnern konnte, war, dass sie sich mit der Baronin und ihrem Sohn unterhalten hatte. Was war passiert? Sie quälte sich, wollte die Augen öffnen. Nein, sie schaffte es noch nicht. Sie wollte sich mit der Hand an den Kopf fassen, doch irgendetwas hinderte sie daran. Es dauerte eine Weile, bis sie begriff, dass ihre Arme auf dem Rücken gefesselt waren. Was sollte das? Sie hörte Stimmen, die ihr bekannt vorkamen, doch der Schmerz ließ sie keinen klaren Gedanken fassen. Es musste ihr gelingen die Augen zu öffnen. So einfach war das nicht, es schien ihr unerträglich lange zu dauern, bis sie endlich unscharfe Umrisse erkennen konnte. Auch die Worte begann sie zu verstehen und sie begriff die fatale Lage, in der sie sich befand. Sie spürte, wie jemand sie bei den Achseln gefasst hielt und eine zweite Person sie an den Fußknöcheln gepackt hatte, die auch gefesselt waren. Ihre Sehkraft war beeinträchtigt und sie strengte sich an zu erkennen, wer sie durch die unbekannten Räumlichkeiten trug. Erschrocken stellte sie fest: Elsa Bellegg trug ihre Beine. Warum? Was hatte sie damit zu tun?

„Frau Bellegg. Was…" Die Wirtin schien erschrocken, dass Lilly wach war.

„Halten Sie den Mund! Was mussten Sie auch Ihre Nase da reinstecken!" Sie schien wütend, fast hasserfüllt. Lillys Lage war beängstigend und so entschloss sie sich, Frau Bellegg nicht weiter zu reizen.

Lilly versuchte ihre Sinne zu sammeln und überlegte, wie sie mit der Situation umgehen sollte. Sie strengte sich an zu erkennen, wo sie war. Vermutlich befanden sie sich auf dem Gut, irgendwo in einem Keller. Es roch modrig und die Mauern waren aus alten Steinen und Lehm. Es gab keine Fenster und nur alle paar Meter eine Kellerbeleuchtung, die spärlich Helligkeit spendete. Sie schaffte es nicht, einen Blick auf den Komplizen, der sie an den Schultern trug, zu werfen. Lilly rätselte, ob es sich um den Baron, dessen Sohn oder einen der Neidhartingers handelte. Auf jeden Fall wussten die Baronin und ihr Sohn davon. Das gab ihr ein wenig Hoffnung. Vielleicht besann sich einer der beiden.

Sie kamen an eine schwere Holztür, die ein Balken verschlossen hielt. Elsa Belleg legte Lillys Beine ab, schob den Balken weg und öffnete die knarrende Tür. Es lag ein riesiges, finsteres Kellerverließ dahinter. Die Wirtin schnappte sich die Beine und Lilly wurde in ihr künftiges Gefängnis getragen. Der Boden war aus Erdreich und die Wände reichten sicher vier, fünf Meter hoch. Sie konnte ganz oben ein winziges Fensterloch erkennen. Das spendete ihr ein bisschen Trost, aber sie wusste auch, dass es dadurch eisig kalt blieb und falls sie lange hier ausharren musste, konnte das zum Problem werden.

Sie trugen sie an eine Mauer und ließen sie auf den Boden gleiten. Nun konnte Lilly sehen, dass der Komplize der Baron war. Irgendwie war Lilly nicht besonders verwundert, vielmehr überraschte es sie immer noch, dass Elsa Belegg darin verwickelt war.

„Hören Sie, das hat doch keinen Sinn", versuchte sie an die Vernunft ihrer Peiniger zu appellieren. „Meine Freundin weiß, wo ich bin."

„Und wenn schon", konterte Elsa Belegg, „niemand wird ahnen, wo Sie sich jetzt befinden." Lilly hatte den Eindruck, dass die Wirtin die Rädelsführerin war. Deshalb hoffte sie auf mehr Wohlwollen beim Baron.

„Sie sind doch kein Mörder, wenn Sie erklären, was passiert ist, hat man sicher Verständnis. Denken Sie an Ihre Mutter."

„Denken Sie, die weiß nicht Bescheid? Geben Sie sich keine Mühe…", entgegnete die Wirtin.

„Sie hat Recht", mischte sich endlich der Baron ein, „lass uns damit Schluss machen, bevor jemand weiterer zu Schaden kommt."

„Quatsch, uns kann niemand etwas nachweisen. Und sie kann nun niemandem mehr ihre Entdeckung weitererzählen." Frau Belegg wirkte eiskalt, Lilly spürte ihre Entschlossenheit.

„Aber du kannst sie doch nicht einfach umbringen."

„Brauchen wir nicht. Wir lassen sie einfach hier. Hier hört sie niemand schreien und bis man sie findet, sind wir über alle Berge." Sogar der Baron schien wegen ihrer Kaltblütigkeit erschrocken. „Los lass uns gehen!" Sie nahm den Baron beim Arm und zog ihn die ersten Schritte Richtung Holztür, bis er ihr resignierend folgte. Lilly hörte, wie sich der schwere Holzbalken in die Verankerung schob.

Dann war sie allein und musste ihre ganze Kraft zusammennehmen, um nicht in Panik zu geraten. Es gab kein Licht und sie suchte nach dem kleinen Fenster, das sich ein paar Meter über ihr befinden musste. Es dauerte eine gefühlte Ewigkeit, bis sie vage Umrisse erkannte. Sie fing an, so laut sie konnte um Hilfe zu rufen, bis ihr Hals schmerzte. Vermutlich befand sich das Verließ an einer Stelle, an der kaum jemand vorbei kam, sonst wären die beiden das Risiko nicht eingegangen und hätten sie hier sicher nicht ohne Knebel alleine gelassen. Der späte Nachmittag war angebrochen und schickte das letzte Tageslicht durch die einzige Luke.

Lilly wollte die restlichen Lichtstrahlen nützen und begann ihre Umgebung zu erforschen. Das Verließ war riesig und leer. Kein Stuhl, kein Werkzeug, kein Unrat. Nur Wände und der Erdboden. Sie inspizierte die Fesseln. Weiterrufen konnte sie später, wenn sich ihre Stimme erholt hatte. Der Strick war wirr um ihre Beine gewickelt und willkürlich verknotet. Doch er erfüllte seinen Zweck. Sie versuchte zu fühlen, wie ihre Arme gefesselt waren. Es dürfte sich um den gleichen Strick handeln und er war so eng geschnürt, dass er ihr ins Fleisch schnitt. Der Versuch, sich in eine bessere

Position zu bringen, verursachte Schmerzen. Vermutlich hatte sie eine Gehirnerschütterung und ihr Nacken brannte wie Feuer. Angestrengt zerrte sie an ihren Handfesseln. Dann zupfte sie an den Strängen. So leicht würde sie die nicht abstreifen können. Sie suchte nach einem Vorsprung oder Stein, der spitz genug war, um den Hanf durchzuscheuern. Anfangs probierte sie verschiedene Möglichkeiten aus, doch nach einer Weile strengte sie das über alle Maße an, darum wollte sie erst einmal eine Pause einlegen, bevor sie einen weiteren Durchgang startete.

***

Paul und Cornelia fuhren die Straße zum Gut entlang. Es war kalt und neblig und die Dämmerung hatte bereits eingesetzt. Im Licht der Scheinwerfer entstanden unheimliche Bilder vor dem Auto und Pauls Unruhe wurde immer größer.

„Es ist bestimmt alles in Ordnung, du wirst sehen." Cornelia wusste nicht, ob sie mit dieser Floskel Paul oder sich selbst beruhigen wollte.

„Was glaubt sie eigentlich dort zu finden?" Pauls Sorge machte ihn immer wütender.

„Wie gesagt, sie hat sich die Auflistung von dieser Agentur mitgenommen, die Familienaufstellungen macht. Lilly hat wahrscheinlich etwas gefunden oder sie wollte die Baronin noch was fragen."

„Du hast doch mit Lilly telefoniert, was hat sie dir denn erzählt", fragte jetzt Cornelia ihrerseits.

„Nicht viel, sie macht mich wahnsinnig mit ihren Detektivspielen." Seine Unruhe und sein Ärger ließen sein Herz immer schneller schlagen.

Endlich sahen sie das Tor im Lichtkegel. Cornelia hielt mit dem Wagen in gebührlichem Abstand an, sodass man das Tor noch öffnen konnte und schaltete den Motor aus. Beide stiegen aus und gingen zur Gegensprechanlage. Paul drückte energisch den Klingelknopf, wartete ein paar Sekunden, klingelte erneut und läutete schließlich Sturm.

„Na, ein bisschen zuwarten musst du schon. Das ist ein riesiges Gut, da kann es schon ein paar Minuten dauern, bis jemand antwortet", erklärte Cornelia Paul.

Er begann wie ein Tiger im Käfig, auf und ab zu wandern, um dann nach gebührlicher Wartezeit seinen Sturmangriff zu wiederholen.

„Das hat doch keinen Sinn", sagte er resignierend, „gibt es nicht noch einen anderen Weg hinein?"

„Nicht dass ich wüsste. Aber ich habe mich damit auch noch nie befasst." Sie standen bei den Gitterstäben und spähten zum Gebäude und glaubten im Inneren die Beleuchtung zu erkennen.

„Also zu Hause ist jemand", merkte Paul an. Er versuchte es noch einmal mit Sturmläuten. Nichts. Er rüttelte an dem Tor, das mühelos dem Angriff widerstand. Er entschied sich, es zu erklimmen.

„Paul", Cornelia konnte nicht glauben, was sie da sah, „was tust du da? Komm wieder runter, du wirst dich noch verletzen!"

Vergeblich, er kletterte nach oben, schwang ein wenig linkisch das Bein über die spitzen Gitterenden und kletterte auf der anderen Seite wieder nach unten.

„Und jetzt?" Cornelia fand seine Aktion sinnlos. Paul sah sich um, ob es einen Schalter gab, mit dem sich das Tor von innen öffnen ließ, doch er fand keinen.

„Pass auf, ich gehe jetzt zum Gebäude. Lilly muss da sein oder zumindest war sie da." Er fasste in seine Jackentasche und nahm sein Handy vor. „Gib mir deine Handynummer!" Cornelia ging zum Wagen, holte ihr Handy und diktierte ihm ihre Nummer. Ein kurzer Klingelton in der Stille bestätigte den Austausch.

„Es muss jemand da sein, irgendwer wird schon öffnen. Falls ich mich in fünfzehn Minuten nicht melde, rufst du die Polizei."

„Paul, du machst mir Angst." Sie sahen einander durch die Gitterstäbe an, wie bei einem Besuch im Gefängnis.

„Dir kann nichts passieren. Du setzt dich ins Auto und wartest, falls irgendwas ist, fährst du weg und verständigst die Polizei."

Cornelia wagte nicht zu widersprechen, obwohl sie die Aussicht, in dieser gruseligen Umgebung auf Paul zu warten, mit Grauen erfüllte. Sie verstand, dass er sich um Lilly sorgte, die ganze Angelegenheit war doch zu eigenartig.

„Na schön, aber sei vorsichtig!"

„Keine Sorge, ich hoffe, es dauert nicht lange."

Zielstrebig ging Paul in Richtung des Haupteingangs. Cornelia sah ihm eine Weile nach und als sie seine Schritte nicht mehr hören konnte, blieb sie in dieser unheimlichen Stille allein zurück. Der Wind fuhr durch die Bäume und sie sah sich erschrocken um. Ihr Herz pochte ängstlich und sie schauderte bei dem Gedanken noch eine Weile hier ausharren zu müssen. Sie mahnte sich mutiger zu sein und mehr Courage zu zeigen. Sie verschränkte die Arme, um sich selbst mehr Wärme zu spenden und hielt das Handy wie einen rettenden Anker fest. Kurz überlegte sie sich ins Auto zu setzen, doch entschied dann, beim Tor stehen zu bleiben.

***

Elsa Belegg ging gefolgt vom Baron die alten Gänge entlang, zurück in die oberen Räumlichkeiten. Als sie wieder in die Halle kamen, blieben sie eine Weile unentschlossen stehen und sahen sich an.

„Was jetzt Elsa? Wie soll es jetzt weiter gehen?"

„Also ich mach mir jetzt einen Kaffee und ich könnte eine Kleinigkeit zu Essen brauchen." Sie strebte in Richtung Küche und er folgte ihr langsam.

„Elsa, warte!" Widerwillig blieb sie stehen. „Die Polizei wird Fragen stellen und wenn Frau Heller zwei und zwei zusammenzählen kann, kann das auch die Polizei."

„Dazu müssten sie zuerst auf die gleiche Spur kommen. Und wenn, selbst dann kann niemand irgendetwas beweisen."

„Ich weiß nicht", er schüttelte den Kopf, „das geht inzwischen alles zu weit. Zwei Menschen sind tot und macht es dir denn gar nichts aus, zu wissen, was wir Frau Heller antun?"

„Für Gewissensbisse ist es inzwischen zu spät. Und sieh mal", sie ging ein paar Schritte auf ihn zu, „wenn das alles vorbei ist, fangen wir beide ein ganz neues Leben an." Sie gab ihm einen Kuss, nahm ihn bei der Hand und zog ihn weiter in die Küche. Die war herrschaftlich ausgestattet und es war nicht leicht sich darin zurecht zu finden. Sie hatte gerade begonnen zwei Tassen vorzubereiten, da hörten sie die Türklingel. Erschrocken sahen sie sich an.

„Wer kann das sein, ob das die Polizei ist?", mutmaßte der Baron.

„Kann ich mir nicht vorstellen. Die sind jetzt erst einmal mit den Neidhartingers beschäftigt." Sie standen eine Weile so da und warteten.

„Aber wer kommt durch das Tor?"

Sie beruhigte ihn: „Wahrscheinlich hat dein Junior vergessen das Tor zu schließen. Los sieh nach!" Sie verließen die Küche und, als sie in der Halle ankamen, verbarg sich Elsa Belegg hinter einer Nische, während der Baron die Eingangstüre öffnete. Er war erleichtert, als er sah, dass es sich nicht um die Polizei handelte.

„Ja, bitte?", fragte er den Unbekannten.

„Guten Tag", der Fremde hatte einen eigenartig forschen Ton angeschlagen, „mein Name ist Paul Heller." Als der Baron den Namen hörte, stieg ihm das Blut zu Kopf. „Ich suche meine Frau. Sie soll bei Ihnen sein und ich wollte sie abholen."

Der Baron nahm all seine Beherrschung zusammen und bemühte sich selbstsicher zu wirken: „Es tut mir leid, da sind Sie falsch informiert."

Paul schob den Baron unhöflich zur Seite, trat ungefragt ein und begann das Innere zu inspizieren: „Das glaube ich nicht. Ist noch jemand im Haus?", fragte er furchtlos.

„Wie schon gesagt, es tut mir leid, Ihre Frau ist nicht hier und ich muss Sie jetzt bitten zu gehen", entgegnete der Baron. „Wie sind Sie überhaupt auf das Gut gekommen?", fragte er nach. Paul gab keine Antwort, zog eine Runde durch die Halle und als er an eine Flügeltüre kam und im Türspalt einen Lichtschein sah, öffnete er sie ungefragt. Der Baron schloss die Eingangstür und eilte zu dem Eindringling. Paul stieß auf die Baronin, die stoisch in ihrem feudalen Ohrensessel saß und eine Hand auf ihren Gehstock gestützt hielt und in der anderen ein Buch.

„Ich muss doch sehr bitten!", protestierte der Adelige, aber Paul ließ sich nicht beirren.

„Guten Tag", richtete er sich an die alte Dame, „es tut mir leid, Sie zu stören, aber meine Frau wollte Sie besuchen und ich komme sie abholen." Die Baronin sah ihn an, schwieg jedoch.

„Meine Frau war doch bei Ihnen", bestand Paul auf seiner Behauptung.

„Hugo, wer ist das?", wandte sie sich an ihren Sohn und ohne einen Gruß dann an Paul gerichtet, „waren Sie der Mensch, der am Tor geläutet hat?"

Paul antwortete nicht.

„Mutter, das ist Paul Heller, er vermutet seine Frau bei uns", erklärte der Sohn seiner Mutter behutsam.

„Sie ist schon vor einer Weile gegangen", behauptete die Baronin.

Paul war froh, dass sie nicht weiter darüber nachzudenken schien, wie er das Tor überwunden hatte. „Wann?"

„In meinem Alter hat Zeit keine Bedeutung mehr", antwortete sie ausweichend.

„Wann?", fragte Paul hartnäckig.

„Sie haben meine Mutter gehört, sie weiß es nicht mehr genau. Ich muss Sie jetzt bitten zu gehen", mischte sich der Baron ein.

„Nicht ohne meine Frau. Sie muss hier sein. Sie hat mir eine Nachricht hinterlassen, dass ich sie hier abholen soll", log er.

„Anscheinend wollte sie nicht warten, sie ist sicher zurückgefahren und wartet bereits auf Sie", drängte der Baron Paul zu gehen.

„Das halte ich für unwahrscheinlich. Wenn das so wäre, hätte ich sie auf der Straße gesehen, sie war nämlich zu Fuß hier."

„Hören Sie, das kann alles sein, aber sie ist nicht mehr hier. Eventuell hat sie einen anderen Weg durch den Wald genommen."

„Das würde sie nie tun, sie kennt sich hier nicht aus und bei dem Wetter muss sie auf dem asphaltierten Weg bleiben."

„Vielleicht hat sie sich verlaufen. Besser, Sie gehen und geben eine Vermisstenanzeige auf." Der

Baron unterstrich seinen Appell an Paul zu gehen, indem er die Türe aufhielt.

„Bevor ich das tue, haben Sie doch sicher nichts dagegen, wenn ich mich ein wenig umsehe."

„Wenn Sie das tun, werde ich Sie auf der Stelle wegen Hausfriedensbruch anzeigen", drohte der Baron Paul.

„Das ist Ihr gutes Recht." Paul ließ sich nicht beeindrucken. „Ich bin fest entschlossen nicht wegzugehen, solange ich nicht weiß, wo meine Frau ist."

„Guter Mann, wissen Sie, wie groß das Anwesen ist? Das ist doch sinnlos", versuchte ihn der Baron weiter davon abzuhalten.

„Schon möglich, aber es kann auch nicht schaden", meinte er hartnäckig. „Wissen Sie, es ist schon eigenartig, meine Frau kommt hierher, stellt Ihnen ein paar Fragen, in dem Zusammenhang mit dem Tod von Ihrem Pfarrer und seither ist sie verschwunden."

„Entschuldigung, ich wollte nicht lauschen, aber die Tür war offen." Alle blickten zur Türe. „Ich bin Elsa Belegg", stellte sich die Frau vor. „Ich konnte nicht umhin, einen Teil Ihrer Unterhaltung zu hören und vielleicht kann ich helfen. Ich bin auch schon eine Weile hier. So vor zwei Stunden bin ich gekommen, da war noch die Polizei da und ich weiß nicht, ob Sie das schon wissen, aber die haben das Ehepaar Neidhartinger mitgenommen, weil sie unter Verdacht stehen, den Pfarrer und den Mesner ermordet zu haben."

„Den Mesner?" Paul glaubte, sich verhört zu haben.

„Ja, ja, ich bin noch immer ganz aufgewühlt, er wurde heute tot aufgefunden und wie es scheint, hat das Ehepaar damit zu tun. Ich konnte es auch kaum glauben." Hugo Kleest von Traunwarth konnte nicht fassen, wie gekonnt seine Geliebte lügen konnte. „Als ich davon hörte, wollte ich die Baronin darüber unterrichten, aber die Polizei ist mir zuvor gekommen. Als die Polizei weg war, kam Ihre Frau, stellte ein paar Fragen und ging wieder. Ich habe Ihre Frau noch gefragt, ob sie mit mir zurück fahren wolle, aber sie meinte, sie läuft lieber." Paul wurde stutzig, Lilly läuft gerne zu Fuß und steigt ungern zu jemandem ins Auto, dessen Fahrstil sie nicht kennt, aber in diesem Fall wäre es unvernünftig gewesen, dieses Angebot auszuschlagen.

„Ich habe gar kein Auto vorn parken sehen", fiel ihm plötzlich ein.

„Ich parke im hinteren Teil des Gutes, auf dem dafür vorgesehenen Besucherparkplatz", erklärte Frau Bellegg. Jetzt erst war ihr selbst aufgefallen, dass sie ihr Auto tatsächlich im hinteren Teil des Gutes geparkt hatte. Da niemand von dem Verhältnis zu Hugo wissen sollte, hatte sie sich angewöhnt, ihr Auto vor zu neugierigen Blicken zu verbergen. Das hatte sie auch heute getan, obwohl sie dieses Mal in einer anderen Mission hier war.

„Es kann sich nur um einen unglücklichen Zufall handeln. Seien Sie doch vernünftig. Gehen Sie nach Hause, bestimmt wartet Ihre Frau dort schon auf Sie", redete der Baron auf Paul ein.

„Bestimmt nicht, ich bin überzeugt, dass ihr etwas passiert ist. Und falls Sie wirklich nicht wissen, wo sie ist, haben Sie sicher Verständnis dafür, dass ich jetzt die Polizei rufen werde." Er nahm sein Handy, setzte sich ungefragt in einen der antiken Sessel, legte den linken Fuß auf sein rechtes Knie und demonstrierte so seine Entschlossenheit. Der Baron sah hilflos seine Geliebte an, auch sie schien ratlos.

„Warten Sie", meldete sich überraschend die Baronin zu Wort. Hugo und Elsa sahen sie erwartungsvoll an, auch Paul hielt inne und blickte zu ihr. „Hugo", richtete sie das Wort an ihren Sohn, „bevor mir hier eine Hundertschaft der Polizei das Gut umkrempelt, führe den Herrn doch durch das Gut." Er war gewohnt, ihre Wünsche widerspruchslos zu erfüllen, aber was sie damit erreichen wollte, war ihm nicht ganz klar. Wenn er seine Frau nicht findet, würde er auf alle Fälle die Polizei rufen und, oder hatte seine Mutter ihm das gleiche Schicksal angedacht, wie Lilly Heller.

„Aber Mutter, vielleicht…", ein Blick seiner Mutter genügte und er verkniff sich jeden weiteren Einwand. „Kommen Sie bitte mit!", gehorchte er.

„Haben Sie etwas dagegen, wenn ich mitkomme?", bot sich Elsa Belegg freundlich an.

Paul stand auf, wollte sein Handy wegstecken, holte es dann wieder hervor und meinte: „Nein, nein. Aber ich muss nur Cornelia anrufen, sie wartet vor dem Tor." Erneut blickten sich die drei sorgenvoll an, während er die Nummer wählte, das veränderte die Situation aus Neue.

***

Cornelia stand wie auf heißen Kohlen vor dem Gittertor und starrte zum Gebäude. Nichts regte sich. Bei jedem Windstoß erschrak sie und sah sich ängstlich um. Das verstärkte ihre Angst, da die Nebelfetzen und der Wald viele Trugbilder erzeugten. Hier glaubte sie einen Mann zu sehen, dort eine Gestalt, die flüchtete, ein paar Tiere waren auch dabei. Wenn sie sich nicht bald in den Griff bekam, werden demnächst ihr die Hirngespinste vorgaukeln, dass Dracula auf sie zukommen würde.

Sie musste sich ablenken. Mit Hilfe der Leuchtfunktion an ihrem Handy kontrollierte sie die Zeit. Das kann nicht sein, neun Minuten waren erst vergangen? Sie begann auf und ab zu hüpfen, kreiste die Arme, um sich aufzuwärmen. Als das Handy klingelte, ließ sie es vor Schreck beinahe fallen. Erfreut sah sie, dass es Pauls Nummer war und meldete sich: „Ja? Paul?"

„Hallo Conny, ich wollte dir nur sagen, es wird noch eine Weile dauern. Der Baron meint, Lilly ist nicht mehr hier, aber ich will mich noch ein wenig auf dem Gut umsehen, er ist so freundlich und begleitet mich."

„Und wie lange wird das dauern? Paul, hier zu warten ist kein Vergnügen", sagte sie vorwurfsvoll.

„Ich melde mich wieder", meinte er knapp und legte auf. Was geht da drin vor? Wozu wollte er sich umsehen? Cornelia überlegte, ob sie ihn anrufen und darum bitten sollte, sie auf seiner Erkundungstour mitzunehmen, doch dann entschied sie sich dagegen und blieb auf ihrem Warteposten.

***

Lilly spürte, wie ihr die Kälte in die Knochen kroch, deshalb zwang sie sich, alle Kraft zusammenzukratzen, um sich zu bewegen. Zuerst zog sie die Beine an und dann richtete sie unter größter Anstrengung ihren Oberkörper auf. Ihr Kopf dröhnte noch immer und der Schmerz war kaum auszuhalten. Dennoch wollte sie einen neuerlichen Versuch starten und lauthals um Hilfe rufen.

„Hilfe! Hört mich jemand?!" Sie wiederholte ihre Hilferufe einige Male, zwischendurch lauschte sie. Stille. Ihr gingen tausend Gedanken durch den Kopf. Was, wenn niemand sie hier suchen würde? Cornelia würde zwar ihren Notizzettel finden, doch niemand konnte beweisen, dass sie hier war. Ob Paul dahinter kommen wird? Und wenn, wie lange würde das dauern. Außerdem könnten sich die beiden, die Wirtin und der Baron, doch noch entschließen sie zu töten, um eine Zeugin zum Schweigen zu bringen.

Sie zwang sich die Tatsachen objektiv zu betrachten. Was wusste sie denn schon? Dass vor etlichen Jahren ein Adliger die Identität eines anderen angenommen hatte. War dieses Wissen mehrere Morde wert? Vielleicht hatte er sich aber nicht nur die Identität, sondern auch das Vermögen der Familie angeeignet. Sie musste hier raus!

Mit den Füßen schob sie sich rückwärts Zentimeter für Zentimeter weiter, kontrollierte, ob sie etwas erkennen konnte und robbte immer weiter. Nach unendlich scheinender Zeit wurde ihre Mühe belohnt und sie entdeckte einen abgesplitterten Stein, der spitz genug schien, um die Fesseln durchscheuern zu können. Einen Versuch war es Wert und Zeit hatte sie genug, also begann sie mühselig Faser für Faser abzuschaben. Die Sache erforderte ihre ganze Konzentration und sie vergaß beinahe ihre unerträglichen Kopfschmerzen. Doch endlich wurde ihre Ausdauer belohnt und ein Strang der Fessel löste sich. Nun konnte sie beginnen, die Fesseln vorsichtig abzustreifen. Das war gar nicht so einfach, sie saßen stramm und scheuerten auf der Haut. Sie spürte, wie sich Striemen bildeten, doch darauf konnte sie jetzt keine Rücksicht nehmen. Langsam lockerte sich der Strick und sie spürte, wie er über ihre Hände glitt. Der Triumph, die Arme befreit zu haben, entschädigte sie für die Anstrengungen und Schmerzen. Ein paar Mal kreiste sie die Handgelenke und Schultern.

Als nächstes knotete sie die Fußfesseln auf, das ging ungleich schneller. Erleichtert, sich wenigstens frei bewegen zu können, richtete sie sich auf. Sie inspizierte dieses riesige Kellerverließ. Da sie nach dem Schlag auf den Kopf bewusstlos gewesen war, konnte sie nicht sagen, wie spät es inzwischen war. Aber sie war sicher, dass die Dämmerung bereits weit fortgeschritten war und es bald ganz dunkel sein würde. Sie sah zu dem winzigen Fenster weit über ihrem Kopf und glaubte einen leichten Schein zu erkennen. Ob der vom Mondlicht oder von einer Laterne kam? Sie wiederholte die Hilferufe, doch dieses Mal formte sie ihre Hände um den Mund als Schallverstärker, doch auch jetzt keine Reaktion.

Sie tastete ihre Jacke ab und bemerkte erst jetzt, dass sie ihre Handtasche nicht bei sich hatte. Ob sie noch im Salon lag? Mit Sicherheit haben ihre Kidnapper sie ihr abgenommen. Außer dem Handy war der Inhalt kein großer Verlust und das hätten sie ihr ohnehin abgenommen. Sie fasste in die Jackentaschen und untersuchte den Inhalt. Der war nicht besonders ergiebig, ein Euro und ein paar Cent, ein Taschentuch, Gutscheinmarken einer Boutique, ein alter Einkaufzettel, das war`s.

Sie wandte sich erneut dem Rundgang zu und wurde ganz aufgeregt, als sie ein paar Meter weiter in einer kleinen Nische etwas entdeckte. Je näher sie kam, desto klarer bestätigte sich ihre Vermutung: eine Kerze. Sie mahnte sich, ihre Freude zu zügeln, denn sie hatte nichts, um sie anzuzünden. Vorsichtig nahm sie sie heraus und stellte sie auf den Boden, dann griff sie in den Vorsprung und ihre Hoffnung wurde erfüllt. Sie ließ einen kleinen Freudenschrei los. Wie ersehnt lagen Streichhölzer bei der Kerze. Es war so dunkel, dass sie viel ertasten und Umrisse deuten musste. Mit ihren Fingern erfühlte sie die Streichhölzer, den Schwefelkopf und die Reibfläche an der Schachtel. Vorsichtig stellte sie die Kerze in Stellung und rieb das Holz an der Fläche. Ein Funke zeigte, dass sie die Richtige Seite erwischt hatte. Beim nächsten Versuch, rieb sie mutiger. Dann endlich! Die kleine Flamme erhellte das Dunkel ein wenig. So musste sich der Entdecker des Feuers gefühlt haben. Die Konzentration auf ihr Tun, ließ sie ihre missliche Lage vergessen. Sie hielt die kleine tänzelnde Flamme an den schmutzigen Docht. Die Kerze dürfte schon länger nicht gebraucht worden sein. Darum zierte sich der Docht und das Anzünden dauerte länger, als erwartet. Lilly befürchtete, dass das Vorhaben doch noch scheitern könnte. Aber freudig sah sie, wie die Flamme übersprang und sie konnte es wagen, das Streichholz auszublasen. Durch die Feuchtigkeit und die Staubpartikel sprühten ein paar winzige Funken durch den Raum, wie bei einer Wunderkerze. Lilly hielt ihre Hände über das Licht und genoss die wärmende Flamme. Es war unglaublich, was für ein Trost eine einfache Kerze sein konnte. Sie hockte eine Weile so da, dann steckte sie die Streichholzschachtel in ihre Jackentasche, nahm die Kerze und untersuchte in ihrem Schein neuerlich ihr Gefängnis. Viel Neues brachte das nicht. Es wurde klar, dass es nur einen Ausgang gab und das war die schwere Holztür. Diese zu öffnen schien unmöglich. Der schwere Riegel ließ sich nur von außen öffnen und ohne Werkzeug war ein Ausbruchsversuch zum Scheitern verurteilt.

Sie fing an, sich darüber Gedanken zu machen, wie sie eine längere Wartezeit in ihrem kalten, unwirtlichen Verlies überstehen konnte.

***

Paul begann mit Elsa Belegg und dem Baron den Rundgang in der Halle, sie inspizierten die Wirtschaftsräume, die Gänge zu den Schlafzimmern, weiter zu dem Angestelltentrakt. Während sie überall nachsahen, drehte sich die Unterhaltung um Belanglosigkeiten. Der Baron und die Wirtin versuchten mit Phrasen zu beruhigen und ihr Mitgefühl zu bekunden und Paul blieb in der bescheidenen Rolle als unerwarteter Gast und zeigte sich dankbar, dass sie so viel Geduld mit ihm hatten. Als sie bereits auf dem Rückweg waren, standen sie am oberen Absatz der Treppe in Richtung Salon, da stockte er. Durch das antike Treppengeländer sah er in einem finsteren Winkel etwas liegen. Für einen kurzen Augenblick überlegte er, ob er von seiner vagen Entdeckung berichten soll, tat es aber nicht. Scheinbar hatten die beiden nichts bemerkt und gingen ein bisschen zu flott zum Salon, möglicherweise um ihren unwillkommenen Gast schneller los zu werden, und Paul folgte ihnen artig.

Die Baronin saß nach wie vor in ihrem Sessel und hatte ein Buch in der Hand. Paul hatte den Eindruck, sie fristet in diesem Sitzmöbel ihr Leben und es hätte ihn nicht gewundert zu erfahren, dass sie manche Nacht darin verbringt.

„Habt ihr etwas entdeckt?", fragte sie die rückkehrende Truppe.

„Leider nein", antwortete Paul knapp.

„War ja auch nicht anders zu erwarten." Ihr Ton verriet, was sie von dieser Aktion hielt.

„Ich danke für Ihre Geduld und möchte mich nun verabschieden. Ich will Cornelia nicht länger warten lassen. Außerdem möchte ich doch noch zur Polizei, falls meine Frau sich nicht bald einfindet."

„Ich bin überzeugt, dass sich alles zum Guten wendet." Der Baron war froh, als er bemerkte, dass Paul nicht mehr darauf bestand sofort die Polizei zu rufen. „Ich begleite Sie zur Tür."

„Dürfte ich noch Ihre Toilette benützen?" Paul wollte unbedingt alleine in die Halle gehen, um nachzusehen, was er vom oberen Teil aus gesehen hatte.

„Bitte", sagte der Baron knapp, da er ihm das schwerlich verwehren konnte. Er ging voraus und brachte ihn zur Toilette.

Paul blieb stehen und meinte: „Vielen Dank, ich komme mich dann noch verabschieden." Er sah den Baron an und dieser kannte keinen triftigen Grund, hier auf ihn zu warten und ging zurück, während Paul in der Toilette verschwand. Der Baron konnte hören, wie er hinter sich abschloss.

Als der Baron in den Salon kam, überfiel ihn die Baronin: „Verdammt Hugo, was habt ihr mit dieser Frau gemacht?"

Er warf noch einen Blick in die Halle, bevor er sich beeilte die Tür zu schließen: „Vorsicht, er kommt dann nochmal her und will sich verabschieden." Er ließ sich auf einen Stuhl fallen und verbarg sein Gesicht in den Händen.

„Wir haben sie in das alte Verließ gebracht", antwortete Elsa Belegg der Baronin.

„Mein Gott, wie lange wird das noch dauern? Was sollen wir nur tun? Du hättest sie nicht niederschlagen müssen", sagte der Baron vorwurfsvoll zu Elsa, „sie hat doch nichts in der Hand."

„Aber wenn dieses Weib damit zur Polizei geht, brauchen die nur eins und eins zusammenzuzählen und schon kommen sie hinter euer Familiengeheimnis. Ich lasse mir von der doch nicht unsere Zukunft versauen", fauchte Elsa.

Der Baron entgegnete: „Und wie soll`s jetzt weiter gehen? Wenn er seine Frau nicht findet, taucht er hier mit der Polizei auf und irgendwann finden sie sie."

„Elsa hat mehr Mumm, als du", mischte sich die Baronin ein. „Ihr habt euch in diese Schwierigkeiten gebracht, nun seht zu, wie ihr da wieder raus kommt. Ich will damit nichts zu tun haben." Die Baronin war aufgestanden, stützte sich auf ihren Gehstock und ging aufrechten Ganges zur Tür.

„Aber Mutter, du musst doch einsehen, dass wir nicht zulassen konnten, dass sie mit ihrem Wissen zur Polizei geht. Was würde dann aus unserer Familie werden?"

„Aus unserer Familie?" Die Baronin drehte sich noch einmal um: „Dein Vater hat getan, was getan werden musste." Sie sprach klar und deutlich und aus voller Überzeugung: „Wärst du nur ein bisschen wie er, wären wir jetzt nicht in dieser misslichen Lage."

„Mutter, das ist jetzt nicht fair. Was hätte ich nach deiner Beichte tun sollen, um die Familie zu retten?" Der Baron hatte die Hände in den Hosentaschen vergraben, lief unruhig auf und ab: „Ist dir überhaupt bewusst, was das für rechtliche Auswirkungen hat?"

„Unsere Familie hat noch ganz andere Krisen überstanden. Wärst du nicht so eine Memme, würdest du nicht jammern, sondern eine Lösung finden. Vielleicht hat ja deine Elsa mehr Verstand als du. Die Klessts von Traunwarth haben über die Jahrhunderte schon Schlimmeres er- und überlebt."

„Ha! Die Klessts von Traunwarth." Diese Aussage fand der Baron beinahe lächerlich.

„Mehr habe ich dazu nicht zu sagen." Die Baronin warf ihrem Sohn einen letzten abschätzenden Blick zu und verschwand hinter der Tür.

„Ich glaube, sie erkennt die Tragweite der Situation nicht, alles bricht zusammen. Es ist unvermeidlich, sie werden sie finden und zu recherchieren beginnen." Die Verzweiflung ließ ihn mit den Tränen kämpfen.

„Sie werden sie finden, sie dürfen sie nur nicht auf dem Gut finden und es muss nach einem Unfall aussehen", meinte Elsa verschwörerisch. Er setzte an zu widersprechen, doch Elsa ging zu ihm, setzte sich auf die Lehne und umarmte ihn zärtlich. „Sieh mal, die Polizei ist noch damit beschäftigt, die Mörder vom Pfarrer und vom Mesner zu suchen. Die werden nicht so schnell hier auftauchen, nachdem sie die Mordwaffe bei den Neidhartingers gefunden haben. Wir bringen Frau Heller in den Wald zur Wenderhöhe. Dort geht es hundert Meter in die Tiefe. Es wird aussehen, als ob sie sich verirrt hätte und abgestürzt ist. Und dann gibt es keinen Anhaltspunkt mehr zu deiner Familie. Glaubst du die Polizei interessiert sich für Familiengeheimnisse?"

„Aber wie willst du das anstellen. Wir können nicht mit ihr dort hin spazieren, was, wenn sie sich wehrt oder uns jemand mit ihr sieht?"

„Die Lösung ist ganz einfach. Ich bringe der Heller Essen, mische Schlafmittel hinein und wir bringen sie dorthin. Sie wird von dem Sturz überhaupt nichts merken." Elsa schien für alles eine Antwort zu haben.

Obwohl der Baron nicht einverstanden war, nahm er ihren Plan hin, er war so erschöpft von den Ereignissen und hatte keine Kraft etwas dagegen zu sagen. Vielleicht hatte seine Mutter Recht und er war eine Memme. Er genoss den Augenblick der Zärtlichkeit und wollte nur mehr vergessen.

***

Als Paul in der Toilette stand, lauschte er den Schritten des Barons, bis er vermuten konnte, dass er nicht mehr in der Halle stand. Vorsichtig, um kein lautes Geräusch zu erzeugen, schloss er wieder auf und spähte durch einen kleinen Spalt. Er hörte Stimmen und schlich langsam in die Halle. Er konnte hören, wie die Türe zum Salon geschlossen wurde und wagte sich weiter vor. Nach ein paar Schritten blieb er stehen, horchte und als er hören konnte wie sich die Drei angeregt unterhielten, strebte er zu dem verborgenen Winkel, in dem er meinte, etwas entdeckt zu haben. Tatsächlich, da lag eine Umhängetasche und, wenn er sich recht entsann, besaß Lilly eine ähnliche. Er hob sie auf und inspizierte den Inhalt. Seine Vermutung hatte ihn nicht betrogen. Er fand Lillys Handy. Was war hier los? Warum sollte eine angesehene Familie Lilly etwas antun wollen? Wer war involviert? Er konnte hier niemandem trauen. Womöglich sagten die Baronin und ihr Sohn die Wahrheit und sie hatten keine Ahnung, wo Lilly war. Er wusste ja nicht, wer alles noch hier wohnt und arbeitet. Auf Grund der vielen Unsicherheiten und Ungereimtheiten beschloss er vorerst Cornelia zu informieren. Vielleicht befand er sich in Gefahr und sollte ihm auch noch etwas zustoßen, musste sie von seiner Entdeckung erfahren.

Gerade, als er zurück zur Toilette gehen wollte, wurde die Türe zum Salon geöffnet und die Baronin trat heraus. Beinahe hätte sie ihn bemerkt, rasch verbarg er sich hinter der Treppe. Sie schloss die Tür und strebte ein wenig humpelnd und gestützt auf ihren Gehstock in Richtung oberer Etage. Paul wartete, bis sie in einem der Räume verschwunden war und eilte dann zur Toilette. Er überlegte, was er mit Lillys Tasche machen sollte und wie er wieder ins Haus gelangen konnte. Sobald jemand das Tor hinter ihm schließen würde, könnte er nicht mehr zurück ins Haus. Eine Gelegenheit suchend, inspizierte er das Fenster. Das könnte funktionieren. Er öffnete das Fenster einen Spalt und sah hinaus. Das könnte er schaffen. Er zog seine Jacke aus, hing sich den Gurt der Tasche um, kürzte ihn mit der dafür vorgesehenen Schnalle, damit sie nicht mehr unter seiner Jacke hervorlugte. Dann zog er seine Jacke wieder an, schloss sie und sah in den Spiegel. Ja, so würde niemand etwas bemerken.

Er spürte, dass die Kälte durch das geöffnete Fenster drang und funktionierte kurzerhand ein Handtuch als Fensterklammer um. So blieb der Spalt schmal, sodass man ihn kaum bemerken würde.

Jetzt endlich konnte er sich verabschieden und das Haus verlassen. Er zog die Spülung und verließ den Waschraum.

***

Nachdem die Baronin den Salon verlassen hatte, saßen der Baron und die Wirtin eine Weile schweigend da. Elsa ging zum Kamin und sah in die Flammen.

„Deine Mutter ist schon eine ungewöhnliche Person", meinte Elsa ruhig. Der Baron gab keine Antwort. „Sag mal, der ist aber lange weg", fiel ihr mit einem Mal Paul ein, „sieh nach, wo er bleibt!"

Der Baron stand müde auf und verließ schweigend den Salon. Bei der Toilette angelangt, wollte er klopfen, als er innen die Spülung hörte. Kurz darauf öffnete Paul die Türe. Er fühlte sich ein wenig ertappt, fand aber rasch seine Fassung wieder.

„So, jetzt habe ich Ihre Gastfreundschaft lange genug in Anspruch genommen."

„Ich bringe Sie noch zur Tür", sagte der Baron.

„Das ist nicht notwendig", wandte Paul ein.

„Doch, doch, ich wollte sowieso gerade in die

Küche gehen", bestand der Baron darauf.

„Danke nochmal und lassen Sie die Damen von mir grüßen!" Der Baron erklärte ihm noch den Öffnungsmechanismus, der seitlich beim Tor an der Mauer angebracht war, dann verabschiedeten sie sich knapp und Paul verließ das Haus.

***

Nun durchquerte er den Platz und ging zum Gittertor, bei dem Cornelia ungeduldig wartete.

„Paul, endlich. Hast du was von Lilly gehört?", rief sie ihm entgegen.

Als er bei ihr angekommen war, begann er ohne Umwege zu erzählen: „Nein, gehört habe ich nichts von ihr, aber hier stimmt etwas nicht. Sieh, was ich gefunden habe." Er zog seine Jacke aus und holte Lillys Tasche hervor und reichte sie Cornelia durch die Gitterstäbe. „Die gehört Lilly."

„Bist du sicher?"

„Ja, ihr Handy war drin." Ihm war kalt und er beeilte sich die Jacke wieder anzuziehen.

„Und wo hast du sie gefunden?"

„In der Halle. Ich bin felsenfest überzeugt, Lilly ist noch hier."

„Dann rufen wir die Polizei."

„Ja, aber die da drin dürfen nichts bemerken, ich weiß nicht, was da vor sich geht und ich will Lilly nicht gefährden. Du rufst die Polizei und erklärst ihnen die Situation, ich gehe zurück und versuche noch einmal Lilly zu finden. Das Gut ist zwar groß, aber ich geh einmal außen herum, sie haben mir nur die bewohnten Räumlichkeiten gezeigt. Ich konnte nicht darauf bestehen, mir alles zu zeigen, da hätte ich ihnen gestehen müssen, dass ich von einem Verbrechen ausgehe."

„Ich finde, es wäre besser, du wartest hier mit mir auf die Polizei. Alleine hineingehen, das bringt doch nichts."

„Schon möglich, aber ich kann hier nicht warten, da werde ich verrückt."

„Ich weiß nicht. Ich will hier nicht alleine warten, kannst du dir vorstellen, wie unheimlich es hier ist?"

„Bitte Conny. Es kann dir hier nichts passieren."

„Na schön, aber nimm dein Handy mit, ich rufe dich an, sobald die Polizei hier ist."

Er nickte zustimmend. „Die Tasche lasse ich da, dann kannst du sie gleich der Polizei zeigen." Paul wartete den Anruf bei der Polizei nicht mehr ab, sondern lief zurück zum Gebäude, aber dieses Mal in großem Bogen auf das Toilettenfenster zu.

***

Elsa war in die Küche gegangen und bereitete eine Fertigsuppe für Lilly zu. Hugo hatte ihr aus dem Apothekenschrank ein Päckchen Schlafpulver gebracht und Elsa sparte nicht an der Dosis, sie zerdrückte alle darin befindlichen Tabletten und rührte das Pulver in die Suppe, dann füllte sie das Gebräu in eine Thermoskanne, nahm einen Teller und gab alles in eine Tüte. Mit ihrem Giftgebräu machte sie sich auf zu ihrem Komplizen. Der hatte sich inzwischen einen großen Drink gegönnt und saß mit dem fast leeren Glas auf der Couch und schien auf sie zu warten.

„Fertig."

„Elsa, müssen wir das jetzt tun? Ich bin wirklich müde."

„Natürlich müssen wir das sofort tun, wer weiß, wann wir den nächsten unerwünschten Besuch zu erwarten haben."

„Na schön." Er stellte das Glas auf dem Tischchen ab.

„Wir brauchen eine Waffe. Du hast doch Jagdgewehre." Er nickte.

„Na, dann hol eins, und vergiss nicht, es zu laden."

„Die sind im Jagdzimmer."

„Ja gut, dann los." Langsam nervte sie seine Unentschlossenheit. „Was ist jetzt? Beeil dich!", drängte sie ihn. Endlich verließ er das Zimmer. Als er rascher als erwartet zurückkehrte, hielt er ein übliches Jagdgewehr in den Händen.

„Wir brauchen was, in das wir sie wickeln können und eine Bahre oder so was ähnliches, mit der wir sie in den Wald transportieren können."

„Im Schuppen ist eine Schubkarre."

„Gehen wir." Elsa stürmte an Hugo vorbei und er folgte ihr artig. Erst gingen sie zum Schuppen und holten ihr Transportmittel und eine alte Decke. Bevor sie zum Verließ kamen, gab sie ihm Anweisungen.

„Also, du hältst sie mit dem Gewehr in Schach,

während ich ihr die Fesseln löse. Dann geb ich ihr die Suppe. Sobald sie gegessen hat, lassen wir sie allein. Es wird nicht lange dauern, bis sie eingeschlafen sein wird. Dann bringen wir sie in den Wald."

„Hoffentlich ist niemand unterwegs."

„Aber Hugo, jetzt noch, bei dem Wetter, wer soll denn da unterwegs sein. Wir haben keine andere Wahl, wir müssen sie verschwinden lassen. Wenn sie sie finden, wird es aussehen, als wäre sie auf dem Gut gewesen und dann beim Rückweg falsch abgebogen. Da kann euch niemand einen Vorwurf machen oder Schlüsse ziehen, dass es mit deiner Familie zusammenhängt. Wer soll auf die Idee kommen, jemand vom Gut soll etwas damit zu tun haben, dass sie abgestürzt ist."

„Überzeugt bin ich noch immer nicht, aber wahrscheinlich hast du Recht und ich hab auch keine bessere Lösung." Am Ziel angekommen, hob er das Gewehr in Stellung und Elsa schob den Balken zur Seite.

Als Lilly das Geräusch hörte, wusste sie nicht, ob sie froh oder ängstlich sein sollte. Vielleicht haben sich die beiden besonnen? Sie sah, wie sich die Tür öffnete und von der Beleuchtung auf dem Gang ein schwacher Lichtschein in das Verlies drang. Dann näherte sich der Kegel einer Taschenlampe, es fiel ihr schwer hinter der plötzlichen Helligkeit etwas zu erkennen. Sie hob schützend eine Hand vor das Gesicht.

„Wie schön", hörte sie die bekannte Stimme der Wirtin, „Sie haben sich schon selbst der Fesseln entledigt. Nun, wir haben beschlossen, Sie hier nicht allein zu lassen, aber wir brauchen noch Zeit, unsere Flucht vorzubereiten", log sie. „Hier", hielt sie ihr die Tüte mit Suppe, Teller und Löffel hin, dann besann sie sich und stellte es einfach vor sich ab. „Etwas Wärmendes, damit Sie sich nicht erkälten."

Langsam gewöhnten sich Lillys Augen an die neuen Lichtverhältnisse. Sie erkannte zwei Gestalten und war sicher, dass die zweite der Baron war.

„Hier, eine Decke." Frau Belegg warf ihr die mitgebrachte Autodecke vor die Füße. „Eine Weile müssen Sie hier noch ausharren."

Lilly war unsicher, was bezwecken die beiden damit?

„Und wie lange noch?", fragte Lilly schroff.

„Ich weiß, das ist nicht angenehm für Sie, aber ein bisschen Zeit für die Regelung der Angelegenheit müssen Sie uns schon zugestehen."

War es möglich, dass sie sich der Tragweite ihres Tuns bewusst geworden waren? Denn falls sie sie töten und dann verschwinden lassen wollten, könnten sie es auch gleich hier tun. Die wärmende Suppe war eine tröstliche Aussicht, aber sie zögerte. Als Elsa Belegg das bemerkte, schraubte sie die Thermoskanne auf.

„Ich kann es Ihnen nicht verübeln, dass Sie Bedenken haben, ob wir Sie nicht vergiften wollen." Sie nahm einen Schluck. Was Lilly nicht wissen konnte, war, dass sie nur betäubt werden sollte und sich kein Gift, sondern Schlafmittel in der Suppe befand und der kleine Schluck keine Beeinträchtigung darstellte. Elsa hatte mit dieser Demonstration ihr Ziel erreicht. Lilly nahm die Thermoskanne, Teller und Löffel und setzte sich auf die Decke. Sie goss sich Suppe ein, stellte vorsichtig die Kanne ab und Elsa schraubte umsichtig den Deckel zu, den sie noch immer in der Hand hielt.

„Ach bitte, lassen Sie mir die Taschenlampe hier, sie brauchen sie für den Rückweg doch nicht mehr."

Die Bitte überraschte Elsa und sie überlegte kurz, doch das war nun auch nicht mehr wichtig und sie legte ihr mit einem freundlichen „sicher" die eingeschaltete Lampe zu Füßen.

„Guten Appetit", sagte sie noch hinterhältig zu ihrem Opfer und verließ mit ihrem Komplizen den Kerker. Lilly hörte, wie sich der Balken zurück in die Verriegelung schob. Nun waren alle Bedenken verflogen und sie löffelte zufrieden das verhängnisvolle Gebräu bis auf den letzten Tropfen aus. Dann ging sie zu der Kerze und blies sie aus, um Wachs zu sparen, da sie nicht wusste, wie lange sie noch hier ausharren musste. Sie hüllte sich in die Decke, so dass nur ihre Beine hervorlugten und lehnte sich halb sitzend, so bequem es ging, an die Wand. Sorgfältig schaltete sie die Taschenlampe aus und versuchte etwas Ruhe zu finden. Es dauerte nicht lange, und das Schlafmittel tat das Übrige. Lilly schlummerte fest und friedlich ein.

***

Na Klasse, jetzt fing es auch noch an zu regnen. Cornelia zog sich die Kapuze ihrer Jacke über den Kopf. Es war so kalt, dass der Regen sich zu schweren Schneewassertropfen formte und hart herunterklatschte. Es blieb ihr nichts anderes übrig, sie musste sich ins Auto setzen, wenn sie nicht komplett durchnässt werden wollte.

Im Inneren fühlte sie sich kein bisschen sicherer. Aber es war wärmer und der Regen konnte ihr hier nichts anhaben, dennoch hatte sie das Gefühl, es könnte sich leichter jemand anschleichen und sie könnte nichts dagegen tun. Zur Beruhigung verriegelte sie das Auto. Ob sie das Radio einschalten sollte? Zeitkontrolle – 16.33. Ob es Sinn macht, was Paul vor hat?

Sie zwang sich in den Rückspiegel zu sehen. Das war keine gute Idee. Auf dem angelaufenen Spiegel hatten sich Tropfen gebildet und die Bewegung der Zweige und Äste im Wind zeigte verschleierte Bilder, was ihre Angst weiter schürte. Sie versuchte sich auf ihre Tätigkeit zu konzentrieren und kam auf die Idee, nicht den Notruf, sondern den Kommissar anzurufen. Cornelia nahm ihre Tasche und suchte die Visitenkarte, die er ihr gegeben hatte. Sie begann nervös in ihrer Handtasche zu kramen und fand ein altes Bonbon, schälte es aus dem klebrigen Papier und steckte es in den

Mund. Dann holte sie ihren Kalender hervor, öffnete ihn und begann ihn durchzublättern – keine Visitenkarte. Ungewollt glitt sie mit ihren Gedanken ab und vergaß ein paar Augenblicke ihre Aufgabe, die Polizei zu verständigen. Ihre Blicke wanderten zu dem Eintrag, dass Lilly über das Wochenende zu Besuch kommt. Dann nächsten Dienstag kam jemand von der Versicherung und für Freitag hatte sie Karten für das hiesige Theaterstück, das die Laientruppe im Gemeindesaal aufführen würde. Es wird ‚Charlys Tante' gespielt. Das kann ganz amüsant werden. Ob das trotz der Umstände aufgeführt wird?

Plötzlich klopfte es an die Seitenscheibe. Cornelia ließ einen hysterischen Schrei los und als sie zur Geräuschquelle sah, kam instinktiv der nächste Angstschrei aus ihrem Mund. Die verschwommene Gestalt beugte sich über ihr Auto und das unkenntliche Antlitz starrte sie an. Das Blut wich ihr aus dem Gesicht und sie war einer Ohnmacht nahe. Die Gestalt klopfte abermals und zu Cornelias Schreck versuchte er die Autotür zu öffnen, was misslang, da sie die Zentralverriegelung aktiviert hatte.

„Was soll das?! Hauen Sie ab!", waren die ersten verständlichen Worte, die sie dem Fremden entgegenbrüllte. Sie kramte hektisch ihr Deodorant hervor und hielt es drohend in Richtung Seitenscheibe. Dumpf hörte sie seine Stimme, während er weiter klopfte, sie konnte ihn nicht verstehen, da sie nicht aufhörte ihn anzuschreien. Irgendwann meinte sie die Wörter „ich bin`s" zu hören, da endlich beruhigte sie sich ein klein wenig und wünschte mehr zu erkennen. Jetzt erst bemerkte sie im Rückspiegel Scheinwerfer. Da wagte sie die Fensterscheibe einen Zentimeter zu öffnen, das Deo wie eine Waffe auf den Störenfried gerichtet. Sie erkannte den Sohn des Barons. Sie wusste nicht, ob sie erleichtert sein sollte. Hastig ließ sie die Spraydose in ihre Tasche gleiten, räumte sie von ihrem Schoß und beeilte sich das Fenster weiter zu öffnen.

„Mein Gott, Sie haben mich zu Tode erschreckt." Das hätte sie nicht zu erwähnen brauchen, da ihr Gesicht eine unnatürlich graugrüne Farbe angenommen hatte.

„Das tut mir leid", meinte Johann aufrichtig.

„Schon gut, ich bin nur ein wenig nervös." Sie beugte sich aus dem Fenster und sah nach hinten zu den Scheinwerfern. Es regnete nach wie vor. Er hatte den Motor laufen lassen und die Fahrertür stand offen. Auf dem Beifahrersitz sah sie eine Frau. Nun wagte sie, die Verriegelung zu öffnen und auszusteigen. Ihr Gegenüber war vornehm gekleidet und seine blonden Haare waren modisch gestylt, trotzdem konnte er die Geheimratsecken nicht verbergen.

„Darf ich fragen, was Sie hier machen?"

„Ich warte auf den Mann meiner Freundin. Er ist zur Baronin gegangen und wir haben abgemacht, ich soll hier warten. Jetzt bereue ich es ein bisschen, es ist ziemlich unheimlich hier."

„Und warum haben Sie ihn nicht begleitet?" Als Schutz vor der Kälte hatte er die Hände in der

Jackentasche vergraben und wippte ein wenig auf und ab, in der Hoffnung, das würde ihn wärmen.

„Nun ja", sie hatte den Schreck so gut überwunden, dass sie anfing darüber nachzudenken, wie sie ihm die Situation erklären könnte und druckste verlegen herum. Sie rang mit sich, ob sie sagen sollte, dass er widerrechtlich über den Zaun geklettert ist. „Wir haben geläutet und niemand hat das Tor geöffnet." Zumindest war das keine Lüge.

„Und wie ist ihr Freund dann ins Gut gelangt?" Cornelia wollte am liebsten im Erdboden versinken, starrte ihn nur an und gab keine Antwort. Zum Glück bestand er nicht auf eine schlüssige Darlegung und meinte nur: „Wollen Sie nicht doch mitkommen?"

„Sehr nett, aber ich warte lieber hier." Sie konnte nicht glauben, was sie da sagte, doch, wenn sie nicht mitging, würde er mit seiner Freundin vielleicht gleich in seinem Zimmer verschwinden und gar nicht bemerken, dass Paul sich nicht mehr beim Baron befand.

„Na schön, wie Sie wollen." Nach einer knappen Verabschiedung verschwand Johann in seinem Wagen, schlug die Fahrertüre zu und fuhr an ihrem Auto vorbei. Wie von Geisterhand öffnete sich das Tor, er fuhr durch und die unsichtbare Hand verschloss das Gittertor wieder. Cornelia sah, wie Johann den Wagen vor dem Eingang parkte und mit seiner Begleiterin im Inneren des Hauses verschwand. Nun war sie neuerlich alleine in dieser unwirtlichen Umgebung und inzwischen war die Dämmerung weit vorangeschritten und Dunkelheit verschlang die Landschaft. Rasch schloss sie das Fenster und verriegelte die Türen. Sie überlegte, ob sie jetzt endlich die Polizei anrufen sollte oder lieber Paul, damit sie ihm berichten konnte, dass der Sohn nach Hause gekommen war. Die zweite Möglichkeit schien ihr plausibler und sie wählte seine vorhin gespeicherte Nummer.

Es dauerte nicht lange und er hob ab: „Ja?"

„Paul?", fragte sie unsinnigerweise.

„Ja."

„Der Sohn vom Baron ist gerade nach Hause gekommen, mit einer Frau. Das war so peinlich, weil ich nicht erklären konnte, wie du ins Haus gekommen bist."

„Das ist auch schon egal. Hast du die Polizei gerufen?"

„Nein, da ist mir der Sohn dazwischen gekommen. Meinst du, ich soll sie noch anrufen? Vielleicht ist Lilly ja wirklich schon weg. Ich kann mir nicht vorstellen, dass die gesamte Familie damit etwas zu tun hat."

„Und Lillys Tasche? Nein, ich bin überzeugt, da stimmt was nicht. Ehrlich gesagt, ich würde mich gerne irren."

„Na schön, dann mach ich das jetzt." Cornelia legte auf, stellte ihre Tasche auf den Schoß und setzte ihre Suche nach der Visitenkarte fort. Jetzt hielt sie es für eine gute Idee, Kommissar Hartmann und nicht die Notrufnummer anzurufen. Er ist mit dem Mordfall betraut und es kann nicht falsch sein, ihn zu verständigen. Endlich, in ihrer Geldbörse wurde sie fündig. Sie wählte die Nummer. Es dauerte nicht lange und er hob ab. Sie erklärte ihm kurz die Situation und war erleichtert, als sie erfuhr, dass er bereits auf dem Weg zum Gut war. Das beruhigte sie sehr, doch als das Gespräch beendet war, kam das mulmige Gefühl zurück.

***

Hugo und Elsa hatten sich ein Stück von der Kerkertür entfernt und warteten.

„Was meinst du, wie lange wird es dauern, bis sie eingeschlafen ist?", fragte der Baron flüsternd, als hätte er Angst, das Schlossgespenst zu wecken.

„Nicht allzu lange", passte Elsa sich dem Flüsterton an. Ein Blick auf die Uhr: „Ein bisschen warten wir noch, es ist bald ganz dunkel, das ist gut. So haben wir mehr Schutz vor unerwünschten Blicken."

„Du hast gesagt, bei so einem Wetter ist niemand unterwegs", entgegnete er trotzig.

„Also Hugo, das stimmt auch, trotzdem ist es gut, wenn es zusätzlich noch finster ist."

„Aber es wird auch für uns nicht einfach, sie bei dieser Witterung den Weg entlang zu schleppen. Die ist nicht leicht und hast du vergessen, wie anstrengend es war, sie hier runter zu bringen?", tat er sich selbst leid.

„Hugo, wir haben doch die Schubkarre und, wenn wir es geschafft haben machen wir es uns gemütlich, nur wir beide", stellte sie ihm lockend angenehme Stunden in Aussicht und sah ihn dabei aufreizend an. Dann meinte sie: „Na gut, ich glaube, sie müsste jetzt eingeschlafen sein." Er wollte ihr folgen, aber Elsa befahl: „Nimm die Schubkarre mit!" Der Baron legte das Gewehr auf das Gefährt und tat, wie ihm geheißen. Als sie vor der Holztür standen, wies sie ihn an, die Schubkarre seitlich abzustellen. Für den Fall, dass sie noch nicht eingeschlafen wäre, hielt er das Gewehr einsatzbereit im Anschlag. Elsa öffnete die Verriegelung, vorsichtig trat sie ein.

„Hallo?" Keine Antwort. „Frau Heller?" Elsa konnte nichts erkennen, da sie die Taschenlampe Lilly überlassen hatte. Sie ging weiter zu der Stelle, an der sie Lilly zurückgelassen hatten. Schritt für Schritt tastete sie sich voran, während sie mehrfach nach Lilly rief. Da blieb sie an etwas hängen und fiel fast hin.

„Verdammt."

„Was ist?" Hugo stand noch immer bei der Tür, das Gewehr im Anschlag.

„Ich bin gestolpert." Sie tastete nach dem Hindernis. „Das war nur die Tasche, in der ich die Suppe mitgebracht habe", erklärte sie und tastete mit den Händen weiter. Dicht daneben konnte sie die Decke und die darin eingehüllte Lilly ertasten. „Ich hab sie, sie schläft", erstattete sie Bericht. Sie suchte weiter, fand bald die Taschenlampe und schaltete sie ein. Endlich konnte sie etwas erkennen. Gleich als nächstes leuchtete sie die schlafende Lilly an. Fast zärtlich tippte sie ihr auf die Schulter, dann heftiger und schließlich schüttelte sie Lilly, als wollte sie eine Tote wecken. Elsa war zufrieden, da Lilly nicht reagierte. Die Überdosis Schlafmittel hatte sie in den bedenklichen Zustand tiefer Bewusstlosigkeit versetzt, doch das war ihrer Entführerin nur recht.

„Die wacht so schnell nicht auf. Los, komm her." Hugo legte das Gewehr zur Seite und ging zu den beiden.

„Hilf mir sie in die Decke zu wickeln!" Unter größter Anstrengung drehten sie die ohnmächtige Gestalt hin und her, bis sie komplett von der Decke umhüllt war, nur die Beine ragten von den Knien abwärts heraus. Dann schleppten sie das Bündel zum Ausgang und legten sie neben die Schubkarre. Dort mussten die zwei eine Pause machen. Sie standen und keuchten. Elsa kam zuerst zu Atem.

„Jetzt noch in die Schubkarre." Unglaublich, wie schwierig sich das gestaltete. Hugo plagte sich, den Oberkörper in den Griff zu bekommen, während seine Gespielin die Beine hochzerrte. Endlich, es war geschafft. Lilly lag in die Decke gehüllt in der Schubkarre. Der Körper füllte die gesamte Wanne, ihre Beine hingen zwischen den Haltegriffen fast bis auf den Boden und die Umrisse ihres Kopfes zeigten, dass er seitlich auf einer Schulter lag. Hugo holte noch das Gewehr, während Elsa das Tor schloss. Die Thermoskanne und die anderen Utensilien ließ sie achtlos im Verlies zurück, nur die Taschenlampe durfte mit an die Oberfläche. Hugo legte das Gewehr auf den leblosen Körper, fasste die Griffe und hob das hintere Ende der Karre an. Das Gewicht ließ ihn schwanken und er brauchte ein paar Sekunden, bis er das Gleichgewicht wieder fand. Dann war er bereit, die Last voranzuschieben, doch die Waffe glitt Zentimeter für Zentimeter seitlich weg. Es blieb ihm nichts anderes übrig, als stehen zu bleiben und eine bessere Position für das Gewehr zu finden. Vergeblich.

„Gib her." Elsa streckte ihm auffordernd die Hand entgegen und er überreichte ihr die störende Waffe. Neuerlich jonglierte er den Ballast und langsam strebten sie durch das Gewölbe dem Aufgang zu. Währenddessen sorgte er sich, wie die Stufen zur oberen Etage zu überwinden seien. Dort angekommen würde es kein Problem mehr sein, zu einem der Nebenausgänge zu gelangen, aber erst müssen sie dieses Ziel erreichen.

Als sie die Treppe erreicht hatten, stellte er die Schubkarre ab.

„Und jetzt?" Hugo war schon vom Schieben der Karre erschöpft.

„Wir machen das schon." Elsa knipste die Taschenlampe aus, mit der sie bis jetzt der schummrigen Beleuchtung Hilfestellung geleistet hatte, stellte das Gewehr weg und schob Hugo zur Seite.

„Pass auf, ich hebe von hinten an und du ziehst am Kopfende und wir drücken das Rad, wie bei einem Kinderwagen, Stufe für Stufe hoch."

„Das schaffen wir nie." Hugo zweifelte immer mehr an dem Vorhaben.

„Quatsch, natürlich schaffen wir das", drängte Elsa.

Widerwillig trat Hugo seinen ungeliebten Dienst an und wie von ihm befürchtet, wurde das Unternehmen beinahe zum Desaster. Während

Elsa hinten schnaufend und keuchend Lillys Gewicht hochhielt, japste Hugo nach Luft, zog so heftig, dass jedes Lasttier neidisch geworden wäre und hoffte keinen Herzinfarkt zu bekommen. Zweimal drohte das Ganze zu kippen, sie setzten Knie, Schulter und Hüfte ein, um das zu verhindern. Nach pausenloser Plagerei erklommen sie die letzte Stufe und stellten, am Ende ihrer Kräfte, die Schubkarre hinter einem Vorsprung ab, um sich Zeit zu nehmen und um Atem zu schöpfen.

Hugos Kopf war dunkelrot und die Adern an Schläfe und Hals quollen dick hervor. Elsa lief der Schweiß in Strömen übers Gesicht, die Haare klebten ihr nass am Kopf. Sie legte ihre Jacke ab, während sie mit der Hand versuchte sich ein wenig Luft zuzufächeln.

„Wieviel wiegt die denn? So schwer sieht sie gar nicht aus", stellte Elsa fest, „ich glaube ein Pferd wiegt nicht so viel."

„Es ist eben nicht so einfach, eine bewusstlose Person zu transportieren und wir sind nicht die Sportlichsten", versuchte Hugo eine Erklärung zu finden.

„Wir müssen weiter", beendete seine Geliebte die Pause. „Das Gewehr und die Taschenlampe holen wir später, wir müssen sehen, dass wir weiter kommen", mahnte sie.

„Aber wir brauchen das Licht. Wir können doch nicht im Dunkeln durch den Wald gehen und das Gewehr sollten wir mitnehmen. Falls sie aufwacht, müssen wir sie in Schach halten."

„Gut, du hast recht, hol alles!"

Als er die Stufen hinab ging, zitterten ihm die Knie heftig von der Überanstrengung und selbst ohne Ballast fiel ihm das Stiegen steigen schwer. Auch dieses Mal war Elsas Aufgabe, das Gewehr und die Taschenlampe zu tragen, die einfachere, während sich Hugo für die Fortsetzung seiner anstrengenden Tätigkeit bereit machte. Als sie durch die Eingangshalle dem Seitenausgang zustrebten, standen plötzlich zwei Leute in der Halle. Hugo konnte gerade noch die Schubkarre hinter ein Sitzmöbel schieben und Elsa stand hinter ihm, sodass sie nur halb zu sehen war. Deshalb konnten Johann und seine Begleiterin das Gewehr, das Elsa in der linken Hand hielt, nicht sehen. Nun standen die jungen Leute einem abgekämpften Pärchen gegenüber, das sich verlegen in der Halle herumdruckste.

„Vater! Was macht ihr da?" Johann konnte die Brisanz der Situation nicht erkennen, dennoch wunderte er sich über das Szenario.

„Ich habe Frau Belegg ein bisschen herumgeführt." Was für eine idiotische Erklärung, das konnte doch keiner glauben.

„Aha." Johann vermutete einen amourösen Hintergrund, wobei ihn die Taschenlampe schon wunderte. Prüfend maß er die beiden von oben bis unten und fragte nicht weiter nach.

Die beklemmende Stimmung auflockernd sagte er: „Ich dachte, ihr habt Besuch."

„Was für Besuch?", fragte der Baron seinen Sohn.

„Draußen vor dem Tor steht Frau Klahr und wartet auf den Mann von ihrer Freundin."
„Aber der ist doch schon gegangen."
„Dann muss ich ihn übersehen haben. Eigenartig. Naja, dann…" Johann wollte schon gehen, da besann er sich seiner Begleiterin: „Ach übrigens, das ist Lisa Wehring", stellte er flüchtig seine Begleiterin vor und fügte hinzu: „Ihr habt sicher nichts dagegen, wenn wir uns zurückziehen." Nachdem sie kurz Höflichkeiten ausgetauscht hatten, verschwanden die jungen Leute im ersten Stock. Verunsichert sahen sich Elsa und Hugo an.
„Elsa, ich halt das nicht mehr aus, ich hätte fast einen Schlaganfall bekommen."
„Ach was, ist doch noch einmal gut gegangen."
„Hast du gesehen, wie er uns angesehen hat? Ich denke, er hat etwas bemerkt. Was ist, wenn er die Schubkarre gesehen hat? Ganz zu schweigen von den dekorativ herunterbaumelnden Beinen" merkte er sarkastisch an.
„Die haben nichts gesehen, dann hätten sie sicher etwas gesagt. Und wenn, hätten sie aus diesem Winkel nur den vorderen Teil gesehen, und da kann man nur die Decke sehen."
„Aber falls er etwas gesehen hat und die Leiche gefunden wird, kann er sich ganz leicht einen Reim darauf machen. Es ist vorbei Elsa."
„Jetzt hör mir mal zu", wurde sie wütend, „wir haben so viel riskiert, ich gebe jetzt nicht auf. Was soll er denn schon gesehen haben?"
„Und wo ist der Mann von der Heller? Wieso hat ihn Johann nicht gesehen und was ist, wenn der

noch hier herumschnüffelt?"

„Wir haben keine Wahl, zuerst bringen wir das hier zu Ende, dann kümmern wir um alles andere."

„Einverstanden, hier können wir mit ihr sowieso nicht bleiben." Ohne jeden Antrieb wandte er sich erneut seiner unleidigen Tätigkeit zu und latschte, den bewusstlosen Körper vor sich herschiebend, wie ursprünglich geplant zum Seitenausgang. Elsa ging mit dem Gewehr hinterher. Da passierte, was schon lange zu befürchten gewesen war, Hugo blieb mit einer Ecke der Schubkarre an einem Möbel hängen, das Gefährt kippte um und Lilly kullerte auf den Boden.

„Na großartig, kannst du nicht aufpassen, du Tölpel", schimpfte Elsa. Zu allem Übel kam durch den harten Sturz wieder Leben in Lillys Körper. Man hörte sie unter der Decke stöhnen, während ihre Arme ungelenk bemüht waren, sie von der Decke zu befreien. Lilly wollte sich hinknien, war dafür aber noch zu benommen.

„Auch das noch", erschrak Hugo. „Und jetzt? So können wir sie nicht weitertransportieren."

„Papperlapapp, wenn du nicht so herumrumpelst, schläft sie gleich wieder fest ein."

Er versuchte an ihre Vernunft zu appellieren: „Elsa, wir haben noch mindestens eine halbe Stunde Weg vor uns, und das auch nur, wenn nicht noch etwas passiert. Außerdem musst du bedenken, dass wir uns im Dunkeln bei der Witterung und nur mit einer Taschenlampe bewaffnet durchschlagen müssen. Also werden wir gut die doppelte Zeit brauchen. Die kalten Temperaturen lassen sie doch viel schneller erwachen. Und wie willst du eine halb betäubte Frau weiterschleppen. Wir schaffen es kaum, wenn sie sich nicht wehrt. Ich bringe sie jetzt zurück, dann haben wir eine Weile Zeit darüber nachzudenken." Nachdem er diesen Plan gefasst hatte, begann er Lilly wieder in die Schubkarre zu wälzen.

„Aber…", versuchte Elsa etwas zu sagen.

„Nein!", fiel er ihr forsch ins Wort, „Ich hätte von Anfang an nicht mitmachen sollen, das ist wahnwitzig. Wir bringen sie jetzt zurück. Steh da nicht so rum, hilf mir lieber." Elsa konnte gegen Hugos Entschlossenheit nichts machen und half nun ihrerseits den von ihm geänderten Plan umzusetzen.

Sie quälten sich den Weg zurück zu der Treppe und hoppelten hinab. Wie gehabt, drohten sie mehrmals zu Sturz zu kommen, nur dass jetzt Lilly begonnen hatte, mit den beiden um die Wette zu stöhnen. Den schummrigen, steinernen Flur entlang, das Ziel vor Augen mobilisierten sie den Rest ihrer Kräfte und hievten Lilly zurück in ihr Gefängnis. Ein kurzes Gefühl der Erleichterung überkam die zwei, als sie das geschafft hatten. Die Schubkarre ließen sie zurück, nur das Gewehr und die Taschenlampe nahmen sie mit auf den Rückzug. Das Gewehr brachte Hugo in den Waffenschrank zurück und Elsa verstaute die Taschenlampe an ihrem gewohnten Platz in der Küche. Hugo kam zu ihr und sie genehmigten sich ein Glas Brandy, der für Desserts bestimmt war.

Sie wussten nicht, wie knapp sie an Paul vorbeigelaufen waren, der seinerseits durch den Seiteneingang die Räumlichkeiten betrat.

***

Cornelia saß in ihrem Wagen und es war stockdunkel geworden. Der Niederschlag hatte endgültig die Form von Schneeflocken angenommen und tauchte die Umgebung in ein durchscheinendes weißes Kleid. Eine Laterne hatte automatisch ihren Dienst angetreten, doch das half nur der gespenstischen Szenerie, weitere Trugbilder in die Nacht zu zeichnen. Um es sich ein wenig gemütlicher zu machen, hatte Cornelia den Motor gestartet und die Heizung aufgedreht. Sie klammerte sich an ihr Handy, als wäre es ein Schutz gegen Unheil. Es konnte doch nicht mehr so lange dauern. Der Kommissar hatte gemeint, er wäre auf dem Weg zum Gut und sie ärgerte sich, dass sie nicht näher nachgefragt hatte.

Es kam ihr vor, als ob die Zeit stehen geblieben wäre. Normalerweise war sie geduldiger, aber sie konnte es nicht erwarten, aus dieser Situation heraus zu kommen. Sie sehnte sich nach einer heißen Dusche und einem guten Essen. Obwohl, in ihrer Lage würde sie sich auch mit einem belegten Brot zufrieden geben. Beinahe im Minutentakt sah sie auf die Uhr und manchmal kontrollierte sie auf dem Handy, ob denn ihre Uhr auch richtig ginge. Zusätzlich sah sie prüfend in den Rückspiegel, in der Hoffnung einen herannahenden Scheinwerfer zu entdecken. Ihre Hartnäckigkeit wurde belohnt, endlich. Oder war es wieder ein Trugbild? Nein, es waren tatsächlich Scheinwerfer. Ein wenig fürchtete sie, es könnte sich um jemand anderes als den Kommissar handeln. Je näher die Lichtkegel kamen, desto sicherer war sie, dass es sich nicht nur um ein Auto handeln konnte. Sie öffnete das Seitenfenster und blickte nach hinten. Tatsächlich, es waren drei Wagen, wenigstens einer davon war ein Einsatzfahrzeug. Erleichtert stieg sie aus. Die Seitentür eines Zivilfahrzeugs öffnete sich und der Kommissar stieg aus.

„Sie wissen gar nicht, wie froh ich bin, Sie zu sehen." Für Cornelia war das nicht nur eine Floskel. Jetzt konnte sie entspannen. Nach dieser langen Wartezeit war sie begierig ihm ihre Situation zu schildern. „Paul ist auf dem Grundstück.", überfiel sie ihn förmlich.

„Wer ist Paul?"

„Entschuldigung, ich bin ganz durcheinander, das ist der Mann von meiner Freundin Lilly. Sie wissen schon, meine Freundin...", erklärte sie dümmlich.

„Ja, ja ich weiß schon, ganz langsam", versuchte er sie zu beruhigen, „und was macht er da?"

„Lilly ist verschwunden und sie hat mir eine Nachricht hinterlassen, sie würde auf das Gut fahren."

„Und was will sie hier?" Kommissar Hartmann war merklich genervt von den Eigenwilligkeiten.

„Das weiß ich nicht genau, ich glaube, sie hat da etwas in den Unterlagen der Familienaufstellung entdeckt", sagte sie.

„Das hat mir noch gefehlt. Was ist los mit Ihrer

Freundin? Hat sie keine eigenen Probleme."

Cornelia schwieg verlegen. Nach und nach wurden die Autotüren geöffnet und vor dem Gut kam Leben in die Szene. Inspektor Neumaier stieg auf der Fahrerseite aus und aus einem Streifenwagen kamen zwei Uniformierte und das Ehepaar Neidhartinger zum Vorschein. Am Schluss gesellte sich der Anwalt dazu. Alle kamen zu Cornelia und Kommissar Hartmann, doch niemand fand es notwendig zu grüßen.

Der Kommissar trat an das Tor heran und läutete. Genau wie bei Paul tat sich nichts.

„Wie ist Ihr Freund da rein gekommen?", wollte er wissen. Cornelia wusste nicht, was sie sagen sollte. Als sie keine Antwort gab, sah er sie wartend an: „Also? Wie ist er da rein gekommen?"

„Nun ja", druckste sie herum, „er ist über das Tor geklettert", rückte sie endlich mit der Wahrheit heraus.

Erst überlegte der Kommissar das zu kommentieren und holte schon Luft, dann besann er sich, schüttelte resignierend den Kopf: „Das dürfte in der Familie liegen", und wandte sich an das Ehepaar Neidhartinger: „Wie kommen wir rein?" Simon Neidhartinger trat an das Tor, nahm seine Schlüssel heraus und steckte einen davon in ein Schloss, das sich auf der Sprechanlage befand. Im nächsten Augenblick öffnete sich das Tor.

„Dann los." Der Kommissar ging zurück zu seinem Wagen und die kleine Truppe folgte ihm. Jeder nahm seinen Platz wieder ein, auch Cornelia setzte sich ans Steuer und fuhr als erste durch das

Tor.

Vor dem Hauptgebäude gesellten sich die Fahrzeuge zu dem Sportwagen des Sohnes. Wieder war es der Gärtner, der die Eingangstür mit einem Schlüssel öffnete. Acht Personen stürmten die Halle.

Im Inneren rief der Kommissar mehrfach ein ‚Hallo‘, um ihr Ankommen zu melden, doch es kam keine Antwort. Stattdessen kam Paul aus dem hinteren Bereich hervorgelaufen.

„Endlich Conny, ich bin froh euch zu sehen. Ich bin Paul Heller", stellte er sich den anderen vor. „Es ist ein riesiges Areal und das Gebäude hat etliche Gänge und Räume, das wird eine Weile dauern, bis wir alles durchsucht haben."

„Nun mal langsam", bremste Kommissar Hartmann seinen Eifer, „so einfach ist das nicht."

„Aber meine Frau muss hier irgendwo sein. Hast du ihnen die Lage nicht erklärt?", erkundigte sich Paul bei Cornelia.

„Eins nach dem Andern", beschwichtigte ihn der Kriminalbeamte, bevor Cornelia antworten konnte. „Ich möchte zuerst mit dem Baron sprechen."

„Ich bin niemandem begegnet", meinte Paul.

„Es kann sein, dass die Baronin noch im Salon ist", spekulierte Frau Neidhartinger.

Da hörten sie aus einem anderen Flur: „Was soll das? Was machen Sie hier?" Alle sahen in die Richtung der Stimme.

Der Baron und Frau Bellegg standen ein paar Schritte hinter den Eindringlingen.

„Ach, wenn man vom Teufel spricht…" witzelte der Kommissar, „ich müsste mit Ihnen noch ein paar Worte wechseln." Das Paar hatte seine Kleidung und die Haare in Ordnung gebracht, dennoch sahen sie ungepflegt aus. Niemand beachtete den desolaten Zustand der beiden, doch als sie keine Anstalten machten, der Aufforderung Folge zu leisten, setzte der Kommissar nach. „Können wir jetzt bitte alle in den Salon gehen?"

„Herr Dr. Hochholdinger, was soll der Auftritt hier." Der Baron hoffte auf eine befriedigendere Antwort von seinem Anwalt.

„Es tut mir leid, Herr Baron", sagte dieser entschuldigend. „Ich habe dem Ehepaar geraten zu schweigen, aber leider haben sie sich dagegen entschieden."

„Vielleicht können wir uns im Salon unterhalten", beharrte der Kommissar auf seiner Forderung. Für eine Sekunde schien der Baron zu überlegen, ob er der Anordnung des Kommissars Folge leisten sollte, doch dann fasste er sich und schritt leicht hinkend zum Salon und trat selbstsicher ein. Nachdem die Baronin gegangen war, hatte sie nur die Stehlampe brennen lassen. Also knipste er den Kristallluster an, auch das genügte ihm nicht, darum schaltete er noch zwei weitere Stehleuchten ein. Die anderen folgten ihm, nur die zwei Uniformierten mussten nach der Anweisung des Kommissars in der Halle warten.

Im Kamin war das Feuer heruntergebrannt und es war nur mehr Glut zu sehen. Der unfreiwillige Gastgeber begann, die Glut eifrig mit einem Schürhaken zu bearbeiten, und legte ein paar Scheite auf. Langsam gewannen die Flammen an Kraft und sandten ihre Wärme aus.

„Also, was soll dieser unpassende Auftritt?" Der Baron blieb beim Kamin stehen, während sich seine ungebetenen Besucher im Raum verteilten. Elsa hatte sich in eine Ecke verzogen und saß auf einem einfachen Holzstuhl, während das Ehepaar Neidhartinger ein wenig schüchtern neben der Türe stehen blieb und Cornelia kam so knapp bei der Türe zu stehen, dass sie zur Seite gehen musste, als man die Tür schließen wollte. Der Kommissar und sein Mitarbeiter standen mitten im Salon und Paul platzierte sich gleich hinter den beiden, während der Anwalt seine Aktentasche an einen gepolsterten Stuhl lehnte und sich ohne zu überlegen setzte. Der Kommissar folgerte, dass es sein Stammplatz war.

„Dieser Auftritt scheint mir notwendig, alle Fäden dürften hier zusammen laufen", erörterte der Kommissar. „Ich frage mich, wieso Sie Ihrem Gärtner wertvolle Manschettenknöpfe schenken und das genau zu dem Zeitpunkt, zu dem ein Mord passiert." Der Baron wirkte unbeeindruckt. Langsam ging er zu einer Anrichte, auf der ein Tablett mit Kristallkaraffen und passenden Gläsern stand. Er öffnete eine Karaffe und goss sich sorgfältig einen Drink ein. Er deutete fragend in Richtung der Gruppe. Gewissermaßen hatte der Kommissar die Vollmacht für alle, denn als er verneinte, schien klar, dass niemand etwas wollte.

„Das ist purer Zufall oder was haben Sie für eine Vermutung?" Er ließ sich weiterhin nichts anmerken.

„Und meine Frau…" Der Baron ließ Paul nicht zu Ende sprechen.

„Meine Mutter und ich haben Ihnen versichert, dass sie uns vor einiger Zeit verlassen hat", fiel er ihm unwirsch ins Wort.

Paul setzte an weiter zu sprechen, doch da unterbrach ihn der Kommissar: „Schon gut, schon gut. Wir werden das alles in Ruhe besprechen. Bitte, setzten wir uns." Nach und nach bildeten die Anwesenden eine lockere Runde. Nun erst fiel Paul die verschmutzte Hose des Barons auf. Deshalb begann er ihn förmlich anzustarren. Es handelte sich sicher um Erdflecken. Sein Sakko war zerknittert und wies ebenso Flecken auf. Die Krawatte hing gelockert und schlampig im Hemdkragen. Das Hemd sah aus, als wäre es verschwitzt und unten fehlte der vorletzte Knopf. Dadurch klaffte bei jeder Bewegung das Hemd auf und sein Unterhemd kam zum Vorschein. Seine Hände zitterten, wie die eines Alkoholikers auf Entzug. Das alles war verdächtig. Was hatte er in der kurzen Zeitspanne angestellt, seit Paul ihn vorhin gesehen hatte?

Der Kommissar beschloss nun den Baron nach den Schmuckstücken zu befragen. Nach der Krawattennadel, die unter Pfarrer Hölzels Leichnam gefunden worden war und zur Kollektion der Manschettenknöpfe gehörte. Warum er letztere seinem Gärtner geschenkt hatte, sodass man sie bei Simon Neidhartinger finden musste. Paul hörte nur halbherzig zu, seine Aufmerksamkeit galt der Begleiterin des Barons. Er wusste nicht, dass es sich um die

Wirtin handelte. Was hatte diese Frau mit der Sache zu tun, wieso war sie hier? Sie trug eine Jeans, einen Rollkragenpulli und eine grau melierte Jacke. Ihre Kleidung wies keine Verschmutzung auf, allerdings würde man durch die Farbe der Jacke Schmutz nur schwer wahrnehmen können. Doch ihre Frisur verriet, dass etwas nicht stimmte. Entweder hatte sie gerade geduscht oder über Gebühr geschwitzt, denn die Haare klebten seitlich an den Schläfen und glänzten, als ob sie triefend nass wären. Als Simon Neidhartinger sich zu Wort meldete, widmete Paul seine Aufmerksamkeit wieder dem Gespräch.

„Herr Baron, ich gehe nicht für Sie ins Gefängnis", hörte Paul ihn sagen.

„Aber Simon, was reden Sie denn da", entrüstete sich der Baron, „niemand geht ins Gefängnis."

Plötzlich öffnete sich die Tür und seine Mutter trat ein und stieß Cornelia ein wenig an. Die Baronin trug einen Schlafrock aus Seide, mit Spitze besetzt, der bis zum Boden reichte. Die Frisur saß noch ordentlich und der Stock war wieder ihr Begleiter. Sie trat näher, ließ achtlos die Türe offen, die Frau Neidhartinger, wie sie es gewohnt war, als sie eingetreten war, schloss.

„Was ist hier los?" Auch sie war über das Szenario verärgert. „Hat man hier denn nie mehr seine Ruhe? Das ist unerhört. Herr Kommissar", richtete sie ihre Wut gegen den Polizeibeamten, „ich protestiere aufs Allerschärfste. Es kann doch nicht so dringend sein, dass es nicht bis Montag warten kann."

„Ich muss widersprechen, es kann nicht warten", gab der Kommissar zurück.

„Und Sie", motzte die Baronin den Anwalt an, „wozu bezahlen wir Ihnen ein kleines Vermögen? Können Sie so etwas nicht verhindern?"

„Nun, wir wollen natürlich Ihre Gastfreundschaft nicht ausnützen, wir können das Gespräch gerne in das Wachzimmer von Aidingen verlegen", antwortete der Kommissar statt des Anwalts und selbst die Baronin konnte den drohenden Unterton nicht überhören.

„Schon gut, dann bringen wir das Ganze so rasch als möglich hinter uns." Sie trottete, wie ein ertapptes Kind zu ihrem Ohrensessel und ließ sich müde hineinsinken.

Der Kommissar fasste das bisher Gesagte für die Baronin zusammen: „Wie Sie wissen, haben wir vorhin ein Messer im Gärtnerauto gefunden und Herr Neidhartinger behauptet, es gehöre ihm nicht und jemand hätte es ihm unterschieben wollen. Außerdem fanden wir wertvolle Manschettenknöpfe in seinem Besitz, die ursprünglich Ihrem Sohn gehörten." Nun wandte er sich an Simon Neidhartinger: „Vielleicht fahren Sie jetzt fort."

Man sah dem Gutsangestellten an, dass es ihm ausgesprochen peinlich war, seine Geschichte zu erzählen. Er zierte sich, aber da ihn alle erwartungsvoll anstarrten, fing er zaghaft an zu reden.

„Da gibt es nicht viel zu erzählen", begann er, „die Manschettenknöpfe waren ein Geschenk des Herrn Baron."

„Mann, machen Sie es nicht so spannend", drängte der Kommissar.

Simon Neidhartinger konnte sich nicht überwinden im Beisein des Barons weiter ins Detail zu gehen. „Das war`s, aber mit dem Mord habe ich nichts zu tun, die Krawattennadel hat er mir nicht dazu geschenkt", sagte er trotzig.

„Ja, was ist mit der Krawattennadel, haben Sie eine Erklärung dafür, wie sie unter den Leichnam kam?", wollte der Kommissar wissen.

„Die Manschettenknöpfe waren eine Anerkennung, ich trag sie sowieso nie, genauso wie die Krawattennadel", wehrte sich der Baron.

„Das ist eine Lüge", hörte man Thea Neidhartinger sagen. Nach einer kleinen Denkpause, in der sie sich bewusst machte, dass sie auf Grund der Situation ihren Arbeitgebern nichts mehr schuldig war, sprach sie leiser weiter: „Die Krawattennadel hat der Baron regelmäßig getragen." Als die Baronin sie strafend ansah, fuhr sie demonstrativ mit lauterer Stimme fort: „Pfarrer Hölzel war letzte Woche einmal zu Besuch, er wollte den Baron und die Baronin sprechen. Er war sehr ernst und aus dem Salon konnte ich laute Stimmen hören, lange war er nicht hier und verließ das Gut kurz darauf wieder. Er vergaß sogar mich zu grüßen, so in Gedanken war er nach dem Gespräch mit den beiden. Sonst war er immer so besonnen und ruhig und hat jeden besonders freundlich gegrüßt. Als Simon den Baron am Mittwoch nach Hause kommen sah, war er genauso in Gedanken versunken."

„Das ist doch infam…" Der Baron war zum Protest aufgesprungen, doch der Inspektor zügelte ihn sofort.

"Setzen Sie sich bitte wieder." Zögernd kam er dem Befehl nach.

"Weiter!", forderte Hartmann die Haushälterin auf.

"Als wir hörten, dass Pfarrer Hölzel ermordet wurde, erzählte mir Simon von seiner Beobachtung. Und zusammen mit der...", sie überlegte kurz, wie sie es nennen sollte, "...mit der Diskussion mit Pfarrer Hölzel betrachtet, ist es schon eigenartig. Simon wollte dem Baron sagen, dass wir selbstverständlich loyal sind und nicht vorhaben, jemandem unsere Beobachtungen zu berichten, dafür bedankte er sich mit den Manschettenknöpfen." Sie machte eine Pause, doch niemand wagte ihre Ausführungen zu unterbrechen. "Da dachten wir selbst noch an einen dummen Zufall und, dass der Baron nur keine Schwierigkeiten haben wollte. Aber nachdem man bei uns das Messer gefunden hatte, mit dem der Nemec erstochen worden war, können wir das nicht mehr länger für uns behalten." Sie sah verlegen in die Runde. Der Baron saß zusammengesunken in seinem Sessel und starrte zu Boden, die Baronin behielt ihre übliche aufrechte Haltung bei und ihr Gesichtsausdruck glich dem einer Statue. Alle warteten, was nun passieren würde.

"Das sind doch alles nur Vermutungen", mischte sich nun der Anwalt ein, "der Baron wird keine Angaben dazu machen."

"Da täuschen Sie sich. Jetzt ist Schluss, mir ist scheißegal, was Sie hier für Spielchen treiben." Wie von der Tarantel gestochen sprang Paul auf und stürzte sich auf den Baron. Er riss ihn an seinem Sakko hoch und schon hing der Baron wie eine Marionette in Pauls Händen. Seine Arme baumelten kraftlos an der Seite und sein Blick war noch immer nach unten gerichtet. Paul schrie: „Denken Sie ich warte hier in Ruhe ab, bis Sie bereit sind, ein Geständnis abzulegen. Ich will auf der Stelle wissen, wo meine Frau ist!" Er schüttelte den Baron so heftig, bis sein Gegner entschied sich zu wehren. Müde hob er seine überanstrengten Arme und kämpfte vergeblich darum, Paul wegzudrücken. Nach den Anstrengungen des heutigen Abends war er zu schwach. Paul war ein gutes Stück größer als der Baron und die wöchentliche Tennisstunde mit einem Freund machte sich jetzt bezahlt. Paul war dem Baron gegenüber sportlich im Vorteil.

Der Inspektor sah zum Kommissar, doch der machte keine Anstalten, etwas zu unternehmen und so wartete er ab.

„Tun Sie doch was!" Elsa war aufgesprungen. „Helfen Sie ihm", forderte sie abwechselnd den Kommissar und den Inspektor auf. Als diese sich nicht rührten, lief sie zu den Männern und kämpfte mit. Nun deutete der Kommissar dem Inspektor einzugreifen. Elsa war schnell weggedrängt, doch Paul ließ nicht von dem Baron ab.

„Bitte, Herr Heller", versuchte Inspektor Neumaier Paul zu beruhigen.

„Er soll mir sagen, wo Lilly ist", forderte dieser unbeeindruckt. Der Kommissar stand lässig auf und half nun den Kampf zu beenden. Endlich gelang es die beiden zu trennen, jedoch bestand kein

Zweifel, dass Paul bereit war, jederzeit eine neuerliche Attacke zu starten. Nachdem der Baron befreit war, ließ er sich in seinen Stuhl zurücksinken. Elsa strich ihm besänftigend über die Schultern.

„Was haben Sie mit Lilly gemacht?" Paul ließ sich nicht beirren.

„Denken Sie, wir haben sie eingesperrt?", warf die Wirtin ein. Der Baron überlegte, wie weit Elsa mit ihrer Skrupellosigkeit gehen würde.

„Sie können mir erzählen, was Sie wollen, ich weiß, dass Lilly hier irgendwo ist, ich habe ihre Tasche gefunden."

„Wo?", war sogar der Kommissar von dieser Neuigkeit überrascht.

„Draußen in der Halle."

„Und wo ist sie jetzt?"

„In meinem Auto", mischte sich Cornelia ein.

„Würden Sie sie bitte holen." Unverzüglich machte sie sich auf den Weg, um keine zwei Minuten später mit der Tasche zurückzukehren. Sie überreichte sie dem Kommissar, der sie durchsuchte. Er fand zwar keinen Hinweis auf Lilly, aber er entdeckte die zusammengefalteten A4-Seiten, die Lilly darin verstaut hatte. Er faltete die Zettel auseinander und begann zu lesen. Ohne ein weiteres Wort sah er prüfend zum Baron, doch der rührte sich nicht.

„Können Sie dazu etwas sagen." Hartmann hielt ihm die Auflistung vor das Gesicht.

Nachdem der Baron schwieg, schrie ihn Paul an: „Er hat Sie was gefragt!"

Die ignorante Haltung machte Paul immer wütender und er fasste ihn erneut beim Kragen. Er wollte ihn gerade wieder hochziehen, als der Baron sich entschloss, sein Schweigen zu brechen: „Schon gut, schon gut..."

Elsa unterbrach ihn: „Hugo!" Sie beugte sich zu seinem Ohr und flüsterte ihm zu: „Sie können nichts beweisen, lass dich nicht verrückt machen." Das Lügengerüst brach zusammen und sie klammerte sich an den letzten Strohhalm, als sie ihren dummen Fehler erkannt hatte: Nachdem Lilly von dem Schlag bewusstlos war, hatte sie die Liste wieder in Lillys Tasche verstaut und wollte sie mit ihr verschwinden lassen. Die Tasche muss beim Transport durch die Halle hinuntergefallen sein. Alles schien sich gegen sie verschworen zu haben.

„Bitte, Frau Belegg", mischte sich der Inspektor ein und drängte sie zur Seite. Elsa sah ihre Felle wegschwimmen, sie spürte, dass ihr Geliebter kurz davor war, Lillys Aufenthalt zu verraten. Damit hätten sie ausgespielt. Angespannt wartete sie auf das Unvermeidliche. Hugo hob den Kopf und sah sie hilflos an. Die Erschöpfung der letzten Stunden taten ihr Übriges, er wollte nur mehr Ruhe.

„Es tut mir alles leid, soweit hätte es nicht kommen dürfen" Alle harrten angespannt seiner Aussage und warteten geduldig, bis er bereit war, weiter zu sprechen. „Sie ist unten im Gewölbe, im Verlies." Beschwichtigend setzte er nach: „Es geht ihr gut."

Einen Moment standen alle wie erstarrt da. Als Erster fing sich der Kommissar: „Bringen Sie uns hin!", ließ er die Tragweite der Worte unkommentiert und kam gleich zum Kern. Paul drehte sich alles im Kopf, obwohl er damit gerechnet hatte, klang es ausgesprochen fast unglaubwürdig. Der Baron kam kaum zum Stehen, so wackelig fühlte er sich auf den Beinen.

„Geht das ein bisschen schneller!" Paul formulierte den Satz nicht als Frage, sondern als Aufforderung. Alle anderen folgten der Szene schweigend.

Hugo wurde vom Inspektor begleitet. „Bitte", sagte der Kommissar auffordernd zu Elsa und deutete ihr mit zu gehen. Er hinderte Paul nicht daran, als er ihnen folgte, aber er wies die beiden Uniformierten an, bei den anderen zu warten.

***

Lilly saß benommen in ihrem Gefängnis und versuchte zu sich zu kommen. Ihr Kopf hämmerte wie verrückt und die Schlafmittel ließen Traumbilder entstehen, sodass sie manchmal dachte, sie wäre woanders. Sie sah sich zu Hause mit Paul, auf Besuch bei ihren Kindern, dazu mischten sich Bilder der letzten Stunden. Sie sah den Baron, seine Mutter, die Wirtin. Lilly plauderte mit ihnen, dann kippte die Stimmung und sie wollte flüchten, doch sie kam nicht von der Stelle.

Nach einigen Augenblicken verschwanden diese Halluzinationen und sie wurde sich ihrer Situation bewusst, dann sank sie zusammen und schlief ein. Diese Phasen wechselten sich seit ihrem unfreiwilligen Ausflug ab, doch nach und nach wurden die Wachphasen länger. Dadurch verstärkten sich die körperlichen Beschwerden. Die Kälte kroch ihr in die Knochen, sie hüllte sich unbeholfen in die Decke, welche ihre Peiniger zurückgelassen hatten. Sie bot ihr dürftigen Schutz vor dem feuchten, harten Boden.

Es fiel ihr schwer sich zu konzentrieren, doch sie zwang sich dazu. Langsam war sie fähig ihre Lage zu analysieren, beruhigend war das nicht. Ihr wurde bewusst, dass man ihr Betäubungsmittel in die Suppe gegeben haben musste. Bewegen! Sie wusste, wenn man zu viel Beruhigungsmittel im

Blut hatte, musste man gehen, um wach zu bleiben. Jede Bewegung war ein Kraftakt, die Glieder fühlten sich an, als ob Gewichte daran hingen, doch ihre Mühe wurde belohnt. Endlich stand sie aufrecht oder so gut wie aufrecht. Als sie ihren ersten Schritt wagte, musste sie sich an der Wand abstützen und einen Augenblick verweilen, bis sie den nächsten machen konnte. Die folgenden Schritte waren schon sicherer. Das machte ihr Mut und sie traute sich nun zu, die Kerze neu zu entflammen.

Ihre Augen hatten sich gut an das Dunkel gewöhnt. Durch die Fensteröffnung drang der schwache Lichtstrahl von Mond und Sternen. Dieser kaum erkennbare Schein genügte, um Umrisse zu erkennen. Die Nische, in deren Nähe noch die Kerze stand, war nur wenige Meter entfernt, doch ihr kam es vor, wie eine unendlich lange Strecke. Das Vorhaben würde lange dauern, doch Zeit war momentan kein Problem.

Mühevoll schleppte sie sich Meter für Meter ihrem Ziel entgegen. Inzwischen konnte sie riskieren ohne Abstützen weiterzuwanken. Dort angekommen brauchte sie ihre gesamte Aufmerksamkeit, um ein Streichholz anzuzünden und die kleine Flamme an den Docht zu halten. Geschafft! Sie genoss diesen Moment und gönnte sich eine Weile die Hände anzuwärmen und dachte nach, woran sie sich erinnern konnte.

Was sollte diese Aktion und was hatten die beiden mit ihr vor? Wenn sie sie woanders hätten hinbringen wollen, warum haben sie Lilly nicht einfach vor sich her laufen lassen. Und falls sie vorhatten, ihre lästige Zeugin los zu werden, warum haben sie das so umständlich angestellt und sie nicht einfach erschossen oder vergiftet. Sie wurde wieder müde und es schien ihr am sinnvollsten zu sein, sich für die Nacht einzurichten. Obwohl sie außer der verhängnisvollen Suppe nur gefrühstückt hatte, meldete sich ihre Blase. Das Verlies war groß genug, es würde nicht schwierig sein, eine abgelegene Stelle als Toilette nützen zu können.

Mit der Kerze ging sie in den hintersten Winkel und auch dieses Vorhaben dauerte unendlich lange. Sie war ein wenig überrascht und in ihrem Zustand kam es einer akrobatischen Leistung nahe, dass es ihr gelungen war, weder die Hose noch ihre Schuhe nass zu machen.

Dann kontrollierte sie, ob die Streichhölzer bei ihrem Unterfangen nicht verloren gegangen waren. Alles in Ordnung. Die Unternehmung hatte sie so ausgelaugt, dass sie beschloss, wieder eine Atempause einzulegen. Sie ging zurück in die Nähe der Holztür und stellte die Kerze neben sich. Da sie die Kerze nicht unnötig brennen lassen wollte, blies sie sie aus, umhüllte sich mit der Decke und lehnte sich so bequem als möglich an die Mauer. Sie war so müde, wahrscheinlich wäre sie auch auf einem Nagelbrett eingeschlafen.

***

Paul folgte dem Kommissar, dem Inspektor und dem Baron durch den Bogengang. Der Inspektor leuchtete mit der Taschenlampe und unterstütze so den spärlichen Schein der altersschwachen Laternen. Jetzt wurde Paul bewusst, wie unsinnig seine Suche nach Lilly gewesen war. Würde sie der Baron nicht führen, bräuchte man eine Hundertschaft, um sie auf diesem Anwesen zu finden. Als er sah, dass der Gang zu Ende war und er eine Holztür erkannte, überholte er die drei und an der Tür angekommen, hob er hastig den Riegel von seiner Verankerung, riss die Tür auf und stürzte hinein. Der Lichtkegel der geöffneten Tür reichte nicht sehr weit in das Gefängnis und so konnte er kaum etwas erkennen.

„Ich brauch die Taschenlampe", rief er nach draußen. Der Inspektor erhöhte seine Geschwindigkeit und wollte selbst den Raum beleuchten, doch Paul riss ihm die Lampe aus der Hand. Unruhig bewegte er den Lichtkegel im Dunkel des Raumes. Sie sahen die Thermoskanne, den Teller, erkannten die Stofftüte, aber keine Spur von Lilly. Paul und der Inspektor gingen ein paar Schritte weiter und beinahe wäre der Inspektor gestolpert. Er hatte die Schubkarre übersehen und verursachte ein lautes scharrendes Geräusch, als er seinen Fehltritt zu korrigieren versuchte. Der Lichtkegel machte weiter seine Runde und dann endlich sahen sie Lilly eingehüllt in die Decke.

„Lilly!" Paul stürzte zu ihr und ließ sich auf die Knie fallen. Er nahm sie bei den Schultern, zog sie zu sich und schüttelte sie leicht. „Lilly, ich bin´s Paul." Keine Regung, Paul überkam Panik. „Mein Gott, Mann, was haben Sie mit ihr gemacht?", schrie er den Baron an, der mit dem Kommissar an der Türe stehen geblieben war.

„Es geht ihr gut", beteuerte der, „ich schwöre es."

„Lilly." Endlich hob sie ungelenk den Arm. „Schatz, geht's dir gut?" Sie hatte nicht die Kraft, den Arm weiter hoch zu halten. „Da stimmt doch etwas nicht, haben Sie ihr etwas gegeben?"

„In der Suppe war nur ein wenig Schlafpulver." Dem Baron war es sehr unangenehm das zugeben zu müssen.

„Lilly, wach auf. Schatz, ich bin's, Paul", wiederholte er sanft. Langsam kam sie zu sich, sie war benommen, aber trotzdem wunderte sie sich, als sie ihren Mann erkannte.

„Paul?" Zunächst misstraute sie ihren Sinnen und überlegte, ob es sich um eine Täuschung handelte, doch ihr Verstand wurde wacher und sie erkannte, dass Paul tatsächlich hier war. „Ach Paul, wie schön!" Die Erkenntnis machte sie munter und sie konnte sich selbständig aufsetzten. „Ich hatte schon Sorge, niemand würde mich hier finden."

„Geht´s dir gut?", fragte er und half ihr langsam auf die Beine.

„Ja, ja, nur ein bisschen müde, aber es geht schon." Ihre Füße konnten nur schwer das Gleichgewicht halten und sie wirkte, als ob sie beschwipst wäre. Aber mit Unterstützung von Paul konnte sie langsam vorwärts gehen. Am Arm ihres Mannes sah sie wie ein Kleinkind aus, das seine ersten Schritte tat. Der Kommissar eilte herbei und stützte sie auf der anderen Seite.

Sie verließen die ungastliche Stätte und ließen

die Pforte offen. Nun schritten Lilly und ihre Helfer voraus, während der Baron mit dem Inspektor ihnen folgte.

Dieses Mal dauerte es länger, da Lilly immer wieder kurze Zeit verschnaufen musste. Die Strapazen der letzten Stunden hatten ihr mehr zugesetzt, als sie zugeben wollte.

Sie kamen in die Halle und als sie an der Treppe vorbeigingen, erklang eine Männerstimme vom oberen Teil: „Was ist denn hier los?" Als sie empor blickten, sahen sie den Sohn vom Baron, hinter ihm stand seine Begleiterin.

„Guten Tag", grüßte der Kommissar und stellte fest, „Sie sind doch der Sohn des Hauses."

„Ja. Und was soll dieser Aufstand?" Er sah zu seinem Vater: „Vater, was ist passiert?" Der Baron schwieg und sah bedrückt zu Boden.

„Würden Sie beide uns bitte begleiten?", sagte der Kommissar. Zuerst überlegte Johann zu widersprechen, doch dann überwog doch die Neugier. Die Gruppe ging zurück in den Salon, wo Lilly überschwänglich von Cornelia empfangen wurde, während die anderen gespannt den Neuigkeiten entgegensahen. Der Anwalt, Dr. Hochholdinger, stand auf und wirkte fassungslos, als könne er nicht glauben, was er da sah.

Lilly wurde auf die Couch gebettet und Frau Neidhartinger eilte in die Küche, um ein Glas frisches Wasser zu holen. Der Kommissar bat die Uniformierten ihren ursprünglichen Platz vor der Türe wieder einzunehmen. Johann stellte sich mit seiner Freundin ratlos neben seine Großmutter, die ihre Rolle der arroganten, teilnahmslosen Baronin weiter spielte.

„Wollen Sie einen Cognac?", fragte Frau Neidhartinger Lilly behutsam.

„Nein, nein", winkte sie heftig ab. „Ich will nur hier sitzen bleiben, mein Kopf dröhnt dermaßen…" Sie unterstrich diese Feststellung, indem sie ihren Kopf mit beiden Händen hielt. „Vielleicht kann ich eine Kopfschmerztablette haben?"

„Das würde ich nicht tun", widersprach der Kommissar. „Wir haben die Rettung gerufen. Mit einer unbekannten Menge Schlafmittel sollte man nicht spaßen."

„Ach Unsinn, ich brauche doch keine Rettung", winkte Lilly ab, doch ihre zugekniffenen Augen verrieten ihren heftigen Kopfschmerz.

„Doch Lilly", befahl Paul, „und du fährst ins Krankenhaus und lässt dich untersuchen. Dort kann man dir bestimmt ein Schmerzmittel geben, das sich mit dem Schlafmittel verträgt."

„Na schön, Hauptsache ich bekomme was." Sie war zu schwach für Protest.

„Während wir warten, könnten Sie uns erzählen, was passiert ist?", schlug Kommissar Hartmann vor.

„Kann das nicht warten? Sie sehen doch, dass es meiner Frau nicht gut geht", protestierte Paul.

„Schon gut, Kopfschmerzen habe ich so oder so, da kann ich auch erzählen, was passiert ist." Sie berichtete über ihre Abenteuer, wie sie zu der Liste von Familysearch gekommen war und sich entschlossen hatte zum Gut zu laufen. Sie betonte, dass sie noch versucht hatte, den Kommissar zu erreichen, um vor Paul nicht vollends das Gesicht zu verlieren. Doch dieser dachte nicht einen Moment daran, ihr Vorwürfe zu machen, er war glücklich, sie halbwegs unversehrt gefunden zu haben. Sie beichtete ihr nicht ganz legales und nicht ungefährliches Eindringen in das Anwesen der Baronin.

„Ich habe dann dem Baron und seiner Mutter die Auflistung gezeigt, die diese Agentur in die Kanzlei geschickt hatte. Sie behaupteten, nicht zu wissen, wer diese Leute sind, aber mir ist da was aufgefallen." Sie nahm einen Schluck Wasser, der Kommissar wartete gespannt, wie es weitergehen würde. „Da war ein Baron Ewald Klesst von Traunwarth aufgelistet, der noch vor Kriegsende verstorben war. Außerdem ein Baron Johann-Hugo Freiherr von Klessez-irgendwas, der wurde 1913 in Berlin geboren, war SS-Offizier und seit Kriegsende verschollen. Zuerst konnte ich damit gar nichts anfangen, aber Cornelia hatte mir erzählt, dass der Sohn von dem Baron Johann heißt. Dann habe ich mich auf die Vornamen konzentriert. Sehen Sie, ich dachte, sogar wir haben unserem ersten Sohn den Zweitnamen „Paul" gegeben und wir sind nicht adelig. Jetzt überlegt doch auch selbst mal!" Sie war nun wieder in ihrem Element und hatte die Kopfschmerzen fast vergessen und fuhr fort. „Wenn von Adeligen erstgeborene männliche Nachfahren den Namen des Vaters erhalten, wundert man sich, dass der Baron Hugo heißt und nicht Ewald. Ich konnte keinen Hugo in der Ahnentafel des Barons entdecken, also wurde er entweder nicht nach einem Vorfahren benannt, der nicht aufgelistet war oder Baron Ewald Klesst von Traunwarth ist nicht sein Vater. Wenn man von dieser Vermutung ausgeht, kommt nur ein Name auf der Liste als sein Vater in Frage, aber das war nicht der verstorbene Baron, sondern der andere, dieser Johann-Hugo von und zu Klessez oder so. Und …", sie machte eine Spannungspause, „übersehen Sie nicht den Namen seines Sohnes. Es gibt keinen Johann bei den Klessts und, warum heißt weder der Baron noch sein Sohn Ewald?" Nachdem noch immer niemand etwas sagte, führte sie ihre Entdeckungen weiter aus. „Was ich auch eigenartig fand, war, dass auf der Liste der Baron Ewald Klesst von Traunwarth schon während des Krieges und noch vor der Geburt des Barons Hugo Klesst von Traunwarth gestorben sein soll. Soweit ich weiß, ist er erst ein paar Jahre tot."

„Wo haben Sie die Liste hingetan?", wagte der Kommissar endlich die Ausführungen zu unterbrechen.

„Das kann ich nicht sagen, bevor ich bewusstlos wurde, hatte ich sie der Baronin und ihrem Sohn gezeigt."

„Wir haben in Ihrer Tasche eine Liste gefunden. Wo ist sie?", sagte er knapp zu seinem Inspektor. Dieser kramte sie aus der Innentasche seines Sakkos und reichte sie Hartmann.

„Ist es diese?" Er zeigte sie Lilly.

„Ja, das ist sie. Sehen Sie hier!" Sie zeigte ihm die Stelle.

Er überprüfte kurz die Namen und fragte den

Baron: „Was sagen Sie dazu? Kennen Sie diese Liste?"

„Ich würde Ihnen in Anbetracht der Umstände raten, nichts mehr zu sagen, bevor Sie Rücksprache mit mir gehalten haben", schaltete sich Dr. Hochholdinger pflichtbewusst ein.

„Sie können das Ganze natürlich in die Länge ziehen, das wird aber nichts an der Sachlage ändern. Und der Staatsanwalt sieht es gerne, wenn jemand kooperiert", wandte der Kommissar ein.

Der Baron resignierte und war fast froh, als er sich entschieden hatte, dem ein Ende zu setzen.

„Frau Heller hat sie mir gezeigt." Er achtete nicht darauf, als seine Geliebte ihm einen bösen Blick zuwarf.

„Stimmt es, was Frau Heller sagt?", fragte ihn der Kommissar, „sind die Angaben auf dieser Liste korrekt?"

Kurzes Zögern, dann ein Blick zu seiner Mutter. Ihr Blick war ermattet und starr auf den Boden gerichtet, als ob sie dort die Befreiung aus dieser Lage finden könnte.

„Frau Heller hatte den Kern des Problems erkannt, auch wenn Sie die Zusammenhänge noch nicht einordnen kann", hörte man ihn sagen. Dann atmete er tief ein. „Darf ich mir einen Drink nehmen?", fragte er fast flehend den Kommissar, dieser nickte zustimmend. Der Baron goss sich einen dreifachen Brandy ein, ging zu einem der Stühle und setzte sich kapitulierend hin, was zeigte, dass seine Geschichte länger dauern würde. Er nahm einen kräftigen Schluck, bevor er weitersprach.

„Meine Mutter musste mit meinem Vater nach dem Krieg Deggendorf verlassen. Das liegt in Deutschland", fügte er erklärend an, da er sicher war, dass niemand wusste, wo dieser Ort liegt. „Also meine Eltern mussten fliehen, da mein Vater Offizier bei der SS gewesen war und als Kriegsverbrecher gesucht wurde. Sie haben dieses Anwesen gekauft und sind nach Machkirchen gezogen und seit damals lebten sie hier. Ich wurde schon hier geboren, das war 1949. Mein Vater ist 1999, kurz vor der Jahrtausendwende, verstorben."

„Was ist das für eine Geschichte mit diesem verwirrenden Namensspiel, was ist denn mit diesen Angaben?" Der Kommissar winkte mit dem Papier. „Haben Sie den Namen Johann-Hugo von Klessez-Schmerling schon einmal gehört?" fragte er dem Baron zugewandt.

Der Baron nickte und nahm dann einen besonders kräftigen Schluck. „Baron Johann-Hugo von Klessez-Schmerling, geboren am 27. Oktober 1912 in Berlin, verheiratet, seit Kriegsende verschollen. Er war mein Vater."

„Ihr Vater?" fragte Kommissar Hartmann. „Wie das? Handelte es sich um eine Affäre?

„Mein Sohn sagt nichts mehr, ohne seinen Anwalt. Es ist unerhört, was Sie sich alle hier herausnehmen. Was wissen Sie denn schon, wie es damals war. Ich werde nicht zusehen, wie mein Ansehen oder das meines Mannes in den Schmutz gezogen wird", mischte sich die Baronin entrüstet ein. „Tun Sie was!", forderte sie ihren Anwalt auf.

„Lass es Mutter!", sagte der Baron und setzte

sich aufrecht auf seinen Stuhl, lehnte sich zurück, hielt diese Position aber nicht lange durch. Die Übermüdung ließ ihn seitlich einsacken, sodass man befürchten musste, er würde vom Stuhl fallen. „Es ist vorbei." Er saß wie ein Häufchen Elend da. „Was auf uns zukommt, ist nicht mehr zu verhindern und somit ist alles sinnlos und das weißt du auch, Mutter." Die Baronin atmete schwer, man konnte sehen, wie ihr die Situation zu schaffen machte, doch darauf konnte man keine Rücksicht nehmen.

„Bitte, erzählen Sie", hakte der Kommissar sofort nach, weil er merkte, dass der Baron bereit war, ein vollständiges Geständnis abzulegen.

„Baron Johann-Hugo von Klessez-Schmerling war mein Vater. Und ich habe bis vor Kurzem nichts davon gewusst."

„Wie meinen Sie das?"

„Mutter kam zu mir, als Pfarrer Hölzel sie mit seiner Entdeckung konfrontiert hatte. Da erzählte sie mir die ganze Geschichte. Sie können mir glauben, das war ein Schock, Mutter erzählte, mein Vater war…", er stockte und überlegte, wie er es sagen sollte, „er war ein Kriegsverbrecher, er war SS-Offizier und sein Name stand auf der Fahndungsliste der Alliierten. Allerdings erzählte Mutter mir nicht im Detail, was ihm vorgeworfen wurde", suchte er weiter nach Formulierungen. Dann sah er auf und als er die ungläubigen Blicke sah, meinte er: „Ihr habt ja recht, einen solchen Posten bekam man nur als überzeugter Nationalsozialist. Als der Krieg vorbei war, wäre er, wie viele der SS-Leute vor Gericht gekommen und unweigerlich hingerichtet worden. 1945 reichte sein Einfluss noch aus, um zu gefälschten Papieren zu kommen. Er entdeckte mit Hilfe anderer eine Möglichkeit, den Namen eines verstorbenen Mannes anzunehmen, das war viel einfacher als eine neue Identität zu erschaffen. Er fand eine entsprechende Identität - Baron Ewald Klesst von Traunwarth. Alles passte, auch das Geburtsdatum. Er war zwei Jahre zuvor als Widerstandskämpfer hingerichtet worden und im Krieg war seine ganze Familie ums Leben gekommen, es gab keine Verwandten mehr. Das Vermögen von Baron Klesst von Traunwarth war von den Nazis beschlagnahmt worden, ein Anwesen gab es nicht mehr. Aber darum ging es nicht, Geld hatte mein Vater genug."

Der Kommissar war in diesem Moment überzeugt, dass das Geld des alten Barons sicher nicht nur sein eigenes Vermögen war, sondern auch von anderen armen Seelen stammte, aber das tat hier nichts zur Sache. Schleppend fuhr der Baron fort: „Sie tauchten hier unter, er kaufte unter seiner neuen Identität dieses Gut und zog mit Mutter hierher. Ein paar Jahre später kam ich auf die Welt, das war 1949. Ich wuchs mit dieser falschen Identität auf, für mich war", er stockte, „nein, für mich ist das noch immer *mein* Name, *mein* Leben." Weiter meinte er trotzig: „Ich wuchs mit Werten auf, die ich meinen Kindern weiter geben wollte."

„Und was hatte Pfarrer Hölzel damit zu tun? Ich vermute, er bekam Wind davon", versuchte Roland Neumaier das Geständnis voranzutreiben.

„Wann beschlossen Sie den Pfarrer zu ermorden?"

„Nein, nein", der Baron wehrte sich heftig gegen diesen Vorwurf, „ich wollte nur mit ihm reden. Ich kannte ihn als freundlichen Mann, er hatte für alles Verständnis. Er hatte doch auch Herrn Nemec diese Chance gegeben, obwohl der auch einen schlimmen Fehler gemacht hatte. Pfarrer Hölzel hat mir damals selbst gesagt, jeder verdient eine zweite Chance. Ich habe an sein Mitgefühl appelliert, um Erbarmen gefleht – er war wie ein Fremder, er ließ nicht mit sich reden." Der Baron starrte vor sich hin, trank aus und schenkte nach, bevor er weitersprach: „Pfarrer Hölzel hatte einen Amtsbruder in Deggendorf besucht und irgendwie fiel der Name meines …", er korrigierte sich, „der gekaufte Name meines Vaters. Aber der Pfarrer von Deggendorf erinnerte sich an den echten Baron Klesst von Traunwarth. Er hatte ihn gekannt und wusste, dass er tot war. Was für eine Ironie, dass noch jemand lebt, der ihn kannte. Dieser Pfarrer muss doch an die Hundert sein", sann er, bevor er sein Geständnis weiterführte, „jedenfalls hatte der Amtsbruder Pfarrer Hölzel erzählt, dass er für den Baron, also nicht für meinen Vater, für den anderen, ein Gnadengesuch eingereicht hatte, das abgelehnt worden war, er wurde hingerichtet. Da wusste Pfarrer Hölzel natürlich, dass da was nicht stimmt, und er begann zu recherchieren und zu kombinieren. Als er Gewissheit hatte, dass mein Vater unmöglich Baron Klesst von Traunwarth sein konnte, konfrontierte er meine Mutter mit dem Vorwurf. Dann kam sie zu mir und so habe ich davon erfahren." Er schüttelte den Kopf, als könnte er es noch immer nicht fassen und nahm neuerlich einen Schluck.

„Und dann besuchten Sie Pfarrer Hölzel", half der Kommissar weiter.

„Er bestand darauf, dass wir das richtig stellen. Wissen Sie, was das heißt?" Nach einem Blick zum Kommissar, verstand er, hier trafen unterschiedliche Welten aufeinander. „Nein, natürlich können Sie das nicht wissen. Ich habe mit diesem Mann gelebt, er war mein Vater und ich habe ihn geliebt und dann kommt meine Mutter und sagt mir, dass er eine ganz andere Person war." Er warf seiner Mutter einen flüchtigen, jammervollen Blick zu.

„Deswegen waren Sie öfter bei Pfarrer Hölzel", sagte der Kommissar an die Baronin gerichtet, doch sie schwieg.

„Mutter, bitte, sag doch auch was, das Schweigen hilft doch jetzt nichts mehr…" Der Baron verlor beinahe die Fassung und sah beschwörend zu seiner Mutter, die von seiner Bitte unbeeindruckt weiterhin mit gesenktem Blick in ihrem Sessel saß. So blieb ihm nichts anderes übrig und er übernahm weiterhin die Rolle des Erzählers.

„Ich weiß, es hört sich unglaubwürdig an, aber nachdem ich bis vor ein paar Tagen nichts von alldem gewusst hatte, war ich mit der Situation vollkommen überfordert." Es schien ihm sehr wichtig, dass ihm die Anwesenden glaubten.

„Das mag schon sein, aber wieso sind Sie dann zum Pfarrer gegangen?", drängte der Kommissar.

„Nachdem mir meine Mutter von unserer vertauschten Identität erzählt hatte und klar war, dass eine Offenlegung den Ruin unserer Familie bedeuten würde, meinte sie, Pfarrer Hölzel lässt sich von ihr nicht überzeugen, von einer Veröffentlichung abzusehen, also sollte ich mit ihm sprechen. Vielleicht hätte er ein Einsehen, wenn er mit mir spricht. Möglicherweise würde er bei mir leichter nachgeben, da ich erst Jahre nach der Täuschung geboren wurde und damit nichts zu tun hatte. Wir hatten gehofft, dass er niemandem schaden wollte, der nach dem Unrecht geboren worden war und Gnade vor Recht ergehen lassen würde. Wem würde die Vernichtung unserer Familie nützen? Mein Vater ist tot und meine Mutter", er sah kurz zu ihr hin, „wozu sollte man sie in diesem Alter noch einsperren? Sie kann kaum das Haus verlassen." Es war so still, dass man auch das Herunterfallen einer Stecknadel hätte wahrnehmen können. „Meine Mutter sagte mir, dass Vaters Vermögen nicht nur sein eigenes war." Man sah ihm an, es fiel ihm schwer darüber zu sprechen. „Sie erzählte, er hätte durch Enteignungen Besitz angehäuft, mit den Erträgen vom Gut und geschickten Investitionen hatte er großen Reichtum erlangt. Es wurde ihr bewusst, dass nicht nur sein und unser Ansehen erheblich unter der Enthüllung der Vergangenheit leiden würden, sondern, dass sich auch die Juristen diverser Wiedergutmachungs-Organisationen auf unsere Familie und unser Vermögen stürzen würden."

Lilly hätte ihn gerne darauf hingewiesen, dass es in Anbetracht der Umstände nicht sein Vermögen war, doch sie wagte nicht, den Redefluss zu stoppen.

„Das würde heißen, wir würden alles verlieren, das Gut, das Vermögen, wir hätten kein Einkommen mehr, ich hätte keinen Rentenanspruch, ich würde sogar meinen Namen verlieren." Man hatte den Eindruck, dass er jeden Moment zu weinen beginnen könnte. Dann sah er hinüber zu seinem Sohn: „Und meine Kinder? Was würde aus ihnen werden? Sie haben doch damit gar nichts zu tun. Wie sollte unsere Familie damit umgehen?"

Der Kommissar war ebenso gefesselt von diesem Schicksal, wie alle anderen, doch so dramatisch das war, es fiel nicht in seinen Zuständigkeitsbereich. Man durfte nicht übersehen, dass dieses Familiengeheimnis zwei Menschen das Leben gekostet hatte. Bis jetzt war ihm nicht ganz klar, ob der Baron Pfarrer Hölzel und den Mesner ermordet hatte.

„Und was ist am Mittwoch passiert?"

Jetzt wurde dem Baron wieder bewusst, dass es nicht nur um den Untergang seiner Familie ging. Er zögerte und spielte mit seinem Glas, er trank den letzten Schluck, stand ein weiteres Mal auf und goss großzügig nach. Lilly überlegte, wie viel er vertragen konnte, bis er betrunken sein würde. Die Menge, die er zu sich genommen hatte, würde ihr schon genügen, um berauscht zu sein, doch er zeigte nicht das geringste Anzeichen einer Beeinträchtigung durch den Alkohol.

Der Kommissar ließ ihn gewähren, er hoffte, dass der Alkohol seine Zunge lockerte.

Der Baron nahm wieder Platz und alle ließen

ihm die Zeit, die er brauchte. Ein tiefer Seufzer kündigte die Fortsetzung an.

„Mutter hatte mir erzählt, dass Pfarrer Hölzel von ihr verlangt hatte, alles zu regeln – und zwar offiziell. Sie hatte ihm Geld geboten, viel Geld, mit dem er Sozialprojekte ins Leben hätte rufen können. Das war immer sein Traum, doch er ging auf ihr Angebot nicht ein. Wir riefen Dr. Hochholdinger an, er prüfte alles und bestätigte, dass er ein…", er stockte und musste einen Schluck nehmen, bevor er dem Satz die richtigen Worte geben konnte, „…dass mein Vater ein Kriegsverbrecher war, der nie gefasst worden war. Und wenn das herauskäme, wäre der Untergang unserer Familie nicht zu stoppen. Die Presse würde sich auf uns stürzen, Mutter müsste vor Gericht und wer weiß, was noch alles. Ganz zu schweigen von dem Bekanntwerden der Verbindung meines Vaters zu den Gräueltaten der SS."

„Wie kannst du es wagen?", böse funkelte ihn seine Mutter an. „Dein Vater war ein Ehrenmann, es war Krieg. Da müsste man jeden Soldaten einen Verbrecher nennen. Ich verbiete dir, so über deinen Vater zu sprechen", schleuderte sie ihm entgegen. Als sie in unverständliche Gesichter blickte, unterließ sie es, weiter um Verständnis bei den in ihren Augen Unwissenden zu kämpfen.

Ihr Enkelsohn Johann ließ sich sichtlich fassungslos in einen Sessel fallen, er konnte nicht glauben, was er hier zu hören bekam.

Der Baron ließ die Worte seiner Mutter unbeantwortet und fuhr mit seiner Schilderung fort:

„Ich war ratlos und verzweifelt. Dann erzählte ich alles Elsa." Ein schüchterner Blick zwischen den Geliebten. „Ich musste es ihr erzählen, ich fand es nur fair. Wir lernten uns vor fünf Jahren kennen. Kurz danach erkrankte meine Frau und es folgte eine sehr schwere Zeit für mich", entschuldigte er sich ungefragt dafür, dass die Affäre schon vor dem Tod seiner Frau begonnen hatte. „Elsa war damals auch noch verheiratet, aber wir haben uns sofort ineinander verliebt." Der Gedanke daran ließ ihn kurz lächeln. „Dann ist meine Frau gestorben und letztes Jahr wurde Elsa geschieden. Wir hatten geplant, nach einer passenden Wartezeit, unsere Verbindung noch heuer offiziell bekannt zu geben und zu heiraten." Er stockte, da ihm klar wurde, dass diese Pläne nun unerreichbar waren. „Elsa war natürlich genau so geschockt, vermutlich wie jeder, der davon erfährt. Sie ist eine sehr", er überlegte, wie er es sagen sollte, „eine sehr unabhängige Frau, eine Geschäftsfrau." Aus ihm sprach Hochachtung und Stolz für Elsa Bellegg als er weitersprach: „Für sie gibt es keine unlösbaren Probleme, nur Hindernisse, die überwunden werden müssen. Sie war Mutters Meinung: ich sollte nicht aufgeben, bis das Problem gelöst sei. Ich solle noch einmal mit Pfarrer Hölzel sprechen. Sie meinte, wir müssen ihm nur etwas bieten, das ihm wichtig genug sei, dafür die Sache zu vergessen. Ihrer Überzeugung nach hat jeder seinen Preis und ich solle ihm sagen, wir wären bereit, jeden Preis zu zahlen. Ich solle ihm zureden, dass es unchristlich sei, wenn er so ein Angebot ausschlägt, und somit den Ärmsten der

Armen die Hilfe verweigert. Es würde den Leidenden nicht helfen, wenn unsere Familie zerstört wird und das Unrecht könne man sowieso nicht mehr ungeschehen machen. Wenn ich ihn überzeugen könnte, dass wir aufrichtige Reue empfinden und wir soweit es geht, viel Gutes tun werden, würde er ein Einsehen zeigen."

Er hörte auf zu sprechen und als die Pause zu lang wurde, half der Kommissar weiter: „Und sie gingen am Aschermittwoch in die Sakristei."

Der Baron bestätigte das mit einem Nicken: „Ja, wir gingen am Mittwoch in die Kirche, aber uns war gar nicht bewusst, dass Aschermittwoch war und darum an diesem Tag ein Gottesdienst stattfinden würde. Wir trafen ihn bei den Gottesdienstvorbereitungen. Während ich mit ihm sprach, wartete Elsa in der Kirche, ich versuchte ihm alles so zu erklären, wie ich es mit Elsa besprochen hatte. Ich habe ihn angefleht, sein Wissen für sich zu behalten. Doch er war unerbittlich, er bestand darauf, dass wir alles aufklären müssen, für den Fall, dass wir uns weigern, würde er das übernehmen. Ich fragte, warum er uns das antut, was das nach so langer Zeit noch bringen sollte. Er konnte doch nicht wollen, dass meine Mutter im Gefängnis ihr Leben beendet. Er hatte kein Einsehen, egal was ich ihm anbot, und ich bin wahrlich sehr weit gegangen, er lehnte ab. Ich bot ihm an, ihn nicht nur mit Geld zu unterstützen, sondern auch für seine Projekte für Kinder, Flüchtlinge und andere mit unserem Namen zu werben. Er meinte, das wäre nicht unser Name und er wolle mit den Gräueltaten meines Vaters und dem zu Unrecht erworbenem Vermögen nichts zu tun haben. Dann versuchte ich es mit Drohungen, ich wurde wütend über so viel Gleichgültigkeit unserem Schicksal gegenüber. Während ich um unsere Existenz bettelte, zog er sich seelenruhig für den Gottesdienst um." Die Erinnerung an dieses Gespräch ließ ihn die Wut wieder spüren, die er empfunden hatte. Er brauchte eine Pause, bevor er weitersprechen konnte. Dieser Zorn ließ sein Gesicht so rot werden, dass es sich kaum von dem Purpur des Sesselüberzuges unterschied. „Sie müssen mir glauben, ich hatte nicht die Absicht ihn zu töten", sagte er mit zitternder Stimme. „Ich erniedrigte mich, bettelte ihn an, doch es ließ ihn kalt. Er meinte nur, wir sollen in uns gehen, unsere Schuld bekennen und um Vergebung beten. Es wäre nicht mehr zu stoppen, er hätte bereits einen fixen Termin mit seinem Amtsbruder in Deggendorf vereinbart und wollte mit ihm darüber sprechen als Zeuge auszusagen und wir sollten die Fastenzeit zum Anlass nehmen und alles klären. Er kam sich noch großzügig vor, als er mir eine Frist bis zum Freitag gab. Da verlor ich die Nerven …"

„Sie haben die Albe genommen und ihn gewürgt", half der Kommissar nach, als er bemerkte, dass der Baron nicht weitersprechen wollte, dieser nickte kaum merklich.

„Aber…", Johann trat ein paar Schritte nach vorn, „Vater, das kann doch alles nicht wahr sein, was ist hier los?" Man konnte sehen, wie erschüttert er war.

Sein Vater sah ihn kurz an: „Ich musste doch meine Familie schützen, die Familie ist alles für mich." Dann senkte er, wie ein bekennender Sünder, den Kopf. Johann brauchte einige Augenblicke, bis er verstand, dass dies kein Albtraum war. Als er erkannte, dass sein Vater schuldig war, zog er sich, wie ein waidwundes Tier, zurück zu seiner Freundin.

„Und bei dem Kampf haben Sie Ihre Krawattennadel verloren", stellte der Kriminalist fest.

„Den Verlust habe ich zuerst gar nicht bemerkt, erst als ich die Krawatte ablegte, aber ich ahnte nicht, dass sie unter dem Toten gefunden werden würde. Ich habe sie damals von meiner Frau zu unserem 25. Hochzeitstag geschenkt bekommen, sie war ein kleines Vermögen wert. Und als Simon mich damit konfrontierte, dass er einen Streit zwischen Pfarrer Hölzel und meiner Mutter gehört hatte und mich nach der Tat zurückkommen sah, bat ich ihn, das nicht weiter zu erzählen. Da dachte ich noch, dass der Verdacht auf keinen Fall auf uns fallen kann. Es wusste ja sonst niemand davon, der Termin mit seinem Amtsbruder hatte noch nicht stattgefunden. Die Manschettenknöpfe sollten meine Bitte unterstreichen", umschrieb er die Bestechung seines Gärtners.

„Und Sie haben davon gewusst", konfrontierte der Kommissar nun die Wirtin mit der Feststellung.

„Ja." Sie sprach sehr leise und man musste sich konzentrieren, um zu verstehen, was sie sagte: „Ich habe in der Kirche gewartet und als Hugo länger in der Sakristei blieb, hörte ich ihn mit dem Pfarrer streiten. Zuerst wunderte ich mich nicht darüber, wenn man bedenkt, worum es ging. Aber dann war es plötzlich still. Ich ging nachsehen und sah Pfarrer Hölzel am Boden liegen..." Auch Elsa Belegg merkte man an, dass ihr die Darstellung nicht leicht fiel. „...Hugo bemerkte mich zuerst nicht und als ich die Tragweite der Situation erkannte, war es zu spät, Pfarrer Hölzel war tot." Das Geständnis ihres Geliebten ließ ihre Erinnerung an dieses Erlebnis wieder aufleben. Sie dachte daran, wie sie Hugo neben dem bäuchlings liegenden leblosen Körper von Pfarrer Hölzel kniend und halb über ihn gebeugt vorgefunden hatte. Er wirkte komplett aufgelöst, sein Haar war zerzaust, die Kleidung in Unordnung geraten, Schweißperlen hatten sich trotz der kühlen Temperaturen auf seinem Gesicht gebildet. Er hatte die Enden der Albe um die Hände gewickelt und zog so heftig an dem gekreuzten Schal, der um Pfarrer Hölzels Hals lag, dass seine Fingerknöchel blutleer waren und er von der Anstrengung der Tat keuchte. Erst als ihm bewusst geworden war, was er getan hatte, entspannte sich sein Körper, er ließ die Albe los und stand auf. Da erst bemerkte er Elsa und sah sie hilflos und verzweifelt an. Es brauchte damals keine Worte, sie schlossen einen teuflischen Pakt und als sie die ersten Gottesdienstbesucher hörten, verließen sie die Sakristei unbemerkt durch den Seitenausgang.

„Noch eine Frage", ließ sich der Kommissar von den beiden traurigen Gestalten nicht von seiner Befragung abhalten. „Warum haben Sie den Mesner ermordet?"

Plötzlich sprang der Baron auf: „Also nein, das können Sie mir nicht anhängen, das mit Pfarrer Hölzel war eine…", er überlegte kurz, wie er es nennen sollte, „das war fast ein Unfall, eine Kurzschlusshandlung, ich bin doch kein Mörder. Ich laufe doch nicht herum und töte willkürlich Menschen." Man merkte, dass er von den Anwesenden nicht für ein mordendes Monster gehalten werden wollte.

„Aber irgendjemand hat diesen armen Mann ermordet und wenn Sie es nicht waren, wer dann?", meldete sich der Inspektor zu Wort.

Alle sahen reihum, als ob dem Mörder eine lange Nase wachsen würde und man ihn entlarven könnte. Einige Augenpaare fixierten den Gärtner, der winkte heftig ab: „Moment mal, das hatten wir schon, ich habe damit nichts zu tun." Als keiner antwortete, sprach er weiter: „Was hätte ich denn für ein Motiv, ich hatte mit dem allen nichts zu tun."

„Immerhin haben wir die Tatwaffe bei Ihnen gefunden", meinte der Inspektor.

„Aber die konnte doch jeder da reinwerfen, das ist doch lächerlich, ich habe mit Nemec in meinem ganzen Leben keine drei Sätze gesprochen."

„Das stimmt, ich glaube auch nicht, dass Sie es waren", ergriff jetzt der Kommissar das Wort. „An dem Abend, an dem Nemec groß angekündigt hatte, dass er vermute, jemand vom Gut hätte damit zu tun, dass er etwas überprüfen wollte und dann würde er wissen, wer es getan hatte, an dem Abend kam ich erst spät zurück ins Gasthaus. Es waren kaum mehr Leute im Gastraum und der Kellner beschwerte sich, dass er nach Hause müsse, aber er könne nicht gehen, weil er auf Sie wartete." Er ging auf Elsa Belegg zu: "Zuerst maß ich dem keine Bedeutung zu. Ich ging auf mein Zimmer und beobachtete kurz darauf, wie Sie alleine zurückkamen. Wo waren Sie in dieser Nacht?"

"Warum…, warum fragen Sie?", sie war sichtlich irritiert.

"Nun, nachdem Albert Nemec im Gastraum lauthals verkündet hatte, dass er wisse, wer der Mörder sei und er es am nächsten Tag dem Journalisten sagen wolle, hatten Sie das stärkste Motiv, wenn wir davon ausgehen, dass Sie Ihren Liebhaber nicht telefonisch unterrichtet haben und er den Mord begangen hat."

Der Baron schloss die Augen und senkte den Kopf, während Elsa Belegg nun völlig aufgelöst brüllte: "Und was wollen Sie mir damit sagen? Dass ich den Mesner erstochen habe? Das ist ja lächerlich." Sie ging zu einer Kommode, nahm sich wie selbstverständlich eine Zigarette aus einem Döschen und zündete sie mit dem Feuerzeug an, das eine Lokomotive aus Zinn darstellte.

"Wirklich? Dann haben Sie sicher nichts dagegen, wenn wir eine Hausdurchsuchung bei Ihnen durchführen, ich bin überzeugt, irgendwo finden wir Spuren. Wenn man jemanden ersticht fließt viel Blut. Oder Sie können uns doch sagen, wo Sie waren."

"Ich habe einen Spaziergang gemacht, ich hatte genug von diesen Möchtegernpropheten", sagte

Elsa Belegg nicht sehr überzeugend. Und als sie das Gefühl hatte, dass ihr niemand glaubte, begann sie Simon Neidhartinger zu beschuldigen: „Bei ihm hat man die Tatwaffe gefunden, wenn Sie ordentlich nachforschen, werden Sie sicher einen Grund finden."

„Elsa", stoppte der Baron ihre Beschuldigungen, „tu das nicht..." Er stand auf, umarmte sie und sagte kaum hörbar zu ihr: „Es tut mir so leid. Ich wünschte es wäre alles anders gekommen." So standen sie eine Weile Arm in Arm da, bis sie sich sanft aus seinem Griff löste. Sie nahm einen kräftigen Zug von der Zigarette und lehnte sich an eine Kommode.

„Zuerst hatte ich nicht vor, ihn zu töten", startete sie ihre Aussage mit einer Rechtfertigung. „Ich ließ ihn reden, was konnte er denn schon wissen. Selbst wenn er etwas gehört hätte, wie konnte er das beweisen. Aber als er sich dann mit dem Reporter für den nächsten Tag verabredete, wurde ich unsicher, ich dachte, wenn der Reporter ein paar Informationen von ihm bekommt und zu recherchieren anfängt, findet der womöglich etwas raus. Ich wollte ihm Angst machen und habe ein altes Messer genommen und bin ihm nach."

„Und wann haben Sie beschlossen, ihn umzubringen?" fragte Kommissar Hartmann.

„Er fantasierte genauso von Vergeltung für den Mord, wie der Pfarrer wegen der vertauschten Identität." Sie nahm einen letzten Zug, blies den Rauch aus und drückte die Zigarette in einem Ascher aus. „Er war volltrunken und mit ihm zu reden wäre sinnlos gewesen, er hätte am nächsten Tag alles vergessen gehabt. Also blieb mir nichts anderes übrig, als ihn zum Schweigen zu bringen. Er war ein Schwein", sagte sie verachtend, „er pinkelte sich ans Bein, torkelte und lallte herum." Als sie keine Anstalten machte, weiter zu sprechen, half der Kommissar nach: „Was ist dann passiert?"

Sie zuckte mit den Schultern: „Ich dachte, das Risiko ist zu groß. Ich musste verhindern, dass er dem Reporter etwas erzählt. Also stach ich zu."

„Was mich noch interessieren würde, warum haben Sie das Messer in den Pickup gelegt?"

„Mein erster Gedanke war, es in den Gully zu werfen, aber dann kam mir die Idee, die Polizei damit in die Irre zu führen und ich das Messer jemandem unterjubeln könnte. Der Gärtner schien mir eine geeignete Wahl." Sie blickte beschämt zum Ehepaar Neidhartinger: „Das hatte nichts Persönliches, ich wollte die Polizei nur auf eine falsche Fährte lenken. Es war einfach, als ich zu Besuch kam, ging ich am Wagen vorbei und warf das Messer auf die Ladefläche."

„Aber damit war es nicht zu Ende", spielte der Kommissar mit seiner sehr kräftigen, ernsten Stimme auf den Anschlag auf Lilly an. „Sie waren es doch, die Frau Heller niedergeschlagen haben."

„Ich war in der Küche und als ich zurückkam, hörte ich, wie sie Hugo und seiner Mutter die Liste zeigte und ich wusste, wenn sie damit zur Polizei ginge, ist es vorbei."

„Und was hatten Sie vor? Warum haben Sie sie betäubt?"

„Keine Ahnung, wir waren in Panik. Wir waren schon so weit gegangen und hatten nichts mehr zu verlieren und setzten alles auf eine Karte", sagte sie genervt und war dankbar, als ein Klingelton die angespannte Atmosphäre unterbrach und man das unruhige Blaulicht der Rettung durch die Fenster in der Ferne erkennen konnte. Frau Neidhartinger ging aus Gewohnheit unaufgefordert in die Halle zur Sprechanlage und öffnete das Tor.

Mehr brauchte der Kommissar auch nicht mehr zu hören, er stand auf und sprach die Festnahme aus. Sein Assistent holte die Uniformierten zur Unterstützung, dem Baron und Elsa Bellegg wurden Handschellen angelegt und sie wurden abgeführt. Dr. Hochholdinger stand auf und begleitete die beiden. Das Ehepaar Neidhartinger wurde aufgefordert, am Montag zur Vernehmung auf das Kommissariat zu kommen.

„Wie wird es jetzt weitergehen?", fragte die Baronin bedrückt den Kriminalisten.

„Damit muss sich der Staatsanwalt beschäftigen, das liegt in der Hand der Gerichte und Behörden. Meine Arbeit ist getan", antwortete der Kommissar. Dann ging er zu Lilly: „Ich hoffe, es geht Ihnen bald besser."

„Ganz sicher, danke. Eine Schmerztablette, eine Nacht durchschlafen und die Welt sieht wieder besser aus." Seine Fürsorge schien echt und das fand Lilly ausgesprochen sympathisch. „Es tut mir leid, falls Sie meinetwegen Schwierigkeiten hatten."

„Also ehrlich gesagt, waren Sie uns immer einen Schritt voraus, ohne Sie wären wir nicht so rasch ans Ziel gekommen. Sie hätten eine gute Kriminalistin abgegeben." Lilly lächelte ihn für die wohlwollenden Worte dankbar an und er reichte ihr zum Abschied die Hand. Dann ging er zu Cornelia, nahm ihre Hand und meinte: „Man sieht sich." Bei den übrigen Anwesenden verabschiedete er sich mit einem allgemeinen Gruß.

Der Notarzt kam herein und sah nach Lilly, er diagnostizierte eine Gehirnerschütterung und ordnete an, sie mit ins Krankenhaus zu nehmen. Darüber war sie nicht erfreut: „Unsinn, das ist doch wirklich übertrieben. Geben Sie mir eine Kopfschmerztablette und ich schlafe mich ordentlich aus."

„Tut mir leid, damit ist nicht zu spaßen", ließ sich der Notarzt nicht beeindrucken.

„Ach Paul, das ist doch jetzt wirklich übertrieben", hoffte sie Schützenhilfe von ihrem Mann zu bekommen.

„Natürlich fährst du mit, ich begleite dich, morgen wirst du sicher wieder entlassen."

Die Sanitäter verließen mit Lilly das Haus, Paul und Cornelia folgten. Zurück blieben der sprachlose Sohn mit seiner irritierten Freundin und eine gewissenlose Baronin.

***

Lilly musste ein paar Untersuchungen über sich ergehen lassen. Paul durfte auf Grund der besonderen Situation bei ihr im Krankenhaus übernachten.

Am nächsten Tag stand fest, dass sie Glück gehabt hatte und der Schlag auf den Kopf, die leichte Unterkühlung und die Schlafmittel ihr keinen folgenschweren Schaden zugefügt hatten. Sie musste sich nur ein wenig schonen.

Die Presse überschlug sich mit der Nachricht zu den Vorkommnissen auf dem Gut. Cornelia kam am Vormittag vorbei und war froh, als sie erfuhr, dass Lilly das Krankenhaus verlassen durfte. Sie erzählte, es seien inzwischen Journalisten aus der ganzen Welt angereist und, wenn Hunde und Katzen sprechen könnten, würden die Reporter auch diese interviewen. Es wurde darüber berichtet, wer alles was geahnt hatte und wer was gewusst haben will.

Sie verließen das Krankenhaus und Lilly wurde von ihrem Mann und ihrer Freundin wie ein Neugeborenes umsorgt. Stetig wurde sie gefragt, ob es ihr gut ginge und ob sie was braucht.

Sie fuhren zu Cornelia, dort angekommen war es früher Nachmittag. Lilly wurde auf die Couch gebettet, Cornelia kochte Tee und stellte Brötchen hin und das erste Mal seit den gestrigen Ereignissen ließ die Anspannung nach. Doch nun hatten sie auch Zeit darüber nachzudenken, wie glimpflich das Ganze ausgegangen war. Paul wollte seine Kur abbrechen, um mit Lilly zurück nach Wien zu fahren und sich um sie zu kümmern, doch sie lehnte ab.

„Das kommt überhaupt nicht in Frage, dazu gibt es keinen Grund."

„Keine Debatte, ich lass dich jetzt nicht alleine."

Die beiden begannen sich über dieses Thema zu kabbeln. Das war Cornelia ausgesprochen unangenehm und sie saß wie angewurzelt auf ihrem Platz und wagte kaum sich zu bewegen. Doch die zwei waren sich bald einig, Lilly würde mit Paul fahren und die restliche Zeit der Kur bei ihm verbringen. Sie besprachen gerade, wann sie losfahren würden, als es läutete.

„Wer ist das?", sah Cornelia ihre Gäste fragend an.

„Was fragst du uns, wir wohnen nicht hier", meinte Lilly.

Sie stand auf und hob den Hörer ab. Lilly und Paul hörten, wie sie sagte:

„Hallo? Wer?" – Pause – „Ja, bitte." Sie drückte den Summer, kam zurück ins Wohnzimmer, beugte sich zu den Wartenden und flüsterte ihnen zu, als ob sie jemand belauschen könnte: „Das ist Johann, der Sohn vom Baron."

„Und was will der hier?", fragte Lilly. Cornelia hob ratlos die Schultern, es klopfte, sie ging zurück zur Wohnungstür und öffnete.

„Bitte", lud sie ihren unerwarteten Besucher ein näher zu treten. Er stellte sich in die Mitte des Wohnraumes.

„Guten Tag!" Cornelia bot ihm an, Platz zu nehmen. „Nein danke, sehr freundlich, ich will nicht lange stören." Man sah ihm an, dass ihm das Sprechen schwer fiel, sein Äußeres war ihm plötzlich nicht mehr wichtig. Er hatte ein Jeans, einen Rollkragenpulli und eine Daunenjacke an, die er nicht geschlossen hatte. Er war unrasiert, seine Schultern hingen kraftlos nach unten, er bot ein jämmerliches Bild. Alle gaben ihm die Zeit, die er brauchte, um sein Anliegen los zu werden. „Ich wollte mich nur im Namen meiner Familie entschuldigen." Er sprach langsam und leise: „Ich war gerade bei meinem Vater, man hat mir erlaubt, ihn zu sehen. Sie können mir glauben, es geht ihm sehr schlecht." Er machte eine längere Pause und holte einmal tief Luft, bevor er weitersprach. „Ich weiß nicht, was gerade passiert, ich bin ratlos. Mein Vater hat sich bemüht, mir alles zu erklären, doch ich kann nicht erfassen, was da vor sich geht. Er sagte immer wieder, er habe keine Ahnung gehabt, bis Großmutter ihm die Wahrheit erzählte. Er sei mit der Situation komplett überfordert gewesen und Großmutter hätte von ihm verlangt, dass er als Erbe das Problem lösen müsse. Dass alles so aus dem Ruder lief, das hätte er nicht gewollt. Er wünschte, er könnte das Geschehene rückgängig machen und er wollte den armen Mann nicht töten." Man sah ihm die Verzweiflung über diesen Mord an und er versuchte Verständnis für die Not seines Vaters zu wecken, als niemand antwortete, sprach er weiter: „Elsa liebt er noch immer und er macht sich Vorwürfe, weil er denkt, dass sie es für ihn getan hat. Dass Elsa den Mesner ermordet hatte, hatte er nicht gewusst. Das glaube ich ihm, es gibt keinen Grund mehr, das nicht zuzugeben." Den Zuhörern fielen schon Gründe ein, das zu leugnen, doch sie hatten Verständnis, dass Johann daran lag, seinen Vater zu verteidigen und ließen ihn weitererzählen. Nun wurde er noch befangener. „Das mit Ihnen", er sprach Lilly direkt an, „tut mir besonders leid. Ich hoffe, Sie glauben mir und nehmen meine Entschuldigung an. Ich weiß, dass es auch mein Vater bereut."

„Soweit ich das beurteilen kann, können Sie nichts dafür und Ihr Vater wird für seine Taten die Konsequenzen tragen müssen. Es tut mir sehr leid, dass Sie und Ihre Schwester die Verfehlungen Ihres Großvaters ausbaden müssen." Mit Johann und seiner Schwester hatte Lilly beinahe Mitgefühl. Wenn stimmte, was sie erfahren hatte, waren die Geschwister als verwöhnter Nachwuchs einer reichen, adeligen Familie groß geworden, der jedermann Respekt und Anerkennung zollte und nun standen sie vor dem Nichts. Ihr ganzes Leben war seit ihrer Geburt auf einer Lüge aufgebaut. „Ich finde es sehr mutig, hierher zu kommen und sich zu entschuldigen. Ich danke Ihnen dafür." Johann nickte erleichtert über Lillys Worte. „Was haben Sie jetzt vor?", erkundigte sich Cornelia.

„Ich weiß es nicht. Die Übernahme des Guts hat sich ja jetzt wohl erübrigt. Ich studiere Sport, vielleicht werde ich unterrichten, ich habe keine Ahnung."

„Und Ihre Großmutter, was sagt sie dazu?", fragte Lilly. Immerhin war sie die Einzige, die von Anfang an von dieser Lüge wusste. Sie hatte alles miterlebt und mit ihrem Mann mitgetragen. Selbst nachdem er tot war, hatte sie geschwiegen.

„Sie spricht nicht – auch nicht mit mir. Ich habe ihr Fragen gestellt." Johann vergrub die Hände in die Jackentasche und zog fragend die Schultern hoch, um sie gleich wieder fallen zu lassen. „Ich weiß nicht, was in ihr vorgeht. In den letzten Monaten hat sie kaum mehr das Haus verlassen und sich meistens im Salon aufgehalten, doch heute wollte sie sich nicht ankleiden, sie hat nichts gegessen… Jetzt werden Gutachter bestellt und werden mit Großmutter sprechen, um festzustellen, ob sie noch prozessfähig ist. Wenn ja, wird sie vor Gericht gestellt, aber da so etwas sehr lange dauern kann, wer weiß, ob sie das noch erlebt. Ich habe keine Ahnung, wie es weitergehen soll. Die Neidhartingers werden morgen das Gut verlassen. Meine Schwester kommt noch heute her und mit ihr und Dr. Hochholdinger werden wir besprechen, was wir tun können", er korrigierte sich, „tun müssen."

„Ich denke, das wird nicht so einfach zu regeln sein", mischte sich Paul ein, „es wird Jahre dauern, bis alles geklärt ist."

Johann nickte zustimmend und sah zu Boden.

„Wollen Sie sich nicht doch einen Moment zu uns setzen", bot Cornelia abermals an, „vielleicht einen Tee?" Auch bei ihr hatte er Mitgefühl geweckt.

„Nein", winkte er heftig ab, „das ist sehr freundlich, aber ich muss zurück zum Gut, meine Schwester wird bald da sein. Entschuldigen Sie die Störung und ich danke, dass Sie mir so geduldig zugehört haben."

Er verabschiedete sich und Cornelia brachte ihn noch zur Tür. Als sie sich wieder zu Paul und Lilly setzte, meinte sie: „Was für ein schweres Los, er und seine Schwester werden es nicht leicht haben." Der Besuch von Johann hatte die Stimmung schwermütig gemacht und sie kamen, während sie ihren Snack aßen, nicht von dem Thema los. Da klingelte Cornelias Mobiltelefon, sie holte es und hob ab.

„Klahr", meldete sie sich und lauschte dem Anrufer. „Danke, dass Sie nachfragen, Lilly ist hier, es geht ihr ganz gut, aber sie hat vor, mit ihrem Mann abzureisen. Sie muss sich noch ein wenig erholen." Sie hielt schützend die Hand auf die Sprechmuschel und flüsterte Lilly zu: „Der Kommissar fragt nach dir." Dann folgte sie den Worten von Kommissar Hartmann. „Ich verstehe, gut, das sage ich ihr..." Sie ging auf und ab und ihr Gesicht begann zu strahlen: „Ja, danke, mir geht es auch gut...nein, Sie stören nicht... sie wollen noch heute Nachmittag wegfahren ..." Cornelia ging in die Küche. Paul und Lilly sahen sich bedeutungsvoll an. Nach dem Telefonat kam Cornelia mit einem breiten Grinsen zurück.

„Und?", erfragte Lilly den Grund des Grinsens.

„Was und?" Lilly erwiderte nichts, sondern wartete, bis Cornelia freiwillig antwortete. „Er hat mich heute Abend zum Essen eingeladen." Jetzt ging ihr Grinsen von einem Ohr zum anderen.

„Toll, ich freu mich für dich!" Jetzt strahlte auch Lilly übers ganze Gesicht und blühte richtig auf: „Was willst du anziehen?"

„Was weiß ich, ich bin aufgeregt, wie beim ersten Date."

„Und wo geht ihr hin?" Die Aufregung schien sich auf Lilly zu übertragen.

„Soll ich euch allein lassen?", wollte Paul wissen. Es war doch unglaublich, dass seine Frau und ihre Freundin sich bei diesem Thema wie Teenager benahmen.

„Paul, lass uns doch den Spaß. Conny und der Kommissar hatten durch die Umstände gar keine Zeit sich näher kennen zu lernen", bat Lilly ihren Mann um Verständnis.

„Ach ja, bevor ich es vergesse, du sollst dich bei ihm melden, wenn es dir besser geht. Er braucht noch deine Aussage."

„Also, so wie ich die Sache sehe, brauche ich mir darüber keine Gedanken zu machen, den Kontakt zwischen ihm und mir wirst du schon halten."

Sie waren froh, dass sie fürs Erste durchatmen konnten und genossen noch ein paar angenehme Stunden, bis Lilly und Paul abfuhren.

**weitere Infos unter:
www.sabine-kraft.at**